KB251818

破劍歌
이정헌 新무협 판타지 소설

파검가 1
이정현 新무협 판타지소설

초판 1쇄 찍은 날 § 2005년 10월 20일
초판 1쇄 펴낸 날 § 2005년 10월 31일

지은이 § 이정현
펴낸이 § 서경석

편집장 § 문혜영
편집책임 § 최하나
편집 § 장상수 · 서지현

펴낸곳 § 도서출판 청어람
등록번호 § 제1081-1-89호
등록일자 § 1999. 5. 31
어람번호 § 제2-0724호

주소 § 경기도 부천시 원미구 심곡1동 350-1 남성B/D 3F (우) 420-011
전화 § 032-656-4452 팩스 § 032-656-4453
http://www.chungeoram.com
E-mail § eoram99@chollian.net

ⓒ 이정현, 2005

ISBN 89-5831-784-1 04810
ISBN 89-5831-783-3 (SET)

破劍悲歌

목차

어느덧 세 번째 작품이 나오게 되었습니다. 세 번째 쓰는 작가의 말이기도 하군요.

무협 소설을 쓴 지는 나름대로 오래되었습니다만, 아직도 부족한 무언가를 느낍니다. 배울 것이 많다는 것은 그만큼 발전할 여지가 있다는 말이 되겠지요. 그 기대감을 가지고 살아갈 수 있으니 저는 아직 행복한 놈인 듯싶습니다.

그 어느 때보다 바쁜 후반기였습니다. 집에 일찍 들어간 날을 손가락으로 셀 수 있을 정도로 바쁜 날들을 보냈습니다. 모두 이 소설을 쓰기 위함이었지요.

무협 소설을 쓸 때마다 제가 살아 있다는 느낌이 듭니다. 간혹 제가 무협 소설을 쓰지 않았다면 무엇을 하고 있었을까라는 생각을 합니다. 어쩌면 무미건조한 일상을 지내고 있었을지도 모르고, 어쩌면 또 다른 무언가를 찾아 매진하고 있었을지도 모르지요.

하나 무협 소설이 아닌 그 무엇도 저를 이렇게 활기차게 할 수는 없다는 건 확신할 수 있습니다.

부족하고 부끄러운 작품이지만 좋게 봐주시는 독자 분들께 가장 먼저 감사의 인사를 드립니다. 당연한 말이지만 제 글을 채택해 주신 청어람 관계자 분들께도 감사드립니다. 특히 저와 함께 빠듯한 일정으로 정신없이 수정하느라 제대로 쉬지 못하셨던 최하나 씨, 너무 고맙습니다.

그리고 저의 변치 않은 정신적 지주이신 부모님께 존경과 감사의 인사를 드립니다.

매일 같이 살다시피 한 희상이와 잠자리를 제공해 준 재상이 형, 그리고 모범의 극치인 준현이, 언제나 끈끈한 전우애(?)로 뭉쳐 있는 우리 시끌벅적 복학생들과 귀엽고 멋진 03학번 후배들, 공부하느라 정신없는 우신과 병길, 군 생활 잘하고 있을 상우, 그리고 변치 않는 상승이와 재희, 이 모두가 나의 인생에 있어 함께할 지인들이기에 깊은 고마움을 표합니다.

—공축(空築)에서 이정현 拜上

序章 1

무림에 피 끊길 날 없음에 마음이 애달프도다…
허망한 검명(劍鳴)만이 하늘을 울린다.

내 인생 갈 곳 없어 하염없이 울었으나,
결국 내 발길은 처절한 핏길 위라!

검을 부수어 내 마음 날린다.
하나 부서진 검은 내 마음이기도 하니,
돌아갈 길 없는 낙엽 같은 내 운명이여…

아아! 나의 울음은 누구를 위함이었으며,
나의 검은 누구를 위해 울었던가!

무림에 오래전부터 무림인들의 기약없는 운명을 노래하는 '파검가(破劍歌)'가 유행했으며, 무림의 생활에 회의를 가진 자라면 이 노래를 듣고 눈물 흘리지 않는 자가 없을 정도였다.

序章 2

나의 인생은 그때부터 시작이라 생각한다. 바로 그를 만났을 때다. 그
는 자신을 초선득이라 했다. 나의 나이 7세, 그의 나이 40세였다.
　어른과 아이의 만남이나 다름없었지만… 내 인생이 걷잡을 수 없는
폭풍 속으로 빨려 들어가는 시작이었던 것으로 난 규정한다.

第 一 章

연곤현(演滾縣)

　그곳… 신비하기 그지없는 그곳에는 나와 같은 처지의 아이들이 다섯이나 더 있었다. 남자 넷 여자 하나. 이름은 기억이 나지 않는다. 우리는 그날 이후로 완전히 새로 태어나야 했으니까. 나의 이름은 일호로 바뀌었다. 나머지는 당연하게 이호, 삼호, 사호, 오호, 육호였다. 훗날 우리가 완전히 성장한다면 귀영무흔육살이라는 그럴듯한 이름을 가지게 될 것이라고 초선득이 말했다. 귀영무흔육살… 그 이름을 아주 마음에 들어 했던 것으로 기억한다.

"…아아! 나의 울음은 누구를 위함이었으며, 나의 검은 누구를 위해 울었던가!"

"……"

"켜어! 술맛 땡기네. 야, 어운. 이 노래 정말 슬프지 않냐? 무림인의 허무한 인생, 그러나 벗어날 수 없는 운명. 캬! 군동아, 여기 술 한 병 더 가져와라!"

아침부터 술에 취한 호보는 탁자를 탁탁 두들기며 친구이자 객점의 주인장 군동을 향해 소리쳤다.

"매일같이 불러대면 질리지도 않냐? 무림인도 아니면서 그네들 심정을 어찌 안다고 파검가 타령이야?"

어운은 한심하다는 듯 손가락으로 탁자를 타닥타닥, 반복하여 두들겼다. 어디서나 볼 수 있는 동네 청년의 얼굴을 한 현어운(玄於雲)은 창밖으로 고개를 내밀어 하늘을 보았다. 구름이 잔뜩 낀 하늘을 보아하니 비라도 한바탕 쏟아질 것만 같았다.

구름에 가려 태양의 위치를 확인할 수는 없었지만, 경험상 지금쯤 산으로 가야 할 시간임이 분명하다. 그렇지만 오늘은 왠지 모르게 나무하러 가기가 귀찮았다. 매일 흘려듣다시피 하던 파검가가 오늘따라 자꾸 귀에서 맴돌았다.

"야야, 우리네 인생살이도 어찌 보면 무림인과 별다를 게 없다 이거야. 우리 인생 또한 치열한 싸움터 아니겠냐? 딸꾹! 벗어나고 싶어도 벗어날 수 없는 이 지랄 같은 장사꾼 인생아, 아아아―!"

계속되는 호보의 떽따는 목소리에 군동은 가져온 술을 거칠게 내려놓으며 눈살을 찌푸렸다.

"자식아, 그만 좀 불러라! 들어오는 손님들이 여기가 무슨 도살장인 줄 알겠다."

"흐흐, 난 네가 밤마다 이곳을 도살장 비슷한 곳으로 만든다는 사실을 알고 있지."

"뭐, 뭐라는 거야? 이 자식아, 조용히 못해?!"

군동은 당황한 표정으로 소리를 지르더니 도망치듯 주방으로 들어가버렸다. 그의 뒷모습을 멀뚱히 쳐다보던 현어운은 호보에게 얼굴을 들이밀고는 속삭였다. 제법 심각한 얼굴이다.

"무슨 의미야? 혹시 밤마다 살인을……?"

"꺼어억! 으흐흐, 이차적 의미로 보면 그렇게 볼 수 있지!"

"염병… 냄새 봐라."

현어운이 눈살을 찌푸리며 트림 냄새에 짜증내고 있을 때, 군동이 주방에서 나오더니 탁자 위에 거칠게 접시 하나를 올려놓았다.

"많이 처먹어라, 시캬! 그리고 입 다물어!"

"어어? 오리목향감(五里木香甘)구이잖아?!"

현어운이 놀라며 반문할 틈도 없이 이미 군동은 다른 손님을 받으러 간 상태였다.

"흐흐, 달라고 그렇게 애를 써도 돈 내고 먹으라던 오리목향감구이! 구리 오십 문짜리 고급 요리! 흐흐, 저놈이 급하긴 급했던 모양이군. 이걸 주면서까지 입막음하려 하다니."

이 정도 사태가 되니 현어운은 트림 냄새에 잊고 있던 호보의 말이 생각났다.

"대체 그게 무슨 말이야? 도살장 비슷? 이차적 의미의 살인?"

"사내대장부가 뇌물을 먹었으면 지조를 지킬 줄 알아야지, 흐흐흐! 오늘 술 맛이 더 나네."

호보는 반쯤 취해 뻘건 얼굴에 게슴츠레하게 뜬 눈으로 오리목향감구이를 바라보다 이젠 아예 침까지 흘리고 있다. 어지간히 급했던 듯 두 손으로 잡고 통째로 뜯어 먹는 그의 모습을 본 현어운은 자신도 모르게 군침을 삼켰다. 남의 집 수리가 주업이요, 나무꾼은 부업인 자신이 무슨 수로 오십 문을 쉽게 모을 수 있겠는가? 그리고 보면 이렇게 맛있는 오리목향감구이를 여태껏 공짜로 한 번도 준 적이 없는 군동은 어쩌면 자신의 친구가 아닐지도 모른다.

"호보, 나도 좀……."

"시꺼! 능력있는 자만이 이런 음식을 먹는 거다. 퉤!"

호보는 접시를 자신의 무릎 쪽으로 급히 빼더니 이내 침을 뱉었다.

"더러운 놈……."

현어운은 고개를 설레설레 저으며 자리에서 일어났다. 조금 이른 시간이긴 하지만 섬수원(閃手院)에 나무를 가져다줄 생각이었다.

"일거리도 없고 술 마시고 싶은 마음도 없으니 오늘은 나무를 좀 많이 해 그동안 입은 은혜나 갚아야겠군."

그의 중얼거리는 소리를 들었는지 호보는 씹던 살첨을 밖으로 튀기며 말했다.

"그래그래, 잘 생각했어. 흐흐흐, 패자는 말없이 물러나는 법이지!"

"똥이 무서워서 피하냐, 더러워서 피하지!"

"패자의 변명은 구차할 뿐이야. 딸꾹."

전혀 상황에 맞지 않는 대화임에도 불구하고 둘은 서로에게 잘도 대꾸한다.

"썩을……."

현어운이 고개를 저으며 몸을 돌릴 때 객점 안으로 한 아이가 들어왔다. 고개를 두리번거리던 아이는 현어운을 보더니 쫄래쫄래 걸어와 말했다.

"어운 아저씨, 지붕이 심하게 부서졌다고 총관님이 고치러 와달래요."

이곳 하남성 연곤현(演滚縣)은 그다지 크지 않은 마을이지만 두 개의 무관이 있었다. 이 아이는 그의 주고객이기도 한 당호관(當虎館)에서 일하는 녀석이었다.

"아저씨 아니래두 이 녀석은……."

하지만 그의 말을 들을 참도 없이 아이는 뭐가 급한지 객점을 나가 버린 후였다.

"누가 무관에서 일하는 녀석 아니랄까 봐 빠르기는. 어이가 없어서 원!"

그래도 일단 일거리가 생기자 곧바로 연장통을 들고 당호관으로 향했다. 은혜는 다음에 갚아도 상관없었다.

지붕이 부서지는 이유라고는 단 하나, 당호관주의 괴상한 장풍(掌風) 수련 때문이었다.

현어운은 언젠가 당호관주의 부름으로 그를 만난 적이 있었다. 그때 그가 들은 바로는, 장풍은 일반 무림인들이 쓰는 내가장력과는 차원을 달리하는 고차원적 신비 무공이라 하였다. 좀 더 자세히 말하자면 장풍은 내공을 사용하는 것이 아니라 몸속에 내재되어 있는 숨겨진 힘, 이른바 잠력(潛力)을 사용하는 것이다.

당연히 그것이 무슨 말인지 현어운이 제대로 알아들을 수 있을 리 없었다. 다만 당호관주가 겉보기만 그럴듯하지 실제로 아무 쓸모 없는 속빈 강정이란 소문이 연곤현에 파다하단 사실만은 알 수 있었다. 때문에 그는 그저 놀랍다는 듯한 표정으로 고개를 끄덕이며 그 곤란한 상황을 넘길 수밖에 없었다.

매번 이렇게 지붕을 고칠 때마다 현어운은 왜 그가 방 안에서만 수련을 하는지, 그리고 매일 장풍을 연습한다 하면 지붕이 매일 부서져야 할 텐데 왜 간혹 부서지는지 이해가 되질 않았다.

"잠력을 이용한 장풍이란 게 말이 돼? 지붕을 뚫을 정도로 강한 손바람을 일으키는 게 가능하나? 내공도 사용하지 않고 말야. 내가 무공에 대한 일자무식이지만 그게 이상하다는 것쯤은 알지."

"글쎄, 그건 나도 모르겠는걸?"

"억!"

현어운은 갑자기 아래에서 들려온 여인의 목소리에 깜짝 놀라 하마터면 지붕에서 떨어질 뻔했다.

"왜 그렇게 놀라고 그래? 떨어지면 누가 책임질 줄 알아?"

올해 열여덟 살 된 당호관주의 하나뿐인 딸 전유림(全柳琳)이었다. 아비인 당호관주를 닮아 괴상한 구석이 많고, 자신보다 나이가 많은 현어운에게 반말을 찍찍 내뱉는 여인. 물론 그 반말의 대상이 현어운에게만 한정된 것은 아니었다.

"놀랐잖아! 쯧……."

현어운은 화가 나 소리쳐 놓고도 이내 화를 낸 것이 무안해져 혀를 차며 그녀에게서 시선을 거두어 버렸다.

그가 지붕 고치는 일에 매진하는 것을 바라보던 전유림이 돌연 말을 건넨다.

"알아? 오늘 연곤현 너머 상악평(尙岳平)에서 무림제왕성과 금탁이 한판 붙는 거."

그녀의 얼굴 표정이나 말투는 여인다운 다소곳함이라던지 귀여운 점 하나 없이 무뚝뚝했지만 현어운은 익숙한지 그런 것에 아무렇지도 않은 모습이었다.

"몰라."

"멍청한… 그런 걸 알아야 네가 목숨을 부지할 것 아냐! 거긴 네가 나무하는 곳이랑 제법 가까운 곳이라고!"

"그러고 보니… 그렇군."

확실히 그러고 보니 그랬다.

"그런데 그게 왜?"

"너 바보지? 그 근처에서 괜히 나무하다간 어느 쪽이든 그들 잔당에게 험한 꼴을 당할지도 모른다고!"

"그래? 걔들이 나랑 원수진 게 뭐 있다고 험한 꼴 시킨데?"

"세상 그렇게 살다 뒤에서 칼 맞는다."

"……."

세상 순진하게 살지 말라는 의미인 걸 잘 알기에 현어운은 그저 쓴 미소를 입가에 매단 채 계속 지붕만 수리할 뿐이었다.

"아버지가 부른다. 다 고치고 당호정(當虎庭)으로 가봐."

"그래."

‘진작 자기가 할 말만 하고 갈 것이지, 버릇없는 계집.’

현어운의 나이는 스물넷이었기 때문에 여섯 살이나 나이 적은 계집의 반말을 두고두고 마음에 품고 있었다.

“돈은 받았나?”

“아… 네, 네, 받았습니다.”

당호정으로 들어서자마자 하늘을 보며 뒷짐 진 채 가만히 서 있는 당호관주 전웅(全雄)이 대뜸 건넨 말에 현어운은 당황하지 않을 수 없었다.

“그래, 돈 관계는 확실히 해야지. 사람이 그런 것에서 어수룩하면 세상 살기 힘들어.”

“네.”

‘왜 나한테 그런 말을 하는 거야? 내가 언제 돈 관계 어수룩하게 한 적이 있나?’

생각해 보니 있다. 그러자 현어운은 더 이상의 불만을 가지지 않았다.

“자네, 장풍이 뭔지 아나?”

“네? 장풍요? 그, 그게 그러니까…….”

전혀 예상치도 못한 질문에 현어운은 아무 말도 못한 채 우물쭈물할 뿐이었다.

“장풍은 무림인들이 흔히 말하는 장력과 다르네. 장풍은 내공이 아닌 신체가 선천적으로 지닌, 혹은 어떤 특수한 훈련을 거쳐 기른 잠력을 바탕으로 시전하는 고차원의 무공이지. 이른바 인간의 한계를 뛰어넘은 무공, 새로운 세계를 열어갈 무공이랄까?”

“아, 예…….”

그제야 예전에 자신에게 했던 말임을 그는 기억할 수 있었다.

“잠력이 형편없는 자는 바로 앞에 있는 촛불도 끄지 못할 정도로 약한

반면, 잠력이 그 끝을 알 수 없을 정도로 깊은 자는 산마저 무너뜨릴 수
있지."

"그렇군요."

현어운은 더 이상 예전처럼 당황하지 않기로 하고 태연하면서도 뭔가
귀찮은 듯한 목소리로 그의 말을 받았다. 바보처럼 자꾸 호응해 주었다
간 자신을 잡아먹을지도 몰랐다.

"자네, 장풍을 배워볼 생각 없나?"

'그래, 저런 말로 날 잡아먹을지도 몰라. 엥?!'

혼자 북 치고 장구 치다 현어운은 정말 크게 놀라고 말았다.

"네?!"

"장풍을 배워볼 생각 없냐고."

"전… 목수인텝쇼."

"누구나 날 때부터 무공을 배운 건 아니네."

"그게 뭐시냐… 무공은 아무나 배우는 게 아니라고 들었습니다."

"아무나 배우는 것 맞네. 무공은 아무나 배우라고 있는 거야."

"저, 전 살기 바빠서 무공 익힐 시간이 없습니다."

"…정말 안 되겠나? 장풍을 배우면 목수 일이나 나무를 베는 일은 할
필요가 없어. 그 장풍으로 작게는 이 연곤현을 먹을 수도 있고, 크게는
천하를 쥐어 잡을 수도 있어!"

왠지 그의 눈빛이 묘하게 번들거리는 것 같아 현어운은 질린 표정으로
그를 바라보았다. 지금 같이 여전히 무림제왕성이 천하를 지배하는 이
때, 그런 말을 누가 들었다가는 큰 봉변을 당하기 십상이었다.

"목수에게 대체 뭘 바라시는 겁니까, 관주님……?"

그 말에 전웅은 가볍게 헛기침을 하더니 이내 손을 내저으며 말했다.

"미안하군. 내가 한 소리는 잊게. 그만 가보게나."

그러자 현어운은 기다렸다는 듯 허겁지겁 나가 버렸고, 얼마 있지 않아 전유림이 안으로 들어왔다. 성큼성큼 들어오는 그녀의 표정은 불만으로 가득 차 있었다.

"아버지, 왜 난 안 가르쳐 주는 거지? 하나뿐인 예쁘고 소중한 딸한테 먼저 가르쳐 주는 게 수순 아냐?"

스스로 금칠을 하면서도 아무렇지도 않은 표정이다. 힐끗 그녀를 바라본 전웅은 이내 외면하며 말했다.

"넌 내 딸이라 그런지 날 닮아 잠력이 형편없다. 그런 잠력으로 장풍을 썼다간 넌 얼마 가지 못해 생명이 고갈되어 죽을지도 몰라."

"그럼 어운은 그렇지 않단 말이야?!"

평소의 무뚝뚝한 모습과 어울리지 않게 흥분한 모습이었다. 자신의 잠력이 형편없다는 소리는 이제껏 자신에게 한 번도 한 적이 없었다.

"그래."

"얼마나 대단하길래 아버지가 먼저 가르치겠다고 그 난리지? 나도 나름대로 무공 수련을 많이 했잖아! 그걸로 부족해?"

"……"

"말해 봐! 대답에 따라서 내가 다음부터는 이렇게 조르지 않을지도 모르니까!"

"내 딸이지만 정말 싸가지구나. 아비한테도 반말을 해대는 너이니 다른 사람한테는 어떨지 보지 않아도 천리안이다."

"그런 건 중요한 게 아냐!"

"어운이 만약 나와 같은 부작용없이 장풍을 온전히 익히게 된다면, 손짓 한 번으로 우리 당호관을 저 산 멀리까지 날려 버릴 수 있을 것이다."

평소 믿지 못할 이상한 말을 자주 하는 전웅을 생각하면 누구든 코웃음 칠 소리였겠지만, 그녀의 딸은 꼭 그렇지만은 않은 모양이었다.

"그게… 정말이야? 단지 날 포기시키기 위해서 하는 거짓말은 아니고?"

"……."

전유림은 자신의 아버지가 괴팍한 행동과 말투로 그다지 신임을 얻지 못하고 있지만, 결코 허튼소리를 할 사람이 아님을 잘 알고 있었다.

"어떻게… 사람의 잠력이 그토록 강력할 수가 있지? 더군다나 평범한 어운이 말이야?"

"선천적일 수도 있지만 그건 한계가 있지. 단 하나, 특수한 방법으로 엄청난 수련을 하면 자신도 모르는 사이 잠력이 길러질 수 있다. 그렇다고는 해도 어운의 잠력이 상식 밖인 것은 분명하다."

"그럼 그 녀석이 특수한 수련을 한, 실력을 숨긴 고수란 말이야?"

"나도 모르지. 하지만 내 눈으로 봤을 때 고수는 절대 아니다."

"……."

"잠력을 기르는 법을 가르쳐 주겠다. 아주 단순하면서도 어렵지. 배워 보겠느냐?"

그의 말에 전유림은 깜짝 놀란 표정을 지었지만 이내 의심스러운 표정으로 반문했다.

"그동안 그렇게 가르쳐 달라고 했을 땐 콧방귀도 뀌지 않더니, 무슨 속셈이야?"

"딸이 아버지를 의심한다는 것이 말이 되느냐? 단, 배울 생각이 있으면 그때부터 부모님에게 존대하는 방법부터 익혀오너라. 그럼 그 방법을 가르쳐 주지."

"……."

그럼 그렇지. 그녀는 그렇게 생각하며 말없이 몸을 돌렸다. 몇 시진은 고민해 봐야 할 문제이니 조용한 곳으로 갈 필요가 있었다.

장풍. 자신의 아버지가 말한 그 장풍에 대한 것을 무공에 대한 어느 정도의 지식을 가지고 있는 이가 들으면 피식거리며 비웃을 이야기이지만, 그녀만은 굳게 믿고 있었다. 장풍을 제대로 익히면 그 누구에게도 지지 않을 능력을 지니게 된다는 것을. 그리고 아버지가 원하는 세상을 이룩할 수 있음을.

'내가 이루어주지, 그 이상향을!'

아무래도 며칠 뒤부터는 부모에게 존대를 해야 하는 날이 올 것 같다.

"아… 이건 몇 년을 해도 왜 이렇게 적응이 안 되는 거야? 힘들어 죽겠네."

현어운은 고된 표정으로 나무를 베고 있었다. 도끼질이 제법 익숙하여 누가 본다면 도저히 부업으로 이것을 하고 있다고는 생각지 못할 것이다. 안정된 움직임으로 내리찍는 그의 손놀림을 보자면, 이건 나무꾼이 아니라 숨겨진 부법(斧法)의 고수였다.

팍! 팍!

입으로는 힘들다고 투덜거려도 힘차게, 그리고 여유있게 내리찍는 지금 이 순간만큼은 세상도 잊고 자아도 잊는다. 인생사 끝없는 투쟁의 연속이라는 호보의 말도, 나 자신이 무엇인지에 대한 고민도, 인생에 대한 회의도, 지금 이 순간만큼은 득도한 고승처럼 공(空)으로 비울 수 있다. 그가 나무꾼을 괜히 이유도 없이 부업으로 택한 것은 아니었다.

쩌저적―!!

"넘―어―간―다―!"

수십 년을 지켜온, 현어운보다 나이가 훨씬 많은 커다란 나무 하나가 생명을 잃으며 거대한 몸부림을 하는 순간이었다.

'넘어간다'는 외침과 함께 백팔번뇌가 함께 뿜어져 나가는 것 같은 희열을 느끼는, 그 순간의 상쾌함. 문제는 이놈의 백팔번뇌가 잠시 나갔다 한 바퀴 선회해 다시 들어온다는 것이지만.

그래도 오늘 가졌던 여러 가지 감정들이 한꺼번에 씻겨 나가는 것을 그는 느낄 수 있었다.

"오리목향감구이 못 먹은 서러운 감정도 사라져라."

나무의 잔가지를 열심히 손질하여 알맞게 자른 다음, 섬수원으로 가 장작을 패주면 오늘의 할 일은 끝이 난다. 섬수원에서는 이 장작을 가지고 불을 지펴 탕약을 데우고, 환자들의 몸을 따뜻하게 할 것이다.

"젠장, 베는 것까진 좋은데 돈을 벌려면 이걸 몇 번이나 짊어지고 왕복해야 하잖아!"

이미 백팔번뇌가 돌아왔는지 벌써부터 불평질이다. 항상 하는 불평이지만 어디까지나 말뿐이었다. 섬수원에 간간이 신세를 지는 자신을 생각하면 이런 수고쯤은 아무것도 아니었다.

곧 작업에 착수한 지 한 시진이 지나자 나무는 원래의 헌앙한 모습을 잃고 조각나 있었다. 은혜는 나중에 갚아도 된다 했지만, 평소보다 큰 나무를 해서 양이 많아 오늘은 네 번은 왕복해야 할 판이었다.

'이 정도면 체력 단련은 확실히 될 텐데, 요즘은 왜 이렇게 허하지?'

그런 실없는 생각을 잠시 한 그는 곧 나무를 지게에 가득 담은 뒤 양 어깨에 메었다.

"아무래도 내가 짐을 지고 평길만 다녀서 그런가? 험한 지름길을 택해 볼까? 젊어서부터 미리미리 체력 단련을 해둬야… 흐흐, 결혼해서 고생 안 하지."

음흉한 미소를 짓고는 곧장 산길로 들어섰다. 제법 경사진 길이라 금방 체력이 소모되지만 확실히 지름길이었다. 그리고 보면 인간은 가장 가까운 길은 험하게 해놓고 편한 길은 멀게 해놓는다. 고약한 심보가 아닐 수 없다.

'하지만 반대로 해놓으면 세상은 재미없겠지. 나쁜 놈만 판치는 세상이 될 거야.'

현어운은 곧 자신이 평소에 익혀놓은 지름길이자 험로 쪽으로 몸을 옮겼다.

"헉… 헉……!"

지름길을 오르는 것은 체력 단련이 아니라 체력을 깎아내리는 일 같았다. 먹구름이 잔뜩 낀 날씨라 그런지 땀이 유난히 많이 흘러내려 기분도 찝찝하기만 하다. 하지만 이미 되돌아가기는 늦었으니 젖 먹던 힘까지 짜내야 한다.

"그래… 오늘은 좋은… 헉헉! 경험했다 생각하는 거야! 헉헉! 긍정적으로… 헉헉……?"

힘겹게 비탈길을 오르던 순간, 그는 이상한 소리가 들려온 것 같아 자신도 모르게 걸음을 멈추었다. 순간 경사진 곳에서 균형을 잡지 못해 비틀거렸지만 간신히 자세를 바로잡을 수 있었다.

"……?"

바스락.

"……!"

아주 희미하게 낙엽이 짓밟히는 소리가 들려오자 현어운은 창백해진 안색으로 슬그머니 지게를 내리려 했다. 하지만 경사진 곳이라 내려놓을 자리도 마땅하지 않은 판에 소리도 없이 내려놓으려니 식은땀이 절로 났다.

바스락.

이놈의 낙엽은 지게를 채 내려놓기도 전에 눈치도 없이 소리를 내버렸다.

간신히 지게를 벗은 그는 도둑걸음으로 비탈길을 오르려 했다. 전유림과 섬수신의에게서 들은 이야기가 떠오른다. 험한 꼴과 눈 먼 칼.

'아직 결혼도 못했다! 군동의 공짜 오리목향감구이를 제대로 먹지도 못했다! 또 뭐 있지? 그래, 기루도 아직 못 가봤다!'

예쁘다고 소문난 옆마을 월향주루의 주련을 떠올리자 이상하게 생의 욕구가 솟아오른다. 그녀와 잘 아는 것도 아니요, 사랑하는 것도 아닌데 이상한 일이다.

엉뚱한 생각을 잘하는 그인지라 여자를 밝히는 성품이 아님에도 이런 식으로 두려움을 떨쳐 내려 한 것이다.

"음……."

슬금슬금 오르던 그는 아주 희미하게 들려오는 목소리에 몸을 멈춰 세웠다.

"음? 신음 소리?"

그는 아주 순간적이지만 그 소리가 고통스러워하는 신음성임을 금세 알아차렸다. 그리고 자신의 마음에 자리잡고 있던 두려움이 싹 가시는 것을 느꼈다. 상악평에서의 싸움이 꼭 성질 더러운 무림인들의 왕래를 의미하는 것만은 아니었다. 치열한 싸움으로 인해 부상자가 생길 수도 있다는 걸 떠올렸다.

제법 빠른 판단력으로 주변을 돌아본 그는 사람이 숨어 있을 만한 장소를 발견하고는 혹시나 하는 마음에 그쪽으로 걸음을 옮겼다.

몇 걸음을 옮겨 수풀 더미를 헤치자 사람 키만한 바위가 나왔다. 바위 옆에는 나무들로 빽빽해 바위와 나무 사이에 작은 공간이 있어 사람이 숨을 만했다.

"여자……?"

그는 거기서 엎드려 있는 한 사람을 볼 수 있었다. 옅은 홍색의 하늘거리는 무복은 아주 고급스러워 보였다. 그리고 옷과 흐트러진 긴 머리를 보니 여인임이 확실했다.

하나 그 순간 현어운은 이 여인을 옮긴 뒤 저기 놓여 있는 나무도 가지고 가려면 한 번 더 수고를 해야 한다는 사실이 먼저 떠올랐다. 지독한 직업병임이 분명하다.

"오늘 아가씨의 점괘가 아주 좋습니다."

단리채빈(段里綵彬)을 태어날 때부터 지금까지 이십삼 년간 줄곧 지켜봐 온 아버지나 마찬가지인 신산소옹(神算笑翁)은 그녀가 조금 불안해한다는 것을 알 수 있었다.

내일 있을 상악평 전투는 그녀에게는 아주 중요한 싸움이었다. 이번이요 몇 년간 지루하게 이끌어온 금탁과의 마지막 싸움이 될 수도 있기 때문이었다. 그들의 주 전력은 거의 제거하지 못했지만 끈질기게 괴롭혀온 하위 세력의 대다수를 소탕할 수 있는 기회였다.

그러면 그녀가 그토록이나 원하는 것을 어느 정도는 이루게 된다. 하지만 내일 전투에 금탁의 서열 십위인 도곡혈승(刀哭血僧)이 나온다는 말이 있기에 그녀가 불안해하고 있는 것이다. 물론 자신과 백명부(白明府)의 부부주(副府主)가 있으면 충분히 감당할 수 있겠지만, 신중한 그녀로서는 용맹과 지략을 겸한 도곡혈승을 출현을 내키지 않아 하고 있을 것이다.

해서 그는 자신의 특기인 점을 보았다. 그런데 좋긴 한데 어울리지 않는 점이 나왔다. 이걸 말해야 하나 하고 순간 고민했지만 분위기를 전환하는 데는 도움이 되리라 생각하고는 입을 연 것이다.

"내일 전투에서 승리한다는 점괘이면 마음껏 웃을게요."

창밖을 바라보던 단리채빈은 가벼운 미소와 함께 호리한 신형을 돌려 신상소옹을 바라보았다. 새하얀 피부에 어울리는 새빨간 입술이 조금은 그녀를 선정적으로 보이게 했지만, 그것은 전체적으로 청순한 그녀의 분위기를 더욱 매력적으로 보이게 만들 뿐이었다. 선한 눈빛과 초승달 같은 아미가 너무나 어울려 함부로 그녀를 어찌할 수 없도록 하는 묘한 분위기를 자아낸다.

허리까지 오는 긴 머리를 가지런히 늘어뜨린 뒷모습은 경장식의 담홍색 무복을 입었음에도 정갈해 보였다.

절세미인까지는 아니었지만 사람들의 시선을 확 끌 정도로 무언가가 있는 여인임은 어떤 남자도 부인할 수 없을 것이다.

"음… 그런 점괘를 알 수 있는 자라면 이미 천하를 지배했겠지요. 허허, 내일 아가씨가 천생연분을 만난다는 점괘입니다."

"네? 호호호호!"

그녀의 청아한 웃음소리가 듣기 좋아 신산소옹은 잠시 눈을 감았다. 이런 전쟁터만 아니라면 그녀는 너무나 밝고 아름다우며, 현숙한 여인이었다. 멋진 영웅의 아내로서 한 사내에게 듬뿍 사랑을 받으며 행복하게 살아갈 운명이 분명했을 여인. 하지만 현실은 그녀의 손에 피를 묻히게 만들었다. 빌어먹을 현실이 아닐 수 없다 생각할 때, 그녀가 웃음을 멈추고 말한다. 눈가에 눈물까지 맺힌 걸 보니 어지간히 웃겼나 보다.

"전쟁터에서 천생연분을 만난다는 게 말이 되나요? 혹시 적의 수장과 눈이 맞는 그런 비극적인 일은 아니겠죠? 그럼 사양할래요."

"허허! 아가씨, 하늘의 연은 알 수가 없는 법입니다. 피가 난무하는 전장 속에서 피어나는 사랑이야말로 진정한 낭만이 아니겠습니까? 제가 이십 년만 젊었어도… 허허허!"

그는 정말로 그런 상상을 했는지 고개를 저으며 조금 쑥스러워했다. 그 모습에 단리채빈은 황당한 표정으로 바라보다 이내 고개를 저었다.

"전 너무 끔찍한걸요. 전쟁은 사람을 멍들게 하는데… 사랑을 할 마음의 여유가 있겠어요? 일단 사양합니다, 할아버지."

그녀의 귀여운 말투에 신산소옹은 기분 좋게 미소 지었다. 어이없는 점괘이긴 해도 일단 그녀의 불안한 마음을 어느 정도 해소시켜 주었다는 것에 만족하는 그였다.

"하… 고마워요, 할아버지. 내일 잘될 거예요. 금탁의 시선을 다른 쪽으로 끌어들이는 것에 성공했으니, 금탁은 분명 상악평의 싸움에 많은 전력을 투입하진 않을 겁니다. 늘 그래 왔듯이 우리의 전략은 항상 성공을 이룰 거예요."

"허허, 그렇죠. 아가씨의 용맹과 지략은 세상이 다 알아줍니다. 화천신마녀(華天神魔女) 단리채빈 하면 모두가 고개를 숙일 겁니다."

"할아버지는……."

싫지는 않은 듯 예쁘게 눈을 흘긴 그녀는 내일 투입될 전력을 재점검하러 간다 하며 밖으로 나갔다.

그녀의 뒷모습을 바라보던 신산소옹은 고개를 갸웃거리다 다시 한 번 신산통을 흔들었다. 짧은 주문과 함께 패를 뽑은 그는 그곳에 적혀 있는 글을 보고 헛웃음을 지을 수밖에 없었다.

천연(天緣).

"똑같은 점괘가 잘 나오는 법이 없거늘… 정말 적장과 눈이 맞는 것은 아닐런지……."

第二章
단리재빈

얼마나 많은 세월이 흘렀을까? 이들 중 자신의 나이를 아는 자는 오직 나뿐이다. 그들은, 아니, 나의 친구들은 죽음보다 힘든 훈련으로 삶이 고달팠으니까. 나 역시 그랬지만 나의 나이만큼은 잊고 싶지 않았다. 내가 살아온 삶의 흔적을 기억할 수 있는 유일한 매개체이니까. 이들 중 가장 실력이 부족한 자는 나였다. 천성이 게으르고 머리가 좋지 않아 훈련에 적응하기가 너무 힘들었다. 초선득은 날 많이 때렸고, 난 많이 울었다. 그를 많이 원망했지만 한편으로는 너무나 감사했던 것 같다. 게으른 나를 올바르게 만들어주려 했음을 어린 나이에도 알고 있었던 것이다.

현어운이 섬서원으로 정신을 잃은 여인을 데려왔을 때, 섬수신의와 전유림은 일순간 그가 산속에서 여인을 납치해 온 것으로 생각했다. 하지만 곧 상황을 파악한 섬수신의는 급히 방 안에 여인을 눕힌 뒤 자신의 특기를 발휘했다.

번개같은 손놀림으로 한 손으로는 맥을 진맥함과 동시에 다른 한 손으로는 상처를 확인하기 위해 소도로 옷을 찢었다. 한 손임에도 소도를 사용해 옷을 찢는 손놀림이 매우 능숙했다.

"이런 치명상을 입고 오랜 시간이 지났음에도 아직 살아 있으니, 생에 대한 집착이 제법 강했나 보군."

현어운이 알기로, 그가 섬수원을 연 이래 이렇게 급한 환자를 받는 것은 처음이었다. 그런데도 침착하게 시술하는 걸 보니 결코 돌팔이는 아닌 모양이었다.

"어운은 어서 나가서 백면(白緬)과 배합산(配合酸)을 가져오너라. 너는 이 여인의 옷을 벗기는 데 도움을 다오.”

현어운은 의술에 대해 잘 알지는 못하지만 그동안 수차례 그의 의술 행위를 도운 적이 있기에 그가 무슨 말을 하는지 다 알아들었다. 백면은 피를 닦아내기 위해 깨끗이 소독한 면이고, 배합산은 상처 부위에 있는 병균을 죽이는 가장 강력한 가루약이었다.

급히 달려가 백면과 배합산을 가져왔을 땐 이미 여인의 상의가 다 벗겨진 상태였다.

“헛……!”

깜짝 놀라 자신도 모르게 고개를 돌린 순간, 섬수신의의 호통이 들려왔다.

“이런 변태 같은 놈이 있나! 환자의 몸을 보고 음욕을 느끼다니! 어서 내려놓고 나가거라!”

“난 의원이 아니라구요!”

지기는 싫었는지 그렇게 소리치고는 후다닥 뛰쳐나갔다.

“저 고약 녀석이……!”

섬수신의는 발끈하며 무언가 말을 더 하려다 환자 때문에 이내 고개를 저으며 벌어진 상처를 의료용 바늘로 꿰매기 시작했다.

얼떨결에 섬수신의의 치료를 보조하게 된 전유림은 처음 보는 그의 솜씨에 자신도 모르게 감탄하고 말았다. 아주 조심스럽고 섬세해야 할 상처 봉합술임에도 그의 움직임은 너무나 빨랐던 것이다.

검상으로 생각되는 길고 넓은 상처를 일곱 호흡이 되기도 전에 다 꿰매어 버리는 놀라운 속도를 발휘한 후 그는 백면으로 피를 닦고 배합산을 뿌렸다. 그리고 전유림에게 그녀의 몸을 뒤집으라고 명했다.

봉합을 하기 전에 다시 맥을 살핀 그는 전유림에게 말했다.

“그놈에게 가서 네 번째 합에 있는 약을 꺼내 서둘러 달여라 일러라.

몇 번 해봤기에 알 게다."

"응."

그녀의 반말에도 별다른 표정의 변화가 없는 것을 보니 의술 행위에
어지간히 집중하고 있는 모양이었다.

"일각가량 들어오지 말거라."

"알겠어."

전유림이 나가자 등쪽의 상처를 또다시 순식간에 봉합해 버리는 신기
를 보인 섬수신의는 곧 누워 있는 여인의 명문혈에 손바닥을 대었다.

"검이 폐 근처를 찔러 생긴 내부의 상처도 문제야. 내상도 제법 심하
고, 풍독(風毒)이 폐부를 침입해 생명이 위독해질 수도 있으니 어쩔 수
없이 운기요상을 해주어야겠군."

섬수신의는 어쩔 수 없다는 얼굴로 한숨을 쉰 뒤 내공을 끌어올렸다.
이곳에 정착한 뒤 남에게 어떤 형식으로든 무공을 시전한 적이 없어 마
음이 편했는데, 이제는 그것을 깨는 일이 생겼다. 이것이 어떠한 변화를
가져올지 한편으로는 두려웠지만 그렇다고 피할 생각은 없었다.

"하늘은 공평하지."

뜻 모를 말을 중얼거린 그는 이 여인을 살린 이후 자신의 주변에 어떤
형식으로든 변화를 가져올 것만 같은 느낌을 받았다. 그녀의 몸속으로
섬수신의의 내공이 흘러들어 가고, 밖에서는 어느새 약을 달이는 냄새가
퍼져 나가고 있었다.

"안 가? 환자에겐 안정이 중요해."

"너나 가. 내가 데리고 왔으니 내가 책임져야지."

현어운의 말에 전유림은 대뜸 받아쳤다.

"그러다 결혼하겠다?"

"어린애가 못하는 말이 없구나. 허허……."

짐짓 나이 든 척 짓는 그의 허허로움 웃음이 결국 무표정하던 전유림의 얼굴을 일그러뜨려 버렸다.

"여섯 살 차이밖에 안 나는 것이 어른인 척하긴. 꼴사납게."

"……."

그녀의 말에 충격을 받았지만 한두 번 당하는 일도 아니기에 곧 원래의 신색으로 돌아올 수 있었다. 그녀를 알게 되었을 때부터 진작 버릇을 제대로 들여놓지 않은 것을 후회하였지만, 이미 늦은 일이었다.

대체 이 상황에서 뭐라 말해야 할지 몰라 말없이 있을 때 섬수신의가 안으로 들어왔다.

"너는 어서 가보거라. 이미 해가 졌으니 전 관주가 찾으실 게다."

그의 말에 곧바로 자리에서 일어난 전유림은 가만히 현어운의 뒤통수를 쳐다보다 몸을 돌려 밖으로 나갔다. 그런 그녀의 모습을 지켜보던 섬수신의는 내심 혀를 차며 고개를 젓는다.

'쯧쯧, 아비를 닮아서인지 어린 나이에 벌써부터 대차고 강한 성정을 지녔구나. 대체 무슨 생각을 하고 있는지 나도 모를 정도로 속을 잘 드러내지 않으니, 어떤 남자가 쉬이 상대할꼬…….'

"확실히 괜찮은 거 맞죠?"

"날 의심하는 게냐? 호보나 군동에게 물어봐라. 나와 너 중 누가 더 믿음직스러운지."

백이면 백 섬수신의일 것이다. 그들은 나의 친구가 아니다. 빌어먹을 것들.

현어운은 벽에 몸을 기대었다.

자리에 앉아 여인의 맥을 짚던 섬수신의는 별생각없이 중얼거렸다.

"봉(鳳)을 물어왔군."

"봉? 땡 잡았다, 이런 의미입니까?"

"생각하는 꼬락서니 하고는……."

한심하다는 듯 현어운을 꼬나본 섬수신의는 그녀에게서 손을 떼며 말했다.

"어디서 발견한 것이냐?"

"아, 맞다! 나무! 내 지게!"

그제야 생각이 난 현어운은 자신의 머리를 쥐어뜯으며 고통스러워했지만 찾으러 갈 생각은 하지 않았다. 저녁이 되면 산속만큼 무서운 곳도 없기 때문이다. 사람의 마음에 절로 두려움을 안겨주는 원시적인 공포의 생산지인 것이다. 물론 사람마다 다르겠지만.

섬수신의는 그의 말에 이상하게 안색을 굳혔지만 곧 펴고는 말했다.

"내일 가서 당장 나무와 지게를 가져오너라. 아니다, 나와 같이 가야겠다."

"왜요?"

"이 소저의 꼬락서니를 보아하니 오늘 있었던 상악평 싸움의 희생자 같은데, 무림제왕성 쪽이든 금탁 쪽이든 가만히 있을 것 같지는 않구나. 혹여 추적이라도 한다면, 우리 모두가 위험해질 수 있으니 흔적을 완벽하게 지워야 한다."

"내일쯤이면 비가 한바탕 쏟아질 것 같던데요……."

뜬금없이 꺼낸 말이었지만 섬수신의는 그 말에 어떤 의미가 숨어 있는지 단번에 알아챘다. 낮에 본 하늘의 상태를 보니 분명 거센 비가 쏟아질 것이 분명했다.

'저놈… 알고 말한 것인가? 표정은 그냥 한 말 같은데…….'

가뭄에 콩 나듯 정도이지만 간혹 저렇게 날카로운 면을 보일 때가 있었다. 저런 점도 있어야 사람 구실을 하지 않겠나 생각하며 섬수신의는 잠들어 있는 여인을 바라보았다.

“그나저나, 대체 누굴까요? 얼굴을 보니 평범한 여인은 아닌 것 같은데…….”

현어운이 힐끔힐끔 여인의 얼굴을 쳐다보며 말하자 섬수신의는 피식 웃으며 번개같이 그의 머리로 손을 날렸다.

딱!

“아야! 거참, 손 하나는 무지 빠르네. 그런 걸로 사람은 치지 마요! 알고도 못 막는 게 얼마나 서러운데……!”

“꼴에 미녀라고 침 흘리기는… 인연은 다 때가 있는 법이니 괜히 딴 생각하지 마라.”

“참나, 노망난 사람이 사고 건전한 젊은이한테 똥누라 그러네. 그 정도는 나도 알고 있… 크윽, 아프다. 뭐, 뭐야?”

어찌나 빨랐던지 현어운은 섬수신의가 자신의 머리를 때린 것조차 보지 못한 것이다.

여러 번 당해봤기에 그가 자신의 머리를 엄청 빠른 속도로 때린 것을 안 현어운은 투덜거리며 그와 거리를 두었다.

“거참, 희한하네. 무슨 사람의 손이 그렇게 빨라요? 그거면 소매치기도 울고 가겠다.”

“흥, 생명을 살리는 나의 성수(聖手)를 소매치기와 비교하지 마라. 때 묻을라.”

“그거 혹시 나도 할 수 있어요?”

“왜? 너 혹시… 목수 일이 힘드니까 소매치기로 편하게 살아볼 생각이냐?”

“아, 할 수 있는지 없는지부터 말해요! 내가 먼저 물었잖아요!”

“이 썩을 놈이 어디 할 일이 없어서 연장자한테 핏대를 세워?! 아이고,

노년에 사람 잘못 만나 이 무슨 고생이냐. 휴……."

처연한 표정을 짓는 그지만 현어운의 관심은 그다지 끌지 못한 듯하다.

"할 수 있어요?"

"할 수 있다, 이놈아! 대신 다 너 하기 나름이지."

"음… 그거 쓸 수 있으면 목수 일도 더 빨리 할 수 있고, 나무도 더 빨리 베겠죠? 그럼 여가 시간이 늘어나고, 그럼 나의 인생이 좀 더 윤택해지겠죠?"

그의 말에 섬수신의는 할 말을 잃었다.

'감히 내 평생의 절기를 고작 나무나 베는 일에 쓰겠다고?'

정작 자신도 그렇게 하면서 그 생각은 못한 채 현어운을 괘씸하게 여기는데, 현어운이 바짝 다가오면서 말한다.

"가르쳐 줘요. 그거, 무공… 뭐, 그런 거랑 비슷한 건가요?"

그가 너무 가까이 다가오자 괜스레 부담스러워진 섬수신의는 인상을 찌푸리며 말했다.

"저기로 떨어져. 사내놈이 부담스럽게 왜 이리 가까이 다가오는 거야?"

"에이, 이래 뵈도 당호관주님이 먼저 저에게 무공을 익히라고 권유까지 한 몸이란 말예요."

"요즘 당호관의 자금이 매우 쪼들린다고 들었다."

"에엑?! 정말요?!"

"그래, 넌 전 관주의 계략에 넘어갈 뻔한 거야. 멍청한 놈, 쯧쯧."

"난 또 나에게 그 장풍이란 걸 쓸 만한 어떤 자질이 있다고 생각했는데… 앞으론 소문에 충실할 테다."

굳은 다짐을 하는 그를 보며 피식 웃던 섬수신의는 은근히 묻는다.

“그 장풍이란 게 뭐라더냐? 너에게 무슨 말을 하던?”

섬수신의의 얼굴을 가만히 쳐다보던 현어운은 곧 씨익 웃으며 말했다.

“왜요? 궁금한가 보죠? 그럼 그 손 빠르게 움직이는 수법 좀 가르쳐 줘요.”

“그만 자야겠다. 오늘 오랜만에 급한 환자를 받았더니 피곤하다. 네가 이 여인을 데려왔으니 네가 밤새서 간호해라. 언제 깨어날지 알 수 없으니 말이다.”

섬수신의는 현어운의 말을 무시하며 자리에서 일어나 그에게 무거운 짐을 맡기며 바람처럼 밖으로 나가 버렸다.

“교대하는 거 아니었어요?! 그런 게 어디 있습니까, 에이씨!”

섬수원에는 다른 의원이나 의녀가 없었기 때문에 밤새서 지켜봐야 할 환자가 생길 때면 현어운이 와서 항상 교대로 간호를 해줬다. 그런데 이 번에는 어물쩡 넘어가 버리려 하니 화가 나지 않을 수 없는 것이다.

하지만 이미 섬수신의는 옆방으로 넘어가 버린 후였다.

“참나, 의원이 저래서 되려나?”

그는 고개를 저으며 환자를 돌아보았다. 오후에 보았던 그녀의 상반신 이 갑자기 떠오르자 괜스레 얼굴을 붉히는 모습은 스물 중반이 다 되어 가도록 여자를 상대하는 데 아직 초짜임을 의미하리라.

더구나 그로서는 처음 보는 아름다운 미녀의 모습에 정신을 차리지 못 할 지경이었다. 하지만 여인의 얼굴에 혹해서 간호를 게을리할 수는 없 는 노릇이다.

“색즉시공 공즉시색……”

두 눈을 감고 몇 번 그렇게 중얼거리던 그는 어느새 자신의 뒤에 조용 히 나타난 섬수신의의 기척을 알아채지 못했다.

“멍청한 놈.”

“헛! 언제 왔어요?”

“내가 잠시 늑대 앞에다 미녀를 놔두었다는 사실을 잊고 있었다.”

“그래서 이렇게 법구절을 외고 있잖아요. 색즉시공 공즉시색……”

말없이 자리에 앉은 섬수신의는 과장되게 법구경을 외고 있는 현어운을 보다가 번개처럼 그의 머리를 한 대 쳤다.

“크으… 맵다!”

머리를 비비는 그를 잠시 지켜보던 섬수신의는 피식 웃었다.

“큭! 나이에 맞지 않게 귀엽군. 똑바로 앉아보거라.”

“왜요?”

“배우고 싶다며?”

“저, 정말입니까?”

“잘할 수 있을지는 다 너한테 달렸다.”

“흠……”

“일단 오늘은 내가 일러주는 말을 모조리 외워라.”

“왜요?”

“묻지 말고 일단 외워! 머리가 나쁘면 시키는 건 잘할 수 있어야 할 것 아냐!”

“알았어요.”

서슬 퍼런 기색에 현어운은 꼼짝 못하고 풀이 죽는다.

“일기립(一氣立) 사기섬체여망(四氣閃體如網) 천기입백(天氣入百) 지기입용(地氣入湧)……”

그의 입에서 흘러나오기 시작하는 말은 무림에서 흔히 이야기하는 무공 구결이라는 것이었다. 엄숙한 표정과 엄정한 자세로 쉰여덟 자에 달하는 무공 구결을 두 번 읊은 섬수신의는 자신을 바보 같은 표정으로 바라보고 있는 현어운에게 되읊어보라 말했다.

“네? 저, 기, 기억이 안 나는데요…….”

그 말에 한숨을 푹 쉰 섬수신의는 결국 참지 못하고 버럭 소리를 질렀다.

“이 멍청한 놈! 겨우 쉰여덟 자밖에 되지 않는 구결을 듣고 한 글자도 기억이 나지 않는다는 게 말이 돼?! 하다못해 그 바보 같은 호보와 군동이도 너보단 낫겠다!”

“아, 아니, 이 세상의 수많은 사람들 중에 천재도 있고 바보도 있을 수 있는 법인데, 너무한 것 아닙니까?! 그렇다고 제가 바보라는 소리는 아니지만, 어쨌든 머리 나쁜 놈은 죽으란 말씀입니까!”

“그래! 바보는 뒈지는 게 낫겠다, 차라리! 이 험한 세상 살면서 괴롭힘 당하느니 그냥 죽어라!”

“노망난 늙은이가 할 말 못할 말 가리지 못하네! 에이씨, 염병할…….”

현어운도 순간 발끈해 같이 소리 질렀지만 성격상 오래 화내지 못하고 이내 그의 시선을 피해 버린다. 애초 서로 간에 큰 허물이 없는 사이였기에 이렇게 심한 말다툼도 할 수 있는 것이다. 섬수신의도 몇 년간 같이 지내오면서 그가 이렇게 말해도 본심이 아님을 알기에 별다른 말이 없다.

“흠, 흠! 그럼 한 구절씩 익히기로 하자! 넌 행운아인 줄 알아라! 무림에서 뛰어난 무공일수록 보통 무공 구결이 길다. 책 반 권 이상 가는 것이 태반이고, 그에 대한 주석을 달아놓은 것만 해도 수십 권이 되는 것도 있을 정도다. 반면 나의 무공 구결은 겨우 쉰여덟 자밖에 되지 않는다. 이런 사례는 거의 없어. 바보 같은 네놈 머리를 위해 태어난 무공이라 할 수 있지.”

“그럼 약한 무공이네요.”

“이, 이놈이… 휴! 내가 참는다, 참아. 젖비린내 나는 어린애 데리고 뭐 하는 짓인지. 아무튼! 앞으로 이 구결을 절대 남에게 함부로 말하거나 가르쳐 주어서는 안 된다. 알겠느냐?”

“네.”

시큰둥하게 대답하는 모양이 아무래도 삐친 모양이었다. 오히려 그 모습이 순박해 보인 모양인지 피식 웃은 섬수신의는 재차 말을 이었다.

“이걸 익히기는 굉장히 어렵다. 의미도 어려울뿐더러, 너는 이미 나이가 꽉 찼기 때문이다. 하지만 꾸준히 한다면 네가 원하는 바까지는 이룰 수 있으니 부단히 노력해라.”

“네.”

“오늘은 여기까지 외워라. 의미를 몰라도 일단 외워라. 무조건 외워! 외우라고! 알겠냐?”

“네.”

“일기립(一氣立) 사기섬체여망(四氣閃體如網).”

하나의 기가 일어나 네 개의 기가 되어 그물처럼 몸 전체에 섬광 같이 퍼져 나간다.

아마 노련한 무공 고수라도 한 번 듣고는 얼핏 이해가 되지 않을 무공 구결이었지만, 그 사실을 현어운이 알 리 없었다.

“외웠냐?”

“네.”

“정말?”

“일기립 사기섬체여망.”

“어? 그런데 왜 아까는 그 모양이었어?”

“그때는 집중을 안 해서 그런 겁니다! 저 바보 아니에요!”

“그래? 그럼 다시 외워봐.”

“일기립 사기… 체……”
“그럼 그렇지. 이노옴!”
“……”

상악평 전투가 있던 다음날, 땅 위를 적시고 있는 피를 흔적도 없이 씻겨 내리려는 듯 하늘에서는 장대비가 쏟아져 내렸다.

전날에 있었던 자신의 죄악을 씻으려는 듯 상악평의 황량한 대지 위에 신산소옹이 허망한 표정으로 하늘을 바라보고 있었다.

“아가씨…….”

그와 함께 서 있는 삼십여 명의 무사 또한 허탈한 감정을 지우지 못하고 망연자실한 표정으로 서 있을 뿐이었다.

“황막현! 네 이노옴—!”

신산소옹은 몸을 돌려 자신의 뒤에 서 있는 칠 척 거구의 사내에게 분노의 외침을 쏟아 부었다. 두 눈을 감은 채 가만히 서 있는 근육질 사내의 한 손에 그의 키만한 거검(巨劍)이 마치 아이들 노리개처럼 들려 있는 것이 인상적이다.

거구의 사내가 황막현이 아님에도 신산소옹은 자신의 살기를 감추지 않고 그를 죽일 듯이 노려보고 있었다.

“이놈! 네놈의 임무에 왜 충실하지 않았던 것이냐! 나와 분명 약속하지 않았더냐!”

“큭큭, 내가 언제 네 말을 듣는다고 했던가?”

“이이……!”

그의 무시무시한 살기와 원망에도 사내는 아무렇지도 않은지 거암(巨巖)처럼 묵묵히 서 있을 뿐이다.

금탁에서는 이번 전투에 서열 십위 도곡혈승뿐만 아니라 서열 십삼위

혈광도부(血狂刀夫), 심지어 서열 오위 명공진인(冥空眞人)까지 출전해 일방적으로 밀린 싸움을 하고 말았다. 엎친 데 덮친 격으로 굳게 믿고 있던 황막현의 배신으로 단리채빈은 치명상을 입고 도주했고, 그 이후론 생사를 알 길이 없었다.

뼈저린 패배 후 급히 인근에 위치한 모든 현으로 사람을 보냈지만 그녀를 찾지 못한 채 돌아오고 말았다. 그렇다면 전쟁 가운데 휘말려 죽어 시신도 제대로 남기지 못했을 가능성이 높았다.

"희망이……."

그녀의 이상을 이루기 위해 오 년간 달려온 모든 것이 물거품처럼 사라지고 말았다. 무림제왕성은 새로운 구심점을 잃고 말았다.

'이제 누가 침체된 무림제왕성을 이끌고 간단 말인가……. 성주께서 직접 나선다면… 아니, 제일소성주만 나타나도… 무림은 지금보다 더욱 더 많은 피를 흘려야 하리라!'

그의 노안에 한줄기 눈물이 맺혀 있었다. 무림의 안위를 떠나서 자신의 딸처럼 여기던 단리채빈의 죽음이 가슴을 저민다.

머리가 어지러울 정도로 시끄러웠다. 상악평의 싸움이 아직 끝나지 않은 것인지, 아니면 자신의 주변으로 사람들이 모여 이야기를 하고 있는 것인지 구분이 가질 않았다.

'하악!'

갑자기 폐부를 꿰뚫는 지독한 고통이 전신을 감싼다. 차가운 무언가가 그녀의 가슴을 스쳐 지나가자 이루 말할 수 없는 이질감이 느껴졌다. 고통보다 그 이질감이 더욱 두렵다. 내 몸 안에 다른 것이 파고들었을 때 느껴지는 아득한 두려움.

'황막현!'

그의 잔인한 미소가 어둠 속에서도 확연히 보였다. 하지만 황막현의
몸이 무언가에 반 동강이 나더니 피를 흩뿌리며 하늘로 치솟았다.

'아악!'

자신을 구조하기 위해 온 광마의 잔인함은 그녀로서도 처음 보는 것이
었다. 오 년간 전장을 굴러온 그녀조차 그 끔찍한 시신의 모습에 두려움
이 들 정도였다.

어느 순간 그것이 사라지고 어둠이 감싼다. 그리고 길게 뻗은 길 위에
자신이 서 있음을 알게 되었다. 희미한 빛을 따라 허겁지겁 나아가니 이
내 산속으로 들어선 자신을 보았고, 그 순간 전신이 물 먹은 듯이 축 늘
어진다. 다시 찾아오는 두려움, 그것은 혼자라는 것과 죽을지도 모른다
는 불확실성 때문에 오는 것이었다.

'살려줘요!'

몸 어느 곳으로도 힘이 들어가지 않는다. 자리엔 서 있었으나 힘이 전
혀 없는 이상한 상황에 그녀는 마음속으로 살려달라고 절규한다. 하지만
어느 누구도 그녀의 마음을 읽을 수는 없을뿐더러, 언제나 같이 해 왔던
신산소옹과 마형은 보이질 않는다.

'그들은… 죽었어……'

어느새 슬픈 눈물이 흐른다.

'그들이 없으면 난 더 이상 살아갈 이유가 없어. 그들이 있어 그 힘겹
던 길을 걸어올 수 있었는데……'

그녀는 자신의 무력함을 이내 순순히 받아들였다. 이 무력감이 다할
때 자신의 목숨은 사라지리라.

"제발 하루에 여덟 글자 이상은 가르쳐 주지 말아요! 열두 글자는 힘
들단 말이에요!"

그때 한 사내의 목소리가 들려왔다. 어디선가 들어본 목소리 같지만

기억이 나질 않는다. 목소리의 주인공에 대한 기억을 떠올려 보기 위해 그 목소리에 귀를 기울였다.

"너 정말 바보냐? 겨우 열여덟 자를 이틀에 걸쳐 외워놓고 힘들어하는 게 말이 돼? 솔직히 말해 봐, 너 바보지?"

"아, 아닙니다."

"그럼 잔말 말고 그냥 따라와. 싫으면 배우지 말던지."

"솔직히 말해서 전 목수 일도 하고 나무도 베어야 하는데, 그 일 하면서 외운다는 게 얼마나 힘든 일인 줄 알아요? 전 생각없이 사는 게 좋단 말입니다."

"방금 네가 너 스스로 바보인 걸 증명한 거 알아? 이제부터 넌 바보다."

'훗!

생각없이 사는 게 좋다는 말은 정말 자신이 바보인 걸 스스로 증명한 것이나 다름없기에 그녀는 실소를 흘릴 수밖에 없었다.

"정말… 바보라고 부르지 말라니까요! 진짜 바보였다면 이런 건 외우지도 못했을 거 아닙니까? 전 그저 남보다 기억력이 부족한 것이지 머리 돌아가는 것은 남 못지않아요!"

"남보다 부족한 것은 여러 종류가 있을 수 있지만 기억력이 남보다 부족한 것을 바보라고 하는 것이다, 이놈아!"

"으으……!"

점점 편안한 마음이 드는 것이, 어느새 두 사람의 대화는 그녀의 절망감과 무력감을 물리고 있었다. 그리고 어느 순간 자신의 가슴이 욱신거리며 통증을 호소하는 것을 느꼈다.

"으음……."

"일어났어요!"

“아니까, 조용해라.”

섬수신의는 고통에 겨워 얼굴을 찌푸리고 있는 단리채빈의 손을 잡고 맥을 짚었다. 이미 혈은 안정을 되찾은 뒤였고, 내력도 거의 안정해진 상태였다. 다시 말해 과다출혈 때문에 온 이상 상태는 거의 나았고, 정신도 되찾았으니, 내부의 상처만 남은 것이다.

“괜찮다. 기혈은 이미 정상이니 문제는 없다. 단지 가슴의 상처가 깊어 아픈 것일 뿐이야.”

그의 말대로 단리채빈은 얼마간 고통스러워하더니 이내 안정된 얼굴로 두 눈을 떴다. 혜지가 담겼지만 차갑지 않고 따뜻한 두 눈은 누가 봐도 절로 호감이 갈만 했다.

“절 구해주셨군요. 감사합니다.”

지혜로운 여인은 무엇보다도 상황 판단이 뛰어나다. 끝없는 꿈속을 헤매다 삼 일 만에 정신을 차려 이제 막 깨어난 것이지만, 그녀는 앞의 두 사람이 자신을 구해주었음을 단번에 알 수 있었다.

“다 내가 치료했네, 소저. 이 바보 놈은 아무것도 한 일이 없지.”

“내, 내가 구해왔잖아요. 나, 나도 간호하고!”

현어운이 발끈하자 섬수신의는 비릿하게 웃으며 말했다.

“바보가 그건 기억하는군.”

“……..”

“풋!”

그녀는 가볍게 웃었지만 이내 가슴이 아픈지 얼굴을 살짝 찌푸렸다. 그 모습조차 아름다웠던지 현어운은 얼굴을 붉히면서도 그녀의 얼굴을 훔쳐보고 있었다.

“쯧… 난 섬수신의라 하고, 이 녀석은 현어운이라 하지.”

순간 그녀는 자신의 본명을 말해야 할지 고민했지만, 이들이 무림인

같지 않아 보였기에 곧 자신의 이름을 밝혔다.

"전 단리채빈이라 합니다. 구해주서서 다시 한 번 고마워요, 현 소협."

그녀가 현어운을 보며 미소 짓자 그는 더듬거리며 정신을 차리지 못했다.

"소, 소협이라뇨. 전 그, 그냥 목수일 뿐입니다. 가, 가당치 않습니다."

그때 옆에 있던 섬수신의는 결코 웃을 수가 없었다. 그녀의 이름을 듣고 떠오르는 게 있었기 때문이다.

'단리… 단리라! 그랬군. 아마 그의 손녀이겠지.'

이내 굳은 표정을 푼 섬수신의는 번개같이 그의 머리를 때렸다.

"평소처럼 해라. 어울리지 않는다, 이 멍청아."

"자꾸 멍청이, 바보라 할 겁니까?"

"방금 전에 너 스스로 바보라 증명했잖아. 에잉… 단리 소저는 오늘부터 네 끼 정도는 지금껏 했듯이 탕약을 먹어 속을 진정시키면서 허한 기를 보하고, 그 다음부터 밥을 먹어야 하네. 일주일 정도는 내부의 상처를 보살펴야 하니 불편해도 최대한 움직이지 말게."

그는 현어운에게 눈치를 주며 자리에서 일어났다.

"우리는 이제 다른 방으로 갈 테니 쉬게나. 반시진마다 한 번씩 올 것이니 필요한 것이 있으면 말하고."

"신경 써주서서 감사해요."

섬수신의가 일어나자 단리채빈을 힐끔힐끔 훔쳐보던 현어운도 어쩔 수 없이 자리에서 일어났다.

"할 것은 해야지. 삶이 윤택해지고 싶다며?"

"분위기도 아닌데, 내일 하면 안 됩니까?"

"그래? 난 안 가르쳐 줘도 되니까, 안 배우는 걸로 생각하고 있겠다.

흐흠!"

섬수신의는 속 편하다는 표정으로 자리에서 일어나 내일 진료 준비를
위해 밖으로 나가려 했다.

"아, 아니, 배워요! 배워요!"

"안 해도 된데두?"

"배워서 윤택해지고 싶다니까요! 가르쳐 주십시오!"

"흠… 열두 글자 외울 자신 있느냐?"

"네, 열심히 하겠습니다."

"자세 좋군. 좋다."

자리에 앉은 그는 헛기침으로 목을 가다듬은 뒤 나지막하게 구결을 읊
기 시작했다.

"사기이기(四氣二氣) 십이지류(十二之流) 포체여섬(布體如閃)."

사기와 이기는 합쳐져 십이지류를 이루어 섬광처럼 몸 전체로 퍼진다.
당연히 현어운에게는 해석 불가의 구결이었다.

"외웠냐?"

"아, 아뇨, 한 번만 더 말해 줘요."

"사기이기 십이지류 포체여섬."

"네, 다 외웠습니다. 사기이기 십이지류 포체여섬."

그 모습에 섬수신의는 한숨을 푹 쉰다.

"가르치는 내가 한심하구나. 그럼 처음부터 구결을 읊어보아라."

그 말에 뭔가를 잠시 생각하던 현어운은 신중한 표정으로 구결을 읊었
다.

"일기립 사기섬체여망 천기입백 지기입용 사기이기 십이지류
포……."

"포체여섬! 이놈아, 몇 초전에 외운 것이야! 으이구!"

섬수신의는 결국 울화를 견디지 못하고 번개같이 손을 뻗어 그의 머리를 내리찍었다.

"으윽……."

자신이 잘못한 것이 있기에 아무 말 못하고 눈물만 찔끔거리는 현어운이었다.

"다시 외워봐."

"일기립 사기섬체여망 천기입백 지기입용 사기이기 십이지류 포체여섬."

하나의 기가 일어나 네 개의 기가 되어 그물처럼 몸 전체에 섬광같이 퍼져 나간다. 동시에 하늘의 기는 백회혈로, 땅의 기는 용천혈로 들어와 네 개의 기와 두 개의 기는 합쳐져 십이지류를 이루어 섬광처럼 몸 전체로 퍼진다.

외운 구결을 다 읊조리자 섬수신의는 빈 공간을 응시하며 말했다.

"내가 너에게 무공을 가르쳐 주고 있다는 것은 알고 있겠지? 나도 일신에 조그만 재주를 가지고 있으나, 이 마을로 들어와 쓰지 않기로 한 지 벌써 오 년이 흘렀다. 네가 나에게 이 수법을 가르쳐 달라는 것과 단리 소저를 치료하기 위해 무공을 쓴 것이 결코 우연은 아니라고 본다. 어떤 변화가 있을 것 같은 느낌이구나. 그렇기 때문에 네 자질이 뛰어나지는 않지만, 아니, 바보에 가깝지만 너는 남에게 뒤진다면 서러울 집중력과 순수한 마음이 있다. 그것이라면 나의 절기를 전해도 어느 정도는 익힐 것이고, 특히 나쁜 곳에 쓰지는 않을 것이라는 생각에 가르쳐 주는 것이다."

"……."

현어운은 여태껏 들은 적이 없던 그에 대한 이야기를 일부나마 듣게 되어 놀란 것인지 멍한 표정으로 그를 보고 있었다. 이에 짓궂게 미소 지은 섬수신의는 말을 이었다.

"하기사 너 같은 바보가 익혀봤자 얼마나 익히겠느냐? 나쁜 짓은 하고 싶어도 하지 못할 게다."

"바, 바보 아니라니까요?! 내 생애 살다 살다 바보라는 말 처음 들어보네, 에잉! 괜히 가르쳐 달라 그래 가지고서는 바보 취급만 당하고!"

'바보 취급당한 건 이번이 처음은 아니지. 예전에도……'

갑자기 떠오른 생각에 스스로 깜짝 놀란 현어운은 두 눈을 크게 뜨며 잠시 움찔했지만 이내 자리에서 일어났다.

"어딜 가는 게냐?"

"아… 내가 왜 일어났지?"

"쯧쯧, 요즘 들어 네가 유난히 바보 같구나. 노망은 네놈이 든 것 같아."

"아니라니까요!"

"여하튼, 어떤 변화가 일어나든 항상 마음을 바르게 먹고 있거라. 사람의 한 행위에 대해서 하늘은 언제나 공평하다."

"……."

잠시 아무 말 없이 그의 말을 곱씹던 현어운은 고개를 들어 빠히 그를 쳐다본다.

"왜, 왜 그런 눈으로 보느냐?"

"사람의 한 행위는 다른 사람에게 결국 영향을 미치게 되어 있다, 이 말이죠? 일종의 인과응보란 말 아닌가요?"

"오호, 거기까지 생각하다니 제법이구나?"

"그 말, 정말인가요? 나보다 오래 살았으니… 직접 경험해 보셨는지 알고 싶군요."

그의 진지한 눈빛을 보고 더 이상 장난으로 대할 수 없다는 생각에 섬수신의는 고개를 끄덕였다.

"많은 경험을 했다. 그것은 물증으로 정확히 나타내어 줄 수 없는 것들이지만, 분명히 맞다. 나의 인생을 걸고."

"그렇군요."

"뭐 때문에 그렇게 굳은 얼굴이냐?"

"굳어 보이나요?"

"그러니까 물어보지, 이놈아."

"여태껏 목수 일을 하면서 웃돈을 얹어서 받았거든요. 후에 어떻게 대가를 치르게 될지, 후…….."

"……네놈은 평생 바보 소리를 들을게다."

"어디 가냐?"

"섬수원."

"또 그 여자 보러 가는 거야? 야야, 나도 한번 같이 가자. 궁금해 죽겠네."

"다 나을 때까지는 안 된다니까. 너, 섬수신의한테 맞고 싶냐?"

현어운은 자신에게 들러붙는 호보를 억지로 떼어놓았다.

"치사하게… 그 단채련이란 여자가 그렇게 예쁘냐? 우리의 우정을 이렇게 갈라놓는구나!"

"……."

호보의 헛소리를 무시하고 밖으로 나온 그는 쓴웃음을 지으며 섬수원으로 향했다.

"단리채빈이란 이름이 예쁘기만 한데 밝힐 수도 없으니……."

무슨 이유에선지 섬수신의는 현어운에게 그녀의 본명을 밝히지 말라고 했기에, 단채련이란 가명을 친구들과 전유림에게 가르쳐 주었다.

“위험하다라…… 그 말은 그녀가 무림에서 꽤 이름이 있다는 이야기 아닌가?”

연곤현을 벗어나 하루 거리에 있는 난구현이라는 큰 마을에 가면 무림인에 대한 이야기를 들을 수 있었지만, 그는 그렇게까지 하면서 그녀의 정체를 알고 싶지는 않았다.

“늙은이는 뭔가를 알고 있는 것 같으니 이번에는 꼭 물어봐야겠군.”

섬수원에 도착한 현어운은 아름다운 그녀의 얼굴을 본다는 기쁨에 벌써부터 입가에 미소가 맺혀 있었다.

“저 왔어요.”

“그래, 이 방으로 들어오너라.”

단리채빈이 있는 방이 아니라 섬수신의가 기거하는 자신의 방으로 오라 하자 현어운은 의아한 마음으로 방 안으로 들어갔다.

“왜 저 방으로 가질 않죠? 아직 거동이 불편하니까 도와줘야죠.”

“속 보이는 놈… 그녀의 기분이 썩 좋지 않아 보이더구나. 혼자 있을 시간이 필요한 거야.”

“기분이 안 좋은가요? 왜……?”

“내가 그것을 어떻게 아냐, 이놈아. 알면 도사 행세하며 먹고살겠다!”

“흐음… 알고 있잖아요, 그녀의 정체가 무엇인지……?”

“그래, 정체는 알고 있는데 그것과 그녀 마음을 아는 것과는 관계없어. 그리고 그녀가 누군지 알려고 하지 말거라. 무림인을 안다는 것 자체가 위험하니까 말이야.”

“쳇! 겨우 누구인질 안다고 위험하다면, 저기 옆 마을 난구현 객잔에서 노닥거리며 무림 이야기나 하는 놈들은 죄다 죽어나겠네요!”

“이놈이 끝까지 물고 늘어질 테냐! 그리고 소리 좀 낮춰라! 소저가 다 듣겠다!”

“지금 그쪽 목소리도……!”

두 사람의 언성이 조금씩 높아지려는 찰나, 문을 거칠게 확 열고 들어오는 사람이 있었다. 마치 아무도 없는 방문을 여는 것마냥 거침없이 열었기에, 문이 떨어지지는 않을까 걱정될 정도로 뒤흔들렸다.

“유, 유림?”

“이런 실례가 어디 있느냐! 어운과 가까운 연놈들은 어찌 하나 같이 이 모양인고…….”

“무슨 일이야?”

“어제처럼 도와주러 왔지. 오줌은 눠야 할 것 아냐?”

“…….”

단리채빈의 생리 현상을 말하는 것이었다. 아직 가슴의 고통이 심해 혼자 거동이 불편한 상황이라 같은 여자인 전유림이 그녀의 뒷일을 맡아 주고 있었다.

“그나저나 어운 너, 옛날에 극기 훈련한 적 있냐?”

그녀의 황당한 물음에 현어운은 잠시 아무 말도 하지 않고 그녀를 주시했다.

“뭘 그렇게 쳐다봐? 대답이나 해.”

“흠… 하긴 내가 몸이 좀 건장하지.”

“했어, 안 했어?”

“극기 훈련은 요즘 하지. 나무를 베려면 힘과 체력이 좋아야 해.”

그의 실없는 대답에 전유림은 역시 아니라고 결론을 내렸다. 그녀의 아버지가 이번만큼은 사람을 잘못 본 것이리라.

톡톡.

옆방에서 벽을 두드리는 소리가 들려오자 섬수신의는 두 눈을 부릅뜨고 두 사람을 노려보았다.

"너희들이 얼마나 소란스러웠길래 오죽하면 그녀가 벽을 두드렸겠느냐?! 환자가 있을 때는 조용히 말하거라, 제발!"
"늙은이가 더 시끄럽잖아."
"……."

이곳에 누워서 지낸 지 벌써 사 일이 지나고 있었다. 그때의 전투가 패배였음은 자명한 사실이었지만, 그래도 그녀는 자신의 두 눈으로 확인하고 싶었다. 더구나 신산소옹을 비롯하여 자신이 믿고 지내온 자들의 생사가 어떻게 되었는지도 알고 싶었다.

하지만 자신의 상처가 얕지 않아 온전히 몸을 운신하려면 좀 더 시간이 필요함도 알고 있었기에 그녀는 참고 기다리기로 했다.

'황막현…….'

도무지 믿을 수 없었다. 오 년간 함께 전쟁을 누비며 서로 믿음을 쌓아왔다고 생각했는데, 자신의 등 뒤에서 심장을 찌른 것이다.

'허망해.'

게다가 황막현이 신산소옹이 준비한 구조대원 광마에 의해 잔인한 죽음을 맞이했다는 것이 더욱 허망했다. 복수의 대상이 사라져 버린 것이다.

'모두들 제발 무사하길…….'

하지만 자신들의 계략이 빗나가고 금탁의 상당수 전력이 이번 전투로 몰렸기 때문에 무림제왕성은 엄청난 피해를 입었으리라. 이번 전투만 이겼더라면, 금탁이 큰 타격을 입고 한동안 음지로 숨어들어야 했을지도 모르는데 그것이 실패했다. 게다가 자신은 이렇게 큰 부상까지 입었다.

"……."

돌연 옆방에서 어떤 소리가 들려왔다. 아무래도 섬수신의와 현어운이란 사내가 이야기하고 있는 듯했다. 현어운과 섬수신의가 아니었다면 자신은 분명 죽었을 것이다. 생명의 은인인만큼 고마운 마음이 가득했지만, 지금 당장은 자신의 심적 고통이 그들에 대한 고마움보다 더 컸다.

"…옆 마을 난구현 객잔에서 노닥거리며 무림 이야기나 하는 놈들은 죄다 죽어나겠네요!"

현어운의 외침이 들려오자 그녀는 그와 섬수신의가 또 무엇 때문에 싸우고 있는지 궁금증이 일었다. 나이를 떠나 참으로 가까운 사이가 보기에 좋았다. 더구나 매일 티격태격하며 보내는 그들의 모습이 너무나 인간적이고 정겨워, 구경만으로도 기분이 편안해졌다. 무림에서 죽음과 가까이 지내며 살아온 자신이 항상 바라던 모습이기도 했다.

쾅!

문이 거칠게 열리는 소리가 들리더니 곧이어 섬수신의의 호통이 들려왔다.

"어제처럼 도와주러 왔지. 오줌은 눠야 할 것 아냐?"

전유림의 생각보다 큰 목소리에 단리채빈은 깜짝 놀라며 얼굴을 붉히고 말았다. 요 며칠간 전유림과 함께 있으면서 그녀처럼 괴상한 성격을 가진 여자는 물론이고, 남자도 본 적이 없다는 결론을 내렸을 정도로 독특한 여자였다.

뒤이어 어떤 이야기가 오갔지만 그녀는 부끄러움으로 제대로 듣지 못했다. 옆방의 벽 가까이에 누워 있는 것을 다행스럽게 여기며 손을 천천히 뻗었다. 처음 느꼈을 때보다는 덜한 고통이, 확실히 나아가고 있다는 것을 느낄 수 있었다.

'섬수신의 어르신의 의술이 뛰어나구나!'

그녀가 벽을 두드리자 다른 소리는 줄어들었지만 오히려 섬수신의의 목소리가 더욱 커졌다. 그리고는 곧 세 사람이 방 안으로 들어왔다.

“그래, 괜찮은가, 소저?”

“네, 덕분에 많이 괜찮아졌습니다. 저 때문에 밤새 수고하시고… 은혜를 어떻게 갚아야 할지 모르겠군요.”

“소저가 빨리 일어나는 것이 은혜를 갚는 길이네.”

“돌보기 귀찮다는 간접적인 표현이잖아?”

전유림이 불쑥 끼어들자 섬수신의는 불편한 표정으로 헛기침을 했다.

“유림이 말 신경 쓰지 말고 편하게 있으세요. 마음이 편해야 상처도 빨리 아뭅니다.”

“고마워요, 현 소협. 현 소협은 제 생명의 은인이랍니다.”

“하하… 과찬입니다.”

“하루나 이틀 정도만 지나면 움직이는 데 큰 지장이 없을 것이네. 그러니 유림이 네가 하루만 더 고생하면 될 것이다.”

“알았어. 어차피 내일부터 나오지 못할 텐데 잘됐군.”

“그래? 무슨 일 있냐?”

“응.”

더 이상 말해 줄 기미가 보이지 않자 현어운도 그 이상은 묻지 않았다.

“전 소저도 너무나 고맙습니다. 저 때문에 이렇게 고생하고…….”

“그럼 빨리 나아. 그래야 나도 고생 안 하지.”

“말하는 꼴 하고는…….”

현어운이 어이없다는 표정으로 바라보았지만 그녀는 무덤덤했다.

“일단 쉬고 있게. 우리는 나갔다가 이각마다 한 번씩 들어와 볼 테니까.”

“네.”

그로부터 하루가 지나자 정말 움직이는 데 고통이 느껴지지 않았다.

생리 현상도 혼자 해결할 수 있게 되었고, 집 주변을 거닐 수도 있게 되자 그녀는 다시 한 번 섬수신의에게 감사의 인사를 했다.

이틀이 지나자 이제 밖으로 나가봐도 되겠다는 생각에 그녀는 섬수신의의 허락을 받고 현어운과 함께 조심스럽게 섬수원을 나섰다.

"일 하셔야 하는데 저 때문에…… 죄송해요."

"아, 아닙니다, 단리 소저. 일이야 하루 미루어도 상관없는걸요."

"고마워요."

그녀의 선해 보이는 웃음이 너무나 아름다웠다. 이렇게 아름다운 여인이 무림에서 유명한 것은 당연한 것이리라, 그는 생각했다.

'무림인은 다 거칠고, 여인네들 또한 손속이 매섭고 말을 함부로 한다는데 아니잖아?

요 며칠간 단리채빈에 대해 보고 느낀 소감이었다.

얼굴을 천으로 살짝 가린 단리채빈과 현어운은 곧 연곤현 안으로 들어섰고, 이리저리 돌아다니기 시작했다. 그다지 바깥과 왕래가 없는 촌이라 사람도 별로 없고, 시진도 그다지 활발하지는 않았지만 있을 건 다 있었다.

하지만 단리채빈은 이곳 연곤현에 무림인이 하나도 보이지 않는다는 것에 놀라고 있었다. 간간이 힘 좀 쓰게 보이는 파락호는 보였지만 무공을 사용하는 무인은 눈에 띄지 않았다.

'그렇다면 무림의 소식도 알 수 없겠구나……'

"현 소협, 바깥 소식을 들으려면 어떻게 해야 하나요?"

"바깥 소식이요? 아… 연곤현을 나가 난구현까지 가야 사람들의 왕래가 좀 있습니다. 여기는 있을 만한 건 다 있지만 꽤 구석진 곳이라 사람들의 왕래가 많지 않아서 정보 같은 건 얻기 힘들어요."

"그렇군요……."

한편으로는 다행이었다. 만약 이런 곳에 무림제왕성을 싫어하고 자신의 얼굴을 알고 있는 무인들이 있다면 큰일이었기 때문이다.

"여유를 가지고 마음을 편히 하세요. 조금만 더 있으면 완쾌할 것이고, 그러면 난구현으로 갈 수 있지 않겠어요? 그때 제가 도와드리죠. 단순한 길 안내일 뿐이지만, 하하!"

"……."

그녀는 현어운의 말을 듣고 잠시 그의 얼굴을 살펴보았다. 초조해하는 자신과는 달리 얼굴에 여유가 넘쳐흐르고 있었다. 그녀가 정신을 차리기 직전에 들었던, 생각없이 사는 게 좋다는 말이 딱 어울릴 정도로 그의 얼굴은 편안함이 넘쳐흐르다 못해 바보같이 보일 정도였다.

입가에 슬며시 미소가 번지려는 것을 참으며 그녀는 가볍게 고개를 숙여 보였다.

"고마워요, 현 소협."

살포시 가려진 천 사이로 그녀의 속눈썹과 오똑한 코가 그의 두 눈에 비치자 돌연 가슴이 두근거리기 시작했다.

'하핫, 이래선 안 돼! 얼굴에 혹해 봤자야, 현어운!'

"하하… 가, 가시죠!"

먼저 앞서 걷는 그의 걸음이 조금 어색하다. 살짝 붉어진 얼굴이 그의 마음을 대변하고 있었다.

"야야, 현어운! 너 그녀랑 이제 연인 관계까지 간 것이냐?"

군동이 운영하는 객잔은 그다지 크지는 않지만 먹고살 만큼은 장사가 되는 곳이었다. 조용하고 음식 실력도 꽤 좋아 서민들이 자주 찾기 때문이었다. 현어운도 당연히 이곳에서 끼니를 해결했다.

오늘도 군동에게 식사를 부탁하고는 앉아 바깥을 바라보고 있는데, 난

데없이 호보가 뛰어들어 와 대뜸 엉뚱한 말을 꺼내었다.

"뭐?!"

주문을 받고 있던 군동 역시 깜짝 놀라 고개를 돌렸다. 하지만 곧 주문을 받으러 다른 손님에게로 가자 호보는 현어운의 옆구리를 사정없이 찔렀다.

"그만 찔러! 어디서 헛소리를 듣고 와서 그런 거야? 너 또 아침에 술 마셨냐?"

"이런, 응큼한 녀석을 보았나?! 내가 정보 하나는 확실하지. 네가 저녁 무렵마다 여인네랑 섬수원 근처를 다정하게 거닐고 있는 걸 본 사람이 있단 말이다!"

"야! 그녀가 답답하다고 해서 바람을 쐬고 온 것뿐이야. 별것도 아닌 걸 가지고 난리를 치고 있어, 쌍……."

"흐음… 이상한데?"

"뭐가?"

"그렇게 아름답다면서 네가 흑심을 품지 않고 있다는 게 말이 되는 소리야?"

"……."

현어운이 어이없는 표정으로 그에게 한 소리 하려고 할 때, 마침 군동이 음식을 가지고 나타났다.

"뭐? 어운이 구해주었다던 그 여인이랑 사귄다고?"

"네가 이야기해."

현어운이 호보에게 떠넘기자 호보는 이미 관심없다는 표정으로 군동에게 술을 시킬 뿐이었다.

"이 시키! 외상값이나 갚아!"

"알았어, 알았어. 말해 주면 되잖아."

"진작 그럴 것이지……."

현어운은 그들이 무슨 이야기를 하든 신경 쓰지 않고 밥 먹는 것에만 집중하였다. 식사를 다 마쳤을 때까지도 두 친구는 그 이야기를 하고 있었다.

"그렇게 말하고는 저놈이 글쎄, 그 여자의 옷을 하나하나 벗기기 시작한 거야. 여자는 부끄러워하는 표정을 짓긴 했지만 살포시 미소를 지으면서 모든 걸 허락한다는 자세로 가만히 있자, 더욱 흥분한 저놈이 거칠게 옷을 째버리고 곧바로 몸을 뉘어서는……."

"그, 그 다음엔?"

"저 자식이 다급히 옷을 훌러덩 벗고는 곧바로 여인의 몸 위에……."

군동의 추임새에 신이 난 호보가 결정적인 부분을 이야기하려 할 때 밥그릇을 잡은 현어운의 손이 위로 들려졌다 아래로 내려갔다.

탕!

"깜짝이야!"

"나 간다!"

두 놈이 하는 이야기가 다 그렇지. 현어운이 뒤돌아 서자 언제 그랬냐는 듯이 호보는 다시 군동에게 없는 이야기를 만들어 춘서(春書)를 짓는다.

'썩을 놈들…….'

속으로 욕지거리를 하며 당호관으로 향했다. 구 일 만에 또 당호관의 건물 지붕에 구멍이 뚫린 것이다.

그러고 보니 그날 오지 못한다는 말을 들은 이후로 전유림의 모습을 도통 보지 못했다. 그날 자신에게 뜬금없이 했던 말을 떠올렸다.

"…극기 훈련?"

쓴웃음을 지으며 생각을 지운 그는 당호관에 도착하자마자 기다렸다는 듯이 나온 꼬마 녀석의 안내를 받으며 수리할 건물로 향했다.

"여긴 유림이 지내는 건물이지 않니?"

"네, 아저씨."

그렇게 대답하고는 순식간에 사라져 버렸으니, 자신이 알고자 하는 바를 알아내지 못한 현어운은 고개를 저을 수밖에 없었다.

"이놈이고 저놈이고 제대로 정상적인 놈이 없군."

투덜거리고 있을 때, 마침 건물 밖으로 전유림이 나오는 것이 보였다. 현어운은 손을 들어 전유림을 불러 세웠다.

"이봐! 꼬마 녀석이 날 이곳에 데려왔는데, 여기에 고칠 게 있어? 관주님이 기거하시는 건물이 아니고?"

왠지 초췌해 보이는 그녀의 얼굴을 보고 순간 의아하게 여겼지만, 그녀는 말없이 손으로 건물 중앙의 지붕을 가리키고는 어디론가 횅하니 사라져 버렸다.

"뭐야? 너나 할 것 없이 바람처럼 사라지네."

황당한 표정으로 그녀가 사라진 자리를 바라보던 그는 목공용 자재를 들고 건물로 향했다. 지붕으로 올라가 수리할 곳을 본 순간 그는 표정을 굳히고 말았다. 부서진 지붕의 모양이 예전에 보던 것이라 똑같았다.

"설마… 장풍을 쓴 흔적?"

그는 그녀가 사라진 쪽으로 다시 고개를 돌려 바라보았다. 자신이 알기로도 그녀는 장풍을 쓸 줄 모른다. 그런데 갑자기 그녀가 기거하는 이곳에 장풍으로 뚫린 것과 같은 구멍이 생겼다.

"근데 왜 지들 방에서 장풍을 쓰는 거야?! 쓰려면 밖에 나가서 쓰던지. 나야 고쳐 주고 돈만 받으면 되지만."

입맛을 다신 그는 이내 수리에 신경을 쏟았다.

"아저씨!"

거의 다 고쳐 갈 때쯤 꼬마 녀석이 다시 나타나더니 지붕을 향해 소리 쳤다.

"관주님이 다 고치고 오래요! 돈은 항상 받던 곳에서 받으시구요!"

"알겠다!"

일각 뒤 지붕 수리를 마무리한 현어운은 먼저 당호관의 대소사를 관장 하는 집무당으로 갔다. 책임자는 총관이었지만 그가 직접 집무당에 있는 일은 거의 없었다. 대리인인 소삼식에게 돈을 받은 뒤 곧바로 당호정으 로 향했다. 어서 볼일을 끝내고 나무를 하러 가야 했기 때문이다.

항상 그렇듯 자신을 부를 때면 먼산을 보고 있듯 시선을 다른 곳으로 향한 채 의연히 서 있는 그였다.

"관주님, 부르셨습니까?"

"음, 불렀네."

"……."

"자네, 혹시 우리 딸이 뭐라 그러지 않던가?"

"무슨 말씀인지…….''

"극기 훈련이니 뭐니 그런 말 말일세."

"아, 오 일 전쯤에 저에게 극기 훈련한 적이 있냐고 물었습니다."

"그래? 그렇군. 한 적 있나?"

"네? 아, 아니요."

현어운은 아비와 딸이 짝짜꿍으로 자신을 가지고 놀고 있는 것이라 생 각했다. 그러지 않고서야 목수에게 그런 말을 할 이유가 없지 않은가?

"그래? 하지만 한 것 같은데?"

"그, 그럴 리가요."

"자네, 여기 온 지 오 년 정도 되었지? 올해 나이가 어떻게 되나?"

"방년 스물네 살입니다만…….''

"방년? 흠… 그때가 열아홉이라. 그전에 험한 일 좀 했지?"

"아, 뭐… 그때도 다른 지역에서 목수 일을 했습니다만……."

무슨 신상 내력 심문도 아니고 괜히 기분이 나빠진다.

"이상하군. 자네는 분명 극기 훈련류의 무언가를 해야 했네!"

"아, 아니, 꼭 그래야 합니까? 전 정말 평범하게 살아왔습니다."

"흠, 장풍을 쓰기란 그리 어려운 일이 아니지. 구결이 가장 중요하고, 그 구결에 따라 잠력을 일으키기만 하면 돼. 다만 잠력은 무림에서 말하는 선천지기도, 내공도 아니야. 말 그대로 몸속에 숨겨져 있는 힘이지. 정확한 건 굳이 알 필요는 없지만 용의가 있다면 알려주겠네."

"저… 나무하러 가야 하는뎁쇼."

"알겠네, 알겠어. 정말 배우기 싫은가? 아니, 자네가 배우지 않으면 그것만큼 죄악도 없네. 자네의 잠력은 상품이야! 최상품!"

그의 눈은 현어운이 장풍을 반드시 배워야 한다는 눈빛을 하고 있었다.

"과, 관주님?"

현어운이 심히 당황스런 표정으로 뒷걸음질치자 그제야 전웅은 흥분을 가라앉히고 원래의 신색으로 돌아왔다.

"흠, 흠! 내 자네의 잠력을 알아내는 데만 사 년이란 긴 시간이 걸렸네. 그 당시는 내 실력이 미천해 알아보질 못했던 것이지. 그리고 자네도 알다시피, 우리 당호관의 무공은 무공이라기보다는 내공을 사용하지 않는 외가무술 위주일세. 그래서 항상 청검장(靑劍莊)에게 밀릴 수밖에 없지. 하지만 자네가 장풍을 익힌다면 그런 일은 걱정할 필요도 없지! 그리고 자네가 좋아하는 여인에게도 당당해질 수 있네!"

"네?!"

"자네가 요즘 가까이 하는 여인이 무림인이란 소리를 들었네. 무림의

여인은 보통 강한 남자를 좋아하지. 영웅호색이란 말이 괜히 나온 것이
아니야.”

“으음…….”

그 한마디로 인해 현어운의 마음은 크게 흔들렸다. 아름다운 미녀에게
끌리지 않는다면 그게 어디 남자이겠는가? 더구나 그녀는 마음씨도 아름
답고 밝기까지 하며, 중요한 건 요 며칠간 꽤 가까워진 사이라는 점이다.
그런 여인에게 끌리지 않는다면 그자는 스님일 것이다.

“장풍은 자네를 순식간에 강하게 만들어줄 수 있네! 자네의 잠력은 지
금 주체하지 못해 폭발 직전에 있어! 그걸 해소하지 않는다면, 자네의 몸
은 십 년 내로 발작을 일으켜 차가운 바닥에 쓰러져 거품을 물고 있을지
도 몰라!”

“저, 정말요?”

“자네, 수음(手淫)을 아는가?”

“부, 부끄럽게. 알기는 한데……?”

“남자로서 부끄러워할 게 있는가? 자연적인 현상일세.”

“헉!”

이 당시의 윤리관으로는 도저히 받아들일 수 없는 이론을 전웅이 펼치
자 현어운은 까무러칠 듯 놀라고 말았다.

“체내에 쌓여 있는 정기는 시간이 지나면 탁하게 되어 자연적으로 방
출하게 되지. 그것을 인위적으로 방출하는 방식이 수음일 뿐이야. 우리
네 잠력도 그것과 일맥상통하지만, 보통 사람의 잠력은 그 양이 미미해
자연적으로 방출하고 자시고 할 필요도 없네. 하지만 자네는 엄청난 잠
력을 내재하고 있어. 활화산 같은 그것이 언제 욕구불만을 이기지 못해
자네의 몸을 해할지 모르네. 장풍으로 발산해야 해.”

“그, 그다지 이해도 안 되고… 믿지도 못하겠습니다.”

전웅이 하는 말을 전부 이해 못하는 바는 아니나 도저히 받아들이기 힘든 무언가가 있었다. 이미 수음이란 단어가 나올 때부터 본능적인 거부감이 드는 것은 어쩔 수 없는 일이다. 전웅은 비교 대상을 잘못 선택한 것이다.

"음… 다음에 또 이야기하세."

나는 듯이 밖으로 뛰쳐나온 현어운은 질렸다는 표정으로 정문을 바라보았다.

"벌써 몇 번째야? 알면서도 계속 듣게 되는 나도 정말……."

몸을 돌려 걸음을 옮기는 그의 얼굴이 평상시 같지 않게 어두웠다.

"그것이… 극기 훈련? 후후!"

웃음으로 씁쓸한 마음을 툴툴 털어버린 그는 다시 평상시의 얼굴로 돌아와 있었다.

며칠이 지나도록 단리채빈은 자신의 갑갑한 마음이 가시지 않는 걸 느꼈다. 아직 무공을 사용하기에는 무리인지라 원하는 것을 마음대로 하지 못하기 때문이기도 했지만, 무엇보다 상악평의 전투에서 겪었던 감정들이 제대로 풀리지 않고 있었다. 그리고 그동안 이곳에서 지내면서 생각하고 느낀 많은 것들 때문이기도 했다.

'난 무제의 딸이라는 좋은 허울을 뒤집어쓴 채 광대 놀음을 하고 있었던 거야.'

지난 오 년간 허울 좋은 이상으로 자신의 말을 포장하고 사람들을 선동하여 죽음으로 이끌었다. 자신의 이상을 이루지 못함을 알고 있음에도 불나방처럼 달려왔고, 그 끝은 이렇게 허무했다.

'돌아가면 다시 예전처럼 지낼 수 있을까? 다시 사람들의 신뢰를 얻을 수 있을까? 무엇보다… 내가 그들을 믿을 수 있을까?

배신과 패배의 경험은 이렇듯 그녀의 모든 걸 뒤흔들어 놓았다.

"하아… 무거운 짐을 잊고 지내는 이들이 부럽구나……."

그녀는 고개를 저으며 자신의 상념을 떨쳐 버렸다. 일단 그 전투가 끝난 뒤 어떤 상황으로 흘러가고 있는지 무림의 소식부터 알아야 했다.

그녀는 이곳에서 시간만 축낼 게 아니라 얼마 전 현어운에게 들었던 난구현으로 지금 당장 가보야겠다 생각하며 방을 나왔다. 때마침 섬수신의가 이쪽으로 오고 있었다.

"어디를 가려 하는가?"

"아, 잠시 다녀올 때가 있어 나갔다 오겠습니다, 어르신."

"무림의 정보를 얻으려 함인가?"

"……!"

"들어가세."

섬수신의의 표정에서 무언가를 알고 있다는 것을 느낀 그녀는 고개를 끄덕이며 그를 따라 방 안으로 들어갔다.

"이곳 연곤현에는 무림의 정보를 얻을 수 없는 것 같았는데……?"

"마침 바깥에서 이곳으로 온 약초 장수가 있었지."

"아……."

그녀는 섬수신의가 어쩌면 자신의 정체를 알게 되었을지도 모른다고 생각했다.

"무림제왕성은 지금 변함이 없네. 금탁과 신록희도 변함이 없지. 단 하나, 어제 무림제왕성에서 화천신마녀의 죽음을 공식적으로 밝혔네. 오 년간 이어오던 전쟁의 총책임자 직이 사라지고, 임시로 칭하던 화천신마단(華天神魔團)도 해체되었지."

"……!"

"이제 단리채빈이란 존재는 사라지게 되었네."

"저, 정말인가요, 어르신?"

단리채빈은 믿을 수 없다는 표정으로 그에게 물었고, 섬수신의는 여기에 없는 타인에 대해 이야기를 하는 듯 태연한 표정으로 고개를 끄덕였다.

"더욱 우스운 건 무엇인지 아는가?"

"무엇이죠?"

"향후 오 년간 화천신마녀란 별호 내지, 스스로가 단리채빈이라 칭하는 자는 이유를 불문하고 사살하겠다는 방이 내려졌네."

"대, 대체 왜……?"

"표면상으로는 무림의 주인인 자의 여식이 죽었으니 그에 맞는 예우를 취한 것이지."

황실로 치자면 공주가 죽은 셈이니 충분히 있을 법한 이야기였지만, 단리채빈에게는 어이없는 일일 수밖에 없었다. 그렇게 되면 자신이 아직 살아 있다는 사실을 밝히기 어렵게 된다.

'대체 왜……? 날 탐탁지 않게 여기는 아버지가 그런 조취를 취했어. 왜……?'

무제에게 이유없는 감상적인 조취는 있을 수가 없었다. 그녀로서는 도무지 그 의도를 알 수가 없었지만, 그에 대한 고민보다는 그로 인해 자신이 이루고자 했던 모든 것이 하루아침에 사라져 버린 것에 더욱 허탈해하고 있었다.

"믿을 수가 없군요……."

그녀의 말에는 힘이 없었다.

"난구현으로 가보게, 더욱 자세한 것을 들을 수 있을지도 모르니."

"혼자서 괜찮을까요? 이틀이 지났는데 감감무소식이잖아요."

기울어 가는 태양을 쳐다보는 현어운의 걱정에 섬수신의는 태연히 받아쳤다.

"그녀는 무림인이야. 그러니 걱정 말고 있거라. 개인적인 일로 늦는가 보지."

"분명 돌아온다고 했으니 오겠죠?"

"며칠 안 돼서 잘 모르지만, 내가 본 그녀의 성격이라면 온다고 했으니 올 게다."

"그렇죠?"

'안 올 수도 있다.'

"왜? 며칠 됐다고 벌써 그녀에게 푹 빠진 것이냐?"

"그, 그, 그럴 리가 있습니까?! 전 단지 아녀자의 몸으로 먼 곳을 갔기에 걱정을 한 것뿐입니다!"

"길가다 물어봐라. 누가 더 걱정될 것인지. 답은 무림인이 아닌 네놈이다, 네놈."

"말을 해도……."

그때 문밖에서 누군가의 발자국 소리가 들려왔다.

"여어, 어운!"

"……."

오라는 사람은 오지 않고 보기 싫은 호보가 손을 흔들며 들어왔다.

"어르신, 안녕하십니까! 오랜만입니다!"

"네놈이 여기에 웬일이냐?"

"하하! 어운이 이틀째 보이지 않아서 우정을 버리고 사랑을 택했나 싶어 한번 와봤습니다."

"손에 든 그 나무 막대기는 뭐야?"

현어운의 물음에 호보는 막대기를 손바닥에 툭툭 치면서 말했다.

"아, 이거? 정말 그랬다면 이걸로……."

"네놈 친구들의 한계다. 알겠냐?"

섬수신의의 비아냥에 현어운은 아무 말도 하지 못했다.

"단채련 소저는 어디 간 거야? 안 보이네? 전에 한 번 본 후론 또 뵙고 싶더라구, 하하하!"

그 역시 그녀의 미모에 혹한 것이 틀림없었다.

"일이 있어서 난구현에 갔다 아직 안 왔으니, 내일 다시 와. 아무래도 오늘은 안 올 것 같네."

그리 긴 대화를 나누지 않았는데도 태양이 어느새 산마루를 넘어가고 있었다. 현어운의 말을 들은 호보는 실망스런 기색을 감추지 않았다.

"그래? 그럼 다음에 보자."

호보는 단리채빈이 없자 미련없이 몸을 돌려 섬수원을 나가 버렸다.

"우정 찾아온 놈이……!"

현어운은 호보의 손에 든 몽둥이를 뺏어 들고 섬수신의의 그 빠른 손을 이용해 호보의 머리통을 마구 내려치고 싶었다.

"어서 그 빠른 손 배워요!"

"갑자기 무슨 소리냐?"

"저놈의 머리통에 막대기를 휘둘러야지, 원."

두 사람이 이 이야기 저 이야기하면서 일 다경 정도 시간을 보낼 때쯤 밖에서 또다시 누군가의 발걸음 소리가 들려왔다.

"……."

어둠을 안고 들어오는 인영은 두 사람이 그리도 기다리고 있던 단리채빈이었다.

"왔어요?! 안 오는 건 아닌가 걱정했어요."

현어운의 말에 그녀는 힘없이 고개를 끄덕일 뿐이었다. 그런 그녀의 모습에 싱글벙글거리던 현어운의 표정은 금세 시무룩해져 버렸다.

"……."

"다른 사실을 알아냈는가?"

"아니요. 말씀하신 그대로더군요."

그녀의 목소리와 표정에는 허탈감이 짙게 묻어 있었다. 이틀 전보다 더욱 수심이 짙어진 그 모습에 섬수신의는 그녀가 또 다른 어떤 충격을 받았음을 눈치챘다.

"말 못할 거라면 하지 않아도 되네. 피곤할 터이니 들어가서 쉬게나."

"고맙습니다."

단리채빈이 방 안으로 들어가 버리자 완전 제삼자의 입장이 돼버린 현어운은 섬수신의를 노려보며 말했다.

"대체 무슨 일이죠? 노인장은 뭔가를 알고 있는 모습인데……? 그녀가 뭘 알았기에 저런 것입니까?"

어떻게든 그녀에 대해 알고 싶어 하는 그의 모습에 섬수신의는 내심 안쓰러움을 느꼈다.

"넌 그녀가 무림인인 것을 잊었느냐?"

"모를 리가 있습니까. 그녀가 무림제왕성의 사람일 거라는 것도 알고 있었습니다."

"호오, 제법 눈치가 빠르구나. 그럼 그녀가 무림에서 화천신마녀로 불린다는 것은 알고 있느냐?"

"화천신마녀요? 그, 그건 처음 듣습니다. 왜 하필이면 마녀예요? 마녀는 무슨… 성녀라 해도 부족할 판에……."

"그럼 무제는 알겠지? 무제도 모르면 넌 인간이 아니다."

"무제를 모르는 사람이 어디 있어요?! 나 사람 맞아요!"

"그럼 화천신마녀가 무제의 딸인 건 모르는구나?"

"화천신마녀가 무제의 딸이라고요? 그, 그, 그럼 단리 소저가 무, 무, 무제의 딸……?"

현어운은 어지간히 놀란 듯 입을 쩍 벌린 채 그녀가 들어간 방을 쳐다보며 말을 잇지 못하였다. 굳이 비교를 하자면 황제의 딸이 이곳에 행차하신 것이다.

"어서 꿈에서 깨거라. 그녀는 네가 관심을 가져서는 안 될 사람이야."

"쳇… 내가 언제 관심이 있다고 했나 뭐……."

그의 목소리에는 숨길 수 없는 실망감이 담겨 있었다.

아침 일찍 군동객잔에 나온 현어운은 식사 이후 내내 멍한 표정으로 창밖만을 바라보고 있었다.

"야, 대체 왜 그래?"

군동이 술 한 병을 식탁 위에 놓으며 묻는다.

"아무것도 아니야."

"아무것도 아니긴. 너 지금 얼굴에 심각하다고 쓰여 있어, 이 단순한 놈아."

"안주는 오리목향감구이로……."

현어운은 창밖을 향한 시선을 돌리지도 않은 채 무심하게 말했다.

"헛소리하지 말고 무슨 일인지 말해 봐. 평소에 안 하던 행동 하면 죽을 때라던데… 너 이러고 있으니까 꼭 죽기 직전인 것 같다? 친구 생각해서 죽기 전에 시원히 다 털어놓고 죽으면 안 되겠냐?"

"……."

그제야 현어운은 고개를 돌려 군동의 얼굴을 쳐다보고는 술병째로 들어 한 모금을 들이켰다.

"크으!"

입술을 훔치는 그의 얼굴은 어느새 어두운 기색은 사라지고 평소의 밝은 모습으로 돌아와 있었다.

"야, 만약에 네가 넘볼 수 없는 여자를 마음에 품었다면 어떻게 하겠냐?"

"……."

그의 말에 군동은 의외로 심각한 표정이 되어 아무 말도 하지 않았다. 그 모습에 되려 놀란 현어운이 당황했다.

"야, 왜 네가 더 심각한 거야?"

"이룰 수 없다면, 피하는 것도 한 방법이지. 하지만 그러기 싫다면… 다른 생각하지 말고 흘러가는 대로 놔둬 버려."

"……."

"뭐야? 요지를 알 수가 없잖아?"

언제 나타났는지 호보가 자리에 앉으면서 군동을 힐난했다.

"모름지기 사내라면 불가능한 사랑에 도전해 봄 직도 하지! 종놈과 주인 마님의 사랑! 얼마나 아름답냐?"

병째로 술을 들이키는 호보를 향해 현어운이 한심한 듯 한마디 했다.

"그건 불륜이잖아, 시캬."

"커흠! 아무튼, 사내든 여자든 이룰 수 없을 것 같은 사랑을 은근히 기대하고 있어. 남자의 인생은 한 방이야! 일단 나가고 보는 거야! 그러고 보니……."

호보는 음흉스런 표정을 지으며 현어운을 바라보았다.

"……."

"너 아무래도 그 단채련 소저에게 단단히 반한 듯하다? 하긴… 예쁘지, 게다가 네놈이 목숨까지 구해줬지. 준비된 음식상 아니겠나!"

"이게 비유를 해도 꼭 그런 데다가… 그리고 아니야, 그냥 생각나서

물어본 것뿐이라고!"

"그나저나 단 소저는 돌아온 거야?"

현어운이 고개를 끄덕이자 호보는 시원하게 웃으며 자리에서 일어났다.

"가보자! 이렇게 같이 가서 이야기하면 좀 더 친해질 수 있는 거야. 그럼 너도 좋고 그녀도 좋고, 일석이조지 않겠냐?"

"내가 좋은 게 아니라 네가 좋겠지."

"나도 한번 가봐야겠다."

갑자기 군동이 자리에서 일어나며 말하자 현어운과 호보는 깜짝 놀라고 말았다.

"엥? 네가? 장사는 어떻게 하고?"

"어이, 삼앙 아저씨!"

"왜?"

"나 올 때까지 가게나 봐줘요! 음식은 대충 차려주시구요!"

"술 두 병!"

"세 병 드리죠."

군동이 서슴없이 밖으로 나가 버리자 호보와 현어운은 할 말을 잃은 채 그 뒤를 따를 수밖에 없었다.

단리채빈은 난구현으로 가서 섬수신의에게 들었던 이야기 그대로의 정보를 얻을 수 있었다. 그리고 또 한 가지, 더 믿기지 않는 추측도 듣게 되었다. 워낙 사람이 많은 무림이다 보니 별의별 추측을 다 내놓은 것이다.

'상악평의 싸움에 아버지가 개입했다고? 헛소리야!'

무림제왕성의 입장에서 보면 곤란한 존재인 그녀를 없애기 위해 무제가 간접적으로 개입했다는 소리였다. 아무리 그가 냉혹한 피를 지닌 자라지만, 혈육에게 그렇게까지 할 사람은 아니라 그녀는 생각했다.

단리채빈은 아니라 강하게 부정하였지만 심장은 아직도 빠르게 뛰고 있었다.

"그럴 리가 없어."

자리에서 일어난 그녀는 방문을 열고 나왔다. 지금은 그에 대한 생각보다는 앞으로 어떻게 해야 할지가 가장 큰 문제였다. 무림제왕성에서 그런 조취를 취해 버려 자신이 살아 있다는 것을 알리기가 어렵게 되었다. 아니, 그녀는 애써 부정하고 있었지만, 난구현에서 들은 그 추측이 사실로 될까 봐 자신의 생사를 알리기가 두렵다는 것이 본심이리라.

"아침을 먹지 않았는데, 괜찮은가?"

그녀가 나오자마자 마당에서 약초를 말리고 있던 섬수신의가 말을 꺼냈다. 그의 얼굴이 어제와는 다르게 인자해 보인다 생각되자 그녀는 가볍게 미소 지었다.

"네, 괜찮습니다. 점심때는 제가 음식을 만들어볼게요. 신세만 지니 이런 것이라도 하겠습니다."

"허허, 귀하게 자란 사람이 밥도 할 줄 아는가?"

"이래 뵈도 오랜 시간 밖에서 생활했으니까요."

"그럼 염치 불구하고 맡기겠네. 내 밥은 내가 먹어도 그다지 맛이 있질 않아서 말야. 허허!"

그의 웃음소리에 마음이 편해지는 그녀였다. 더 이상 아무것도 묻지 않고 평상시처럼 대해주는 것이 고마웠던 것이다.

"앞으로 어떻게 할 건가?"

"아직……."

"어르신, 오랜만입니다."

그때 섬수원의 정문으로 현어운을 비롯한 두 사람이 들어왔다. 군동이 인사를 하자 섬수신의는 그나마 다른 두 사람을 대할 때와는 다르게 인자한 표정으로 군동을 맞이주었다.

"그래, 오랜만이구만. 장사는 잘되고 있는가?"

"네. 먹고살 만큼은 되고 있습니다."

"어찌 자네같이 장사를 하는 사람이 저런 놈들과 친하게 지내는지, 쯧쯧."

"아니, 어르신! 우리가 어떻다고……."

"맞는 말이지."

군동의 반격에 호보는 입을 다물고 말았다.

"몸은 좀 어떻습니까?"

현어운이 묻자 단리채빈은 고개를 끄덕이며 말했다.

"괜찮아요. 어제는 경황이 없어서 그냥 들어가 버렸네요. 죄송해요."

"사, 사과할 것까지야……. 몸이 괜찮다니 다행이군요."

막상 그녀를 대하니 무제의 딸이라는 사실보다는 호감있는 여인에게 가지는 부담과 부끄러움이 더 컸다.

"오오… 이놈 얼굴 봐라! 얼굴이 빨개!"

호보가 짓궂게 놀리자 현어운은 화들짝 놀라며 소리쳤다.

"어, 어, 어디서 거짓말이야?! 내 얼굴이 어떻다고!"

"진짜 빨갛다. 아침에 마신 술이 이제야 취하는 거냐?"

"쯧쯧, 호보 녀석과 같이 지내다 보니 아침에 술 처먹는 건 이제 예사로구나? 에잉……."

"난 안 취했어! 왜 나만 갖고 그러는 거야!"

현어운은 그들의 공세에 당황하며 열을 내지만 되려 그들의 공격 성향을 더욱 부추길 뿐이었다.

“호호……”

그런 그들을 보니 자신도 모르게 웃음이 나는 단리채빈이었다. 오랜 세월 같이 있음으로써 생긴 그들의 유대감이 부럽기만 했다.

‘나도…….’

그녀에게는 애초에 그런 것이 없었다. 그녀에게도 유대감을 가질 만한 자들이 있었지만 모두가 전쟁이라는 개념 하에 생긴 관계였다. 그리고 지금은 그것들마저 사라져 버렸고, 언제 되찾을지 알 수 없었다.

그들을 보고 있자니 절로 자신의 개인적인 일에 신경이 쓰였다. 지금에 와서 돌이켜 보면 자신은 그동안 이룬 것이 하나 없으며, 친한 사람 하나 없었다. 태생으로 인해 어쩔 수 없다지만 슬픈 일이 아닐 수 없었다.

‘앞으로 할 일…….’

“좀 그만 해요! 내가 그렇게 만만합니까?! 아, 진짜 노인장 성질 더럽네! 새파랗게 어린 놈 골려 먹기나 하고! 에이 씨!”

“아니, 이 썩을 놈이 어르신에게 성질 더럽다니! 그러니 네놈이 아직 덜되 먹은 놈이란 소리를 듣는 게야!”

‘조금만 더 여기에 있어도 될까? 여기서 새롭게 나아갈 수 있을지도 모르잖아……?’

“천생연분을 만난다는 점괘입니다.”

‘내가 무슨 생각을!’
그녀는 부끄러움에 급히 그 생각을 떨쳐 버렸다.
‘난 해야 할 일이 있어!’
하지만 곧 다른 생각이 머리 속으로 파고들었다.

‘내가 뭐가 그렇게 대단하다고 사람들을 이끌어 전쟁으로 뛰어들게
했지? 내가 무슨 자격으로……’

그녀는 여전히 시끌벅적한 그들을 보고 있었다. 개인적인 안위와 자신
에게 주어진 일, 그리고 전쟁의 패배에서 얻은 자신의 한계 등 이런 저런
생각으로 굳어 있던 얼굴은 시간이 흐르자 조금씩 펴지고 있었다. 이들
의 모습을 보고 있자니 자신도 이들과 함께 웃고 떠들고 싶은 마음이 생
기기 시작했다.

‘일단 아무 생각도 하지 말자. 따뜻한 사람이 사는 이곳에서 나 자신
을 회복하는 거야. 그리고 다시 나아가겠어!’

“저기, 어르신…….”

“말하게.”

한참 서로 티격태격하다 보니 섬수신의의 얼굴에는 오히려 활력이 넘
치고 있었다. 세 사람의 젊음을 빼앗가고 있는 것 같아 보일 정도였다.

“한동안 이곳에서 지내도 될런지요?”

“…….”

“그, 그거 좋지요! 얼마든지 지내세요!”

현어운이 자신도 모르게 흥분하며 소리치곤 곧 자신의 실책을 깨닫고
는 시선을 어디다 두어야 할지 몰라 했다.

“여기가 네놈 집이냐?!”

섬수신의는 그렇게 쏘아주고는 그녀를 향해 말했다.

“괜찮겠나?”

그의 말에는 참으로 많은 의미가 함축되어 있었고, 그녀 또한 그 말의
의미를 어느 정도 파악한 상태였다.

“피해를 주지 않도록 하겠습니다.”

“…….”

“피해는 되려 우리가 주지 말아야죠! 뭐 해요, 대답 안 하고!”

현어운의 재촉에 섬수신의는 확 거절할까 하다가 안절부절못하고 있는 그의 얼굴과 조마조마한 그녀의 얼굴을 볼 수 있었다.

‘허어, 대체 무슨 바람이 불어오려는지……’

무림인이, 그것도 평범하지 않은 무림의 여인 하나가 이곳으로 들어오려 한다. 걱정이 아닐 수 없었지만 왠지 거부할 수가 없었다.

“편하게 지내게, 소저.”

“어르신, 고맙습니다.”

그녀는 기분 좋게 웃으며 포권을 취해 보였다. 그저 이곳에 지내는 걸 허락받은 것뿐인데, 마치 험난한 시험을 통과한 것처럼 기분이 좋아 자신도 모르게 환하게 웃은 것이다.

그 아름다운 모습을 현어운과 호보가 멍한 표정으로 바라보고 있었다. 두 사람의 바보 같은 얼굴을 보고 쓴웃음을 짓던 군동은 그리 편한 마음만은 아니었다.

‘일단 다른 면은 괜찮은 듯하지만, 힘을 지니고 있으니……. 심히 걱정되는군.’

“이제 저를 대할 때는 편하게 부르세요, 어르신.”

그녀가 준비한 저녁 음식은 점심때와 마찬가지로 입에 착 달라붙었다. 흡족한 표정으로 맛을 음미하던 섬수신의는 그녀의 말에 당황했지만, 이내 그녀가 원하는 대로 어색하게나마 대답했다.

“흐흠! 아, 알겠다, 채련아.”

섬수신의는 그녀에게 하대하는 것이 익숙하지 않은 표정이었다. 다른 사람이었다면 쉽게 되었겠지만, 그녀와 자신은 그렇게 쉽게 볼 수 있는 관계가 아니었기 때문이다. 물론 자신이 말하지 않는 한 누구도 모르겠지만.

"……."

그들의 대화와는 별개로 침울한 표정으로 밥을 먹는 이가 있었으니, 바로 현어운이었다. 오후에 섬수신의에게서 그녀에 대한 많은 것을 듣게 되었는데, 그녀가 그런 아픔을 숨긴 채 살아가야 한다는 것에서 남의 일 같지 않은 묘한 동변상련을 느꼈기 때문이다.

하지만 지금의 침울함은 편하게 대해도 되는 대상에서 자신이 빠졌기 때문에 기인했다는 것이 더욱 진실이리라.

"네놈 표정이 왜 그렇냐? 이렇게 맛있는 밥을 그렇게 맛없게 먹고 있으니, 네가 드디어 미쳤나 보구나? 떽! 당장 군동객잔이나 가서 처먹어라, 이놈아!"

"내가 언제 맛이 없데요?! 혼자 별의별 상상이나 다 하고 말야! 이렇게 맛있는 걸 누가 맛없다고 해요."

그는 정말 맛있다는 듯 밥을 꾸역꾸역 입속에 집어넣는다.

"다, 단리 소저, 아니, 단 소저. 저도 앞으로 군동객잔이 아니라 섬수원에서 밥을 먹어야겠습니다."

"고마워요. 아, 현 소협도 절 편하게 부르세요. 앞으로 계속 뵙게 될 사이인데 서로 불편하게 대하면 좋지 않잖아요. 그렇죠?"

"그, 그, 그래도 됩니까?"

이상하게 섬수신의에게 눈치가 보였다.

"왜 날 보느냐, 이놈아? 내가 채련의 아비라도 되느냐? 왜 내 눈치를 보고 그래, 멍청한 놈."

"왜 거기서 멍청하단 말이 나와요?!"

"친하게 지내자는 의미로… 앞으로 현 가가라 불러도 되겠죠?"

무림의 여인답게 호칭에 있어서도 거리낌이 없었으나 그녀도 나름대

로 용기를 낸 모습이었다. 어디까지나 이들과 친하게 지내고 싶은 마음
에서였다. 물론 당사자인 현어운은 심장이 두근거리고 정신이 혼미해질
정도로 황홀했다.

"무, 무, 물론입니다!"

"대답하는 꼬락서니 하고는…… 똑바로 대답해!"

"무, 물론이오. 비, 빈 매, 아니, 련 매라고 부르겠소. 초라하지만 이곳
에서 편하게 지내길 바라오."

앞으로 단리채빈이 아닌 단채련이라는 가명을 쓰기로 서로 약조한 상
태였는데, 아직은 익숙하지 않은 모양이었다.

"이놈이 마치 제집인 마냥……."

"내가 거의 다 지어주었으니 반은 내 집이죠!"

"끄응……."

"가가! 가가! 호호호호! 현 가가라 불러야 해? 이거 재미있네. 어째 가가는
이름을 아직도 기억하고 있어? 다른 녀석들은 죄다 잊어버렸는데, 물론 나
도……. 참, 그러고 보니 가가는 나이도 잊지 않고 있잖아? 열아홉. 가가 덕분
에 내 나이도 대충 알 수 있어. 열여덟 정도?"

"나이는 내가 살아온 삶의 흔적을 기억할 수 있는 매개체니까……."

"……."

현 가가라는 소리에 별의별 생각이 다 떠오른다. 잊고 싶었고, 잊어야
함에도 기억이 나버렸으니 이 모두가 편하게 살지 말라는 하늘의 계시일
지도 몰랐다.

'내 나이가 이제 스물넷이네…….'

이곳에 온 지도 벌써 오 년이 지났다. 행복하게 살기 위해서 나름대로

힘썼고, 이제는 나름대로 행복하다 할 수 있을 정도로 살고 있었다. 백지 상태였던 것들이 일 년 전부터 기억나기 시작했지만 가슴에 묻고 살다 보니 이젠 익숙해졌다.

'이대로 쭈욱… 행복하게 살자.'

"무슨 생각을 그렇게 하고 있어요?"

"아? 아, 다, 단 소저!"

섬수원 앞 나무 아래 앉아 저녁 하늘을 멍하게 바라보고 있던 현어운의 뒤로 단리채빈이 갑자기 나타나자 그는 크게 당황한 모양이었다.

그녀는 현어운이 또다시 호칭을 이전처럼 부르자 가볍게 웃었다.

"이것 봐요. 반시진 전에 서로 편하게 부르기로 해놓고서는……."

"아, 미, 미안하오, 련 매. 하하! 그냥 밤하늘이 좋아서 구경하고 있었소."

아직 편하게 말하는 것이 어색했지만 어려운 일은 아니었다.

"그래요? 흠… 저도 밤마다 달 보는 거 좋아했어요. 열여덟 살 때쯤인가? 그때 처음으로 전쟁에 참여한 이후로는 그런 낭만을 버렸지만요."

"이른 나이에 전쟁에 참여했구려……."

현어운이 안타까운 표정으로 말했지만 단리채빈은 아무렇지도 않은 듯 고개를 저었다.

"당연하게 받아들였기 때문에, 그리고 제가 원했던 것이기에 괜찮았어요. 그리 나쁜 기억은 아니어요."

그렇게 말하며 웃는 모습이 왠지 모르게 슬프다 생각한 현어운은 마음속에 품고 있던 말을 꺼내고 말았다.

"련 매, 련 매가 지금 어떤 상황인지 다 들었소."

"……."

"그 말을 듣고 나서 왠지 나랑 비슷한 처지라는 생각이 들었소."

"비슷한 처지요?"

"어쩔 수 없이 모든 걸 버려야 할 때……."

"……."

자신의 상황을 정확히 말하자 단리채빈은 두 눈을 크게 뜨고 그를 바라보았다. 어둠 속에서 빛나는 그녀의 눈이 너무나 아름다워 숨이 막힐 것 같았지만, 현어운은 조용하고 깊게 숨을 들이킨 후 말했다.

"어쩔 수 없이 모든 걸 버려야 할 때가 오면… 단 한 번만 생각을 바꾸면 되오."

"어떻게요?"

"되려 홀가분해질 수 있다고 생각하면 되오. 어차피 버려야 할 것이면 훌훌 털어버리는 것도 좋지 않겠소?"

그의 말에 단리채빈이 가볍게 고개를 끄덕였다.

"물론 아픔이야 남겠지만… 아픔으로 남든 새롭게 시작하여 기쁨으로 남든 그것은 자신의 몫이 아니겠소."

"그럼 현 가가는 뭐로 남았어요?"

"나, 나 말이오? 그, 글쎄……."

현어운이 어색해하며 대답을 피해 버리자 그녀는 그가 아픔으로 남겨 버렸을 것이라 짐작할 수 있었다.

"그런데……."

"……?"

"지금의 현 가가는 낮과는 전혀 다른 모습이에요. 낮에는 그렇게 밝은 모습이더니, 지금은 깊은 슬픔 하나를 간직하고 있는 것 같은 모습이잖아요. 멋지기도 하고……."

그녀의 눈에 서린 장난기를 본 그는 어색하게 웃으며 시선을 피해 버렸다.

“뭐, 누, 누구든 아픔 하나쯤은 간직하고 사는 것 아니겠소? 정도의 차이일 뿐이지.”

아직 순수한 그의 모습이 보기 좋다 생각한 단리채빈은 가볍게 웃으며 그의 옆으로 가 앉았다.

“현 가가.”

“네.”

“풋! 네라뇨?”

“아, 하하! 아직 편하게 말하는 게 익숙하지 않아서…….”

“고마워요.”

“뭐, 뭘 말이오?”

“이것저것 다요. 내 목숨을 구해준 것도… 날 위로해 준 것도……. 그래서 조금은 힘이 나요. 소중한 생명을 구함받은 것만 해도 복이라 생각하며 행복해야 하는데, 다른 것에 괴로워하고 있으니 나 자신이 한심스럽네요.”

“…….”

“지금은 아무것도 생각하지 않고… 이곳에서 나 자신을 다시 충전하고 싶어요. 조심스럽게…….”

현어운은 자신의 말이 그녀에게 어느 정도 영향을 주었다는 생각이 들자 기뻤다.

“런 매는 새롭게 시작하여 기쁨으로 남길 수 있을 것이오.”

第三章
마음의 고향

초선득은 자신을 포함한 우리 모두가 '이매망량'이라 했다. 이매망량은 멀리 동영이란 신비한 나라에서 쓰이는 말로, 이곳에서는 '귀신'이란 의미이다. 내 나이 열세 살이 되었을 때, 나의 상태가 친구들 중 가장 이매망량에 가깝다는 평을 들었다. 무공은 가장 부족했지만, 나의 움직임만큼은 칭찬에 인색한 초선득조차 칭찬을 아끼지 않았으며, 친구들 또한 인정했다. 날 일호로 택한 이유가 이제야 나타난다 중얼거리는 그의 소리를 들었다. 그는 나의 어디에서 이매망량의 자질을 발견했을까?

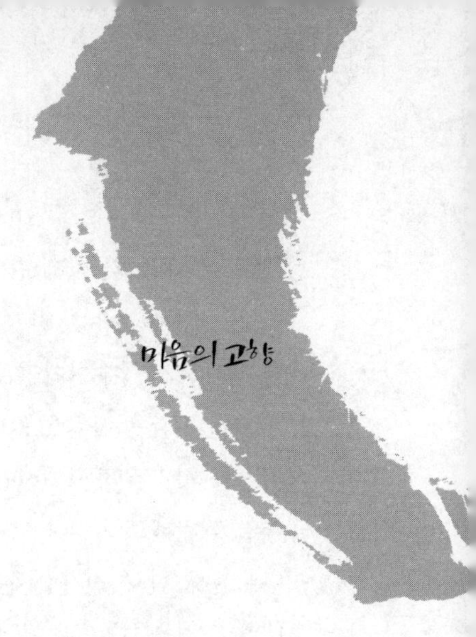

단리채빈이 온 지도 벌써 한 달이라는 시간이 흘렀다. 지난 한 달간 그녀가 밖으로 나가는 일은 거의 없었는데, 나간다고 해봤자 현어운과 군동객잔으로 가 시간을 보내는 것이 다였다. 그 외에는 섬수원 안에서 가만히 시간을 보내거나, 혹은 섬수신의 일을 도와주곤 했다.

그런데 그녀의 머리가 보통 뛰어난 게 아니었는지라 오 년 동안 섬수신의의 일을 도와준 현어운보다 훨씬 일을 잘하는 것이었다. 섬수신의가 단리채빈을 예뻐하고 그만큼 현어운을 한심스러워하는 것은 당연한 일이었다.

게다가 무공 구결이라고 가르쳐 준 쉰여덟 자밖에 되지 않는 구결을 일주일 전쯤에야 완벽히 다 외웠으니 더 더욱 그런 마음이 들지 않을 수 없었다.

얼마 전부터는 구결에 대한 의미를 설명해 주면서 손을 빠르게 움직이기 위해 필요한 것들에 대한 개념을 배우고 있었는데, 평범하디 평범한 현어운의 머리로 이해하기란 도통 쉬운 것이 아니었다. 그래도 용케 따라오고 있는 것을 보면 기억력을 제외한 다른 능력은 그럭저럭 쓸 만하다 생각하는 섬수신의였다.

수련 시간을 아침으로 바꾼 이유는 어디까지나 단리채빈이 해주는 아침밥을 먹기 위해서였지만, 섬수신의에게는 당연히 아침에 하는 수련이 제일 잘된다고 속였다.

오늘도 반 시진가량 온갖 욕을 들어먹으며 삼일체(三一體)라는 것에 대한 수업을 들은 뒤 현어운은 투덜투덜거리며 밥상 앞에 앉았다. 그와 동시에 자리에 앉은 섬수신의는 현어운을 따갑게 째려보며 한마디 하는 것을 잊지 않는다.

"멍청한 놈! 삼일체란 말 그대로 세 가지가 하나가 되는 것인데, 그것을 이해 못하느냐! 삼일체, 이 말 하나 설명하는 데 반시진이 꼴딱 지났으니 다른 건 언제 배울 테냐, 엉?! 네놈이 윤택하게 살고 싶지 않은가 보구나?"

"아, 좀 그만 해요! 매일 배울 때마다 잔소리하는 거 지겹지도 않으십니까? 이제 보니 영감도 이거 배울 때 사부 되는 사람한테 욕 많이 얻어먹었죠? 그렇죠? 그래서 보복 심리로 나한테 이러는 것 아닙니까?"

"이놈이 감히! 자기가 못났으면 못났다고 인정할 것이지, 거기서 왜 보복 심리가 나오는 것이야?"

"매일 이렇게 서로 싸우는데 지겹지도 않으세요? 이제 그만 식사들 하셔야죠."

단리채빈이 체념한 투로 타이르자 두 사람은 그녀 때문에 관둔다는 표정으로 젓가락을 들었다.

"현 가가, 오늘 당호관에 일이 있다고 했잖아요. 약속대로 내가 점심을 싸갈 테니 그때까지는 일을 하고 있어야 해요. 알았죠?"

“알겠소. 그런데 정말 괜찮은 거요?”

“네. 다른 델 가는 것도 아니고 당호관 안에 가는 것인데, 제 얼굴을 알아볼 사람이 있겠어요?”

혹시나 그녀의 얼굴을 알아볼 사람이 있을까 저어하여 한 말이었지만 그녀는 걱정 말라는 투였다.

“대체 그런 약속은 왜 해가지고 쯧쯧……. 목수 놈 점심밥 챙겨줄 필요 없어! 지가 와서 먹으라고 해야지!”

“어르신도 참…….”

식사가 끝나자 현어운은 단리채빈의 배웅을 받으며 길을 나섰다. 미녀의 배웅을 받으며 길을 나서니 마치 그녀와 자신이 결혼한 신혼부부 같아 얼굴이 절로 싱글거렸다.

처음 만났을 때보다 많이 친해졌다는 생각에 현어운은 간혹 이게 꿈은 아닌가 하는 생각도 들었다. 무제의 딸 화천신마녀라는 대단한 여인이 평범한 자신과 제법 친하게 지내고 있으니 당연히 들 법도 한 생각이었다.

‘그래도 그녀를 대하는 내 마음은 진심이다!’

결코 그녀의 직위가 대단해서, 혹은 무공이 뛰어나서 친하게 지내고 싶은 것이 아니었다.

지금 현어운은 어제저녁에 기별이 들어와 단호관으로 지붕을 고치러 가는 중이었다. 세 군데가 크게 부서져 시간이 오래 걸릴 것 같다고 푸념 섞어 한 말에 단리채빈이 점심을 가져다주겠다고 약속했으니, 당호관에서 눈치 보며 밥을 얻어먹을 필요가 없었다.

‘그건 그렇고, 분위기가 어째……?’

자신의 기쁜 마음을 한껏 음미하며 당호관 안으로 들어간 현어운은 뭔가 어수선한 느낌을 받았다. 때마침 항상 자신에게 일거리를 주는 꼬마 녀석이 지나가길래 붙잡고 물었다.

"왜요? 저 바빠요."

'어린 놈이 싹수가 어찌 될지 보이는군!'

"오늘 분위기가 왜 이렇지? 무슨 날이니?"

"아저씨도 참… 오 년이나 있었으면서 오늘이 무슨 날인지도 몰라
요?"

건방진 내용과 말투보다는 나이가 열 살도 채 안 된 녀석이 어찌 오 년
전의 일을 아는지 놀라웠다. 자신이 유명 인사인지 잠시 고민할 때 꼬마
가 곧바로 말한다.

"청검장(靑劍場)과 오룡비무(五龍比武)하는 날이에요."

역시 곧장 사라져 버렸다. 혹시 저 아이가 숨은 기인이 아닐까 하는
망상을 해봤지만 역시나 아니다.

"그나저나 오룡비무회하는 날이었군. 그래서 역시나 작년처럼 비무
전날에 부수었군. 왜 항상 이런 날 지붕을 부숴가지고… 쯧쯧."

오룡비무란 당호관과 청검장에서 가장 무술 실력이 뛰어난 다섯 명의
무인이 서로 무술의 고하를 나누는 것이었다. 왜 무공이 아니냐 묻는 사
람이 가끔 있곤 했는데, 이런 시골 도장에 무공을 바란다면 그건 현어운
에게 목수 일 그만두고 훈장 노릇이나 하라는 것과 마찬가지였다.

자기네들끼리 오룡이란 거창한 호칭을 붙인 건 어찌 보면 우스웠지만,
그래도 각자 도장에서는 제일 뛰어난 자들이었으니 오룡이라 부르는 게
이해도 갔다.

"관주님 방 건물에 하나, 유림이 방에 둘이라… 흠……."

그 말은 전유림이 장풍을 두 번 쏘았다는 의미가 되기도 한다. 그건
현어운이 당호관을 수리하면서 처음 있는 일이기도 했다.

"일단 관주님 것부터……."

당호관주가 사는 건물로 걸어가던 그는 맞은편에 일단의 무리들이 걸어오는 걸 볼 수 있었다.

'이크! 성격 더러운 청검장주 아들놈이 섞여 있군.'

현어운은 자연스럽게 방향을 꺾어 다른 쪽으로 갔다. 괜히 성격 더럽기로 소문난 초마내를 마주했다가 어떤 시비를 걸어올지 모르기 때문이었다. 연곤현에서는 알아주는 망나니로, 무술 실력도 대단해 연곤현의 뒷골목을 주름잡고 있다는 소문도 있었다.

'재수없군, 젠장.'

현어운은 고개를 설레설레 저으며 지붕으로 올라간다. 오늘은 오룡비무가 있어서 유난히 기합을 주었는지 구멍이 평소보다 넓었다. 전유림이 낸 구멍은 이것보다 더욱 넓다는 걸 상기한 현어운은 아주 간단한 사실을 알 수 있었다.

"유림이 관주님보다 센 장풍을 쏘네?"

그건 현어운이 장풍에 대해 너무 단순하게 생각하고 있었기에 한 말이다. 장력으로 비교하자면 단순히 구멍의 크기로 장력의 강약을 결정하지 않는 것과 같은 이치였다.

한 시진가량을 지붕 수리에 열중하던 그는 어느 순간 밖에서 간간이 들려오는 기합 소리를 들을 수 있었다. 지붕 수리에 몰두하던 집중력이 약간 풀린 탓이다. 그리고 동시에 자신의 머리에 둔탁한 충격이 가해졌다.

"커흑!"

순간 지붕 위에서 미끄러지는 엄청난 일이 발생하자, 그는 숙련된 몸놀림으로 자신의 옆에 항상 혹시나 해서 박아두었던 안전대를 잡았다.

"뭐, 뭐야? 누구야?!"

"야, 이 시캬! 몇 번을 불러도 답이 없어?"

“호보! 너, 너! 내가 떨어졌으면 어떡할 뻔했어?!”

“열 번을 불러도 대답하지 않은 네가 더 나빠!”

“내가 언제 나쁘다고 했냐? 너 이 쇠망치에 한번 담금질 당해볼래?!”

“아무튼 어서 내려와! 오늘 같은 날에 무슨 일이냐? 일단 오룡비무를 보고 나서 해!”

“음…….”

그러고 보니 오룡비무를 할 때는 항상 이런 식이었다. 지붕에 구멍을 뚫어놓고 자신을 불러 일을 시킨다. 그리고 오룡비무를 하면 자신을 제외한 많은 마을 사람들이 몰려와서 비무를 즐기러 간다. 자신은 빠르면 조금 구경을 할 수 있고, 느리면 뒷정리를 하고 있는 한산한 비무장을 구경할 뿐이었다.

일부러 자신을 골탕 먹이려는 수작이라고는 생각하지 않았다. 그러면 너무 억울하니까.

말없이 사다리를 타고 내려온 그의 손에는 망치가 들려 있었다.

“야, 야. 아, 아무리 그래도 그렇지 진짜로 때리려고 그러냐? 장난이지?”

호보가 뒷걸음질치자 현어운이 비릿하게 미소 짓는다.

“내가 아픈 만큼만 때릴게. 그러니 아무 말 하지 말고 맞아줘. 응?”

“…….”

비무는 이제 오룡(五龍)의 싸움을 시작하고 있었다. 오룡비무에서 다섯 명을 각기 일룡, 이룡, 삼룡, 사룡, 오룡 이런 식으로 불렀는데 당연히 숫자가 작아질수록 실력이 좋았다.

“어? 일룡 자리에 왜 유림이 앉아 있어?”

“나도 몰라. 요 근래 잘 안 보이더니 열심히 수련하고 있었나 보지.”

호보의 말에 현어운은 수긍할 수 있었다. 다른 사람은 몰라도 자신만은 그녀가 미친 듯이 장풍을 수련했으리라는 걸 짐작하고 있었기 때문이다. 근 한 달 만에 과연 어떤 성장을 보였을지는 미지수이지만, 항상 이룡의 자리에서 싸움을 하던 그녀가 당당히 일룡의 자리에 있으니 두고 볼 일이었다.

오랜만에 본 전유림은 말도 못할 정도로 수척해져 있었지만 표정만은 여전히 무뚝뚝했다. 그 속에 담겨 있는 괴팍함도 여전할지 현어운은 생각해 보았지만 알 수 없는 일이다. 방 안에서 대체 어떤 수련을 하면 저렇게 수척해질 수 있을까?

'생각을 시작하니 궁금해 미치겠군.'

"와아!!"

"좋다! 옆으로 치고 빠져!"

오룡의 대련은 그야말로 용호쟁투였다. 물론 무림인의 입장에서야 피식거릴 수준이겠지만, 연곤현의 순박한 사람들의 눈에는 흥미진진함 그 자체인 것이다. 한참을 정신없이 구경하던 그는 호보가 자신의 옆구리를 찌르는 걸 느꼈다.

"야, 그런데 왜 저 망나니가 널 째려보고 있는 거야?"

"뭐?!"

깜짝 놀란 현어운은 자신도 모르게 초마내에게로 시선을 돌려 버렸다. 과연 그의 그다지 잘나지 못한 얼굴이 살짝 일그러져 있으며, 입가에는 무언가를 터뜨릴 것만 같은 섬뜩한 미소가 걸려 있었다.

급히 시선을 피했지만 이미 그의 시비를 피하기는 늦었음을 그는 느낄 수 있었다.

"아까 관주님 건물로 가다가 맞은편 쪽에서 청검장 사람들이 오길래 자연스럽게 방향을 꺾었거든. 내가 피한다는 걸 눈치챘나 봐."

"젠장, 저 시키는 별걸로 다 시비를 걸어요!"

"그게 다 너 때문이야, 임마!"

"……."

사실이 그랬기 때문에 호보는 입을 다물고 말았다. 예전에 호보와 초마내의 졸개들과 마찰이 있었는데, 그 뒤로 초마내가 틈만 나면 호보와 친한 사람들을 괴롭혀 왔던 것이다.

호보가 풀이 죽어버리자 미안해진 현어운은 입맛을 다시며 사과했다.

"야야, 미안해. 말이 그렇다는 거지. 그리고 우리한테는 유림이가 있잖아? 더구나 오늘은 유림이와 망나니의 대결이라구. 일룡 대 일룡이잖아?"

"하지만 이제 막 일룡으로 올라선 유림이가 망나니를 이길 수 있을까?"

"내 생각에는 이길 것 같은데? 워낙 승부욕이 강한 애라서 말야. 그리고 열여덟의 나이에 일룡의 자리를 꿰찼으니, 그 정도면 기재 아니냐?"

"이런 시골 도장의 일룡이 기재기는 무슨……."

회의적인 반응을 보이면서도 눈빛에서는 은근한 기대가 담겨 있었다. 그걸 본 현어운이 피식 웃으려다가 자신들에게로 걸어오고 있는 초마내를 발견하고는 급히 표정을 굳혀 버렸다. 덕분에 표정이 희한하게 되어 버렸고, 그것이 초마내를 더욱 자극한 모양이다.

"어이, 바보! 대체 그 표정은 뭐지? 가슴 깊은 곳에서 솟아오르는 분노인가? 감히 나한테 그런 표정을 지어?"

"아, 아닙니다. 초 대협께 지은 표정이 아닙니다."

"아니긴 뭐가 아냐? 그리고 한 시진 전에 왜 날 보고 피한 거였어? 얼마나 속이 상한 줄 알아? 하하, 참나… 죽고 싶냐?"

마지막의 말에는 섬뜩함이 담겨 있어 현어운은 절로 뒷걸음질칠 수밖에 없었다. 그때 옆에서 이를 깨물며 참고 있던 호보가 결국 입을 열었다.

"이봐, 당호관 안에서 이게 무슨 짓이지? 지금 이렇게 실랑이 하는 것 자체가 당호관주님께 큰 실례라는 걸 모르나?"

"여어… 우리 호보 아니신가? 지금 내가 실랑이 같냐? 내가 지금 저 바보한테 하고 있는 건 진심 어린 충고라고 하는 거다."

이쯤 되면 호보도 할 말을 잃어버릴 정도다.

"어이, 바보, 전에도 말했지? 그런 식으로 날 피하다간 나한테 죽는다고. 이 마을에서 더 이상 살기 싫은가 보지?"

"아, 아니… 그런 게 아니었습니다."

"아니긴 뭐가 아냐?"

초마내는 피식 웃으며 거칠게 그의 멱살을 잡아 올렸다. 비무대를 둘러싸고 있는 사람들의 뒤쪽이라 대부분의 사람들이 보지 못한 데다가 설령 보더라도 못 본 척했다. 괜히 끼어들었다가는 인생이 고달파지기 때문이다.

퍽!

호보가 말릴 틈도 없이 현어운의 배에 그의 주먹이 꽂혔다.

"으윽!"

너무 아프다. 이 생각과 동시에 온갖 잡념이 다 떠올랐다. 이곳에 와서 힘들게 정착하던 오 년 전의 일, 뚱하면서도 도와줄 것은 친절하게 다 도와주던 섬수신의, 이곳에 와서 사귀게 된 군동과 호보, 그리고 자신의 마음에 자리잡기 시작한 단리채빈, 모두가 한꺼번에 떠오른다. 주먹질 한 번에 이런 생각을 하는 걸 죽기 직전의 무인이 보았다면 황당해서 회광반조하여 멱살이 잡힐 일이다.

그러다 문득 자신이 한 달 전부터 '윤택한 인생'을 위해 섬수신의에게 배우던 것이 떠올랐다. 그것을 무엇이라 불러야 할지 모르니, 오늘 가서 당장 물어봐야겠다는 생각이 들었다.

'구결을 읊고… 의미를 떠올리며… 손을 움직인다.'

섬수신의는 이것을 삼일체라 칭했다. 원래는 네 가지의 연계가 이루어져야 한다고 했지만, 섬수신의가 자신은 일단 이 세 가지라도 확실히 해놓으라 했다.

그 세 가지가 어설프게나마 이루어졌을 때 현어운은 자신의 손이 의도하지도 않았는데―아니, 정확히는 자신의 마음 깊은 곳에서 시킨 것이겠지만―그의 얼굴을 향해 날아갔다. 그것도 섬수신의의 손처럼 제법 빠른 속도로.

짝!

"헉!"

헛바람은 호보가 자신도 모르게 낸 소리였다. 방금 현어운의 행동은 자신이 더 이상 살기 싫다는 간접적인 표현이었던 것이다. 연곤현 최고 망나니의 뺨을 때리다니! 아무리 자신의 친구가 바보라지만, 그건 절대 해서는 안 되는 짓임을 알고 있으리라 생각했건만 아니었던 모양이다. 두세 대 맞고 끝날 일을 목숨이 왔다 갔다 하는 일로 크게 만들어 버린 것이다.

"이, 이 새끼가 미친 모양이구나!"

초마내는 현어운의 손찌검 따위는 충분히 피할 수 있는 사람이었다는 걸 잊은 듯 크게 흥분하며 멱살 잡은 손을 위로 치켜들었다.

"어, 어……?"

현어운은 자신이 바닥에 내리 꽂히기 직전이라는 사실보다 당연히 안 될 것이라 생각했던 것이 위기의 상황에서 단번에 성공한 것을 더 놀라워했다. 역시 사람은 위기 상황에서 잠재 능력을 발휘한다고 생각하던 그는 결국 바닥에 꽂히고 말았다.

"어어억! 아고야!"

얼굴이 바닥에 세게 부딪쳐 코피가 터졌지만 현어운은 고통에 피가 흐르는 것을 알아챌 새도 없다. 바닥에서 허우적거리는 동안 초마내의 뒤에서 싸늘한 목소리가 들려왔다.

"어이, 존마난 새끼, 그 손 놓지 못해?"

거칠지만 가느다란 것이 분명 여인의 목소리이다. 여인으로서 이렇게 걸쭉하게 욕할 수 있는 사람은 이 근방에서는 흔치 않다. 바로 전유림이 화났을 때 나오는 버릇이었다.

하지만 망나니 초마내가 그녀를 두려워할 리가 없었다. 동네 뒷골목을 주름잡는 그가 자신보다 뒤떨어지는 무술 실력을 지닌 젖비란내 나는 여인을 무서워하는 건 어불성설이다. 그런데 그녀를 향해 뒤돌아 볼 수밖에 없는 이유가 있었다.

"이년… 내가 그런 욕 제일 싫어하는 거 아는데도 그런 말을 하냐? 오늘 네 아비 앞에서 한번 쪽팔림을 당하고 싶은가 보지?"

이미 초마내는 이곳이 당호관이란 사실을 잊은 듯했다. 이 정도의 소란을 알아보지 못할 사람들이 아니었기에 당호관주와 청검장주도 그들을 보고 있었지만, 두 사람 모두 소란을 막을 생각이 없어 보였다.

"당호관 승!"

비무대에서 당호관 오룡의 승리를 알리는 총관의 외침이 울려 퍼졌다.

"존마난 새끼, 나중에 비무대에서 보자. 네놈 바지를 벗겨서 진실을 밝혀주지."

초마내의 그곳이 나이에 비해 말 못할 정도로 엄청 작다는 소문이 한때 무성한 것을 비꼰 말이었다.

"흐, 흐흐흐! 네가 정녕……!"

　거친 욕설을 내뱉으려던 초마내는 순간 두 눈을 크게 뜨며 전유림의 뒤를 보았다. 입이 살짝 벌어진 게 아무래도 순식간에 넋이 나간 모양이었다.

　"전 소저, 무슨 일이에요?"

　그녀의 뒤에 큰 보따리를 든 단리채빈이 서 있었다. 그녀가 나타나자 은은한 향기가 주변을 맴돌며 험악한 분위기가 순식간에 화사해진다. 세상을 비관하던 사내가 삶의 의욕을 되찾을 정도로 밝아졌다. 얼굴을 살짝 가리려 했던 듯 면포가 목과 얼굴 아랫부분을 감싸고 있는 모습에는 신비함마저 서려 있었다.

　이건 초마내만의 생각이 아니라 주변 모두의 생각이었다. 그만큼 단리채빈에게는 아름다움뿐만 아니라 남을 압도하는 무언가가 있었다.

　"현 가가?!"

　단리채빈은 자리에 주저앉아 코피를 막고 있는 현어운을 보고 깜짝 놀라 그에게 달려갔다.

　"……!"

　초마내는 단리채빈이 현어운과 매우 가까운 사이에서만 부르는 호칭을 하자 눈썹을 꿈틀거렸다.

　'바보 새끼한테 저런 미녀가…….'

　"어떻게 된 일이에요? 현 가가가 왜 이렇게……!"

　"……."

　단리채빈은 호보에게 물었지만 그는 아무 말도 못했다. 그녀가 무림인이라는 것은 알고 있었지만, 한편으론 한낱 여인에게 고자질하듯 말하는 것이 그다지 내키지 않았던 것이다.

　"아, 아니오, 런 매."

　"저 사람이 현 가가를 상처 입힌 모양이군요."

그녀는 자신을 음흉한 시선으로 바라보는 초마내를 보며 눈빛을 굳힌다. 이미 시선에서 좋지 않은 자라는 것을 느낀 것이다.

"하하! 이런 아름다운 여인이 우리 연곤현에 있었다니 놀랍구려! 본인은 초마내라 하오. 청검장의 소장주요."

"그렇군요."

그게 다였다. 생명의 은인인 현어운을 이렇게 만든 것은 결코 가만둘 수 없는 일이었지만, 한낱 동네 건달인 자를 상대하는 것은 무림인으로서의 자세가 아니라 생각하며 외면해 버린 것이다. 그녀가 자신을 노골적으로 무시한다는 것을 느낀 초마내는 이를 지그시 깨물었다.

"하하하! 좋소. 오늘은 이쯤에서 끝내리다. 이봐, 멍청이! 오늘은 아름다운 련 매 때문에 그냥 넘어가겠다."

"웃기는군. 나는 그냥 넘어가지 못하겠는걸?"

전유림이 무표정하게 걸고 넘어지자 잘 만났다는 표정으로 초마내가 몸을 돌렸다.

"그래? 그럼 일룡끼리 한번 신나게 붙어보면 되겠군?"

"바라던 바야."

"후후, 어디 그 말랑한 살들이 어떻게 터져 나가는지 기대하겠어."

"바지 벗을 준비나 해."

"정말 괜찮겠어요? 얼굴에 상처가 나고 눈두덩이에 멍도 심하게 들었는데, 어르신께 가지 않아도 되겠어요?"

그녀는 속으로 다음에도 은인인 현어운이 다치는 일이 일어나면 가만두지 않겠다고 결심했다. 은인이라는 점을 떠나 한 달간 같이 지내며 그에게서 느낀 순수함과 인간적인 면을 더러운 자들로 인해 잃게 하고 싶진 않았다.

"괜찮소. 게다가 유림이 저 망나니랑 어떻게 싸우는지 보고 싶거든. 저 망나니 놈……."

"쯧쯧… 그러게 두세 대로 끝낼 일을 가지고 왜 귀싸대기를 날렸던 거야? 미친 거야? 내 심장이 멎는 줄 알았다!"

"아, 맞다!"

그는 멱살을 잡혔을 때의 그 느낌을 잠시 떠올려 보았다. 빠른 손, 즉 섬수(閃手)를 처음 성공한 그때의 느낌대로 한다면 분명 될 것 같기도 했다. 배운 지 얼마 되지도 않아 당연히 안 될 줄 알았는데 우연히 성공한 지금, 잘만 하면 '윤택한 인생'이 좀 더 빨리 올 수도 있겠다는 생각이 든 것이다.

"야야, 내가 너의 왼쪽 뺨을 때릴 테니까 넌 막아봐."

"너 진짜 미쳤구나?"

"현 가가, 그게 무슨 말이에요?"

그녀가 황당한 표정으로 물었지만 현어운은 진지한 얼굴로 호보에게 말했다.

"아무튼 막아봐! 왼쪽이다?"

"참나, 네놈 손찌검도 못 막겠냐, 내가? 오른쪽 치면 죽는다!"

"간다."

짝!

"……."

간다고 한 순간 벌써 호보의 뺨은 현어운의 손이 스쳐 지나간 후였다. 그 빠르기에 옆에 있던 단리채빈이 눈빛을 반짝이며 그의 손을 바라보았을 정도였다.

"야! 말하자마자 하는 게 어디 있어! 너 죽어볼래?"

"그래서 막으랬잖아."

현어운이 시큰둥하게 이야기하자 호보는 냅다 한 대 쥐어박고 싶은 심정이었지만 단리채빈을 보고 꾹 참았다.

'아자! 된다!'

표정은 태연했지만 마음은 기쁘기 한량없었다. 그동안 욕먹고 꿀밤을 맞아가며 배운 보람이 드디어 나타났기 때문이다. 방금도 섬수를 사용해 호보의 빰을 친 것이었는데, 호보는 알고도 손조차 올리지 못했다. 초마내의 무술 실력이 뛰어난 만큼 반사 신경도 매우 뛰어날 터, 그럼에도 현어운의 손찌검에 고스란히 당하지 않았는가?

사룡의 싸움에서는 청검장 사룡의 승리로 끝을 맺었으며, 지금 한창삼룡의 비무가 이루어지고 있었다. 삼룡부터가 진짜 비무의 진수라고 할 수 있었는데, 그만큼 화려한 기술도 제법 나왔고 싸움도 치열했다. 보는 사람의 손에 땀이 나게 했던 싸움의 끝은 당호관 쪽의 승리였다.

"와아아!"

"올해는 제법 선전한다, 당호관!"

작년 같은 경우는 삼룡까지 연달아 패배했었는데, 올해는 벌써 두 번이나 승리를 따낸 것에 다들 놀라워하는 것이다.

"당호관주, 관도들의 실력이 무섭도록 성장했구려. 감축드리오."

청검장주 초명후는 성격이 모난 데가 없지만 그다지 특징적인 면이 없어 욕을 먹지도, 그렇다고 어떤 칭송을 받는 자도 아니었다. 아들과 천양지차의 모습을 비교하여 과연 친아들이 맞는가 하는 의심을 하는 자마저 있을 정도였다.

"별말씀을… 보아하니 청검장에 이룡과 일룡의 성취가 작년과는 비교도 할 수 없는 것 같소."

"허허, 난 영애의 실력이 심히 궁금하오. 오늘 내 아들의 버릇을 톡톡히 고쳐 주길 기대하겠소."

　두 사람 사이에 이런 이야기가 오고 갈 때 초명후의 아들 초마내는 주변을 빛낼 정도로 아름다운 단리채빈을 보며 음흉한 미소를 짓고 있었다. 연곤현 뒷골목의 지배자나 마찬가지인 그가 원하는 것을 얻지 못한다는 건 말이 안 된다. 특히나 저런 미녀는 사내라면 기를 쓰고 얻고 싶어 하는 것은 당연하다.

　"흐흐흐. 좋다, 좋아! 나의 첩이 되는 것이다. 흐흐흐!"

　"와아아!!"
　"당호관주의 여식이 보통 여자는 아니라 생각했는데, 저 나이에 벌써 일류이야?"
　"무림에 인물 나는구나!"
　그러나 뒤쪽에서는 전혀 다른 이야기가 작게 오가고 있었다.
　"저런 싸가지가 바가지인 여자가 인물은 무슨… 얼굴은 예쁘장한 것이…… 쯧쯧."
　"말도 마. 내가 아들이랑 있는데 저년이 나한테 막 반말을 하는 거 아니겠어? 그 다음날부터 아들놈이 나한테 반말하기 시작하는 거야! 정말 어이가 없어서. 당호관주의 여식만 아니었어도!"
　"며칠 전에 난 예순을 넘기신 아버지께 반말하는 걸 보고 할 말을 잃었다네! 쯧쯧, 윤리와 예의가 바닥에 떨어진 세상인지, 요즘 애들이란!"
　"와아아!"
　"청검장의 자랑! 일류! 일류!"
　"당호관의 신출내기 일류은 아무것도 아니다!"
　소리를 지르는 자들은 초마내의 졸개들뿐이었다. 아무도 그를 지지하는 자가 없었고, 사람들은 그저 어색하게 박수만 쳤다. 물론 뒤에서는 전 유림보다 더하면 더했지 결코 못하지 않은 욕이 오가는 중이리라.

그 뱃속의 심정이야 어떻든, 표면적으로는 양 도장의 최고 후기지수들의 싸움이기 때문에 흥미와 긴장이 흘렀다. 특하나 오전에 있었던 일 때문에 둘 사이에는 살기가 빗발치듯 오가고 있었다.

초마내는 작년에 당호관의 일룡이었던 자를 청검장의 이룡이 이겼다는 사실에 아주 흡족해하고 있었다. 사실 무술 위주의 당호관에 비하면 청검장은 그 격이 다르다. 아주 약하나마 내공에 대한 수련을 하고 있었고, 나름대로 뛰어난 검술을 익혀왔다. 그랬기에 여태껏 압도적인 승리를 가져왔던 것이다.

그것이 올해 들어 양상이 조금 바뀌긴 했지만 자신이 이년을 이긴다면, 아니, 아예 죽여 버린다면 여전히 청검장의 우세함을 알릴 수 있다는 생각이 들었다. 비무에서의 사고는 아무리 당호관주라 해도 어찌하지 못할 것이다.

'그리고 나는 너희들과 다른 자임을 알아야 한다!

"꼴 같지 않게 생각하는 모습하곤, 덤벼!"

발끈한 초마내는 곧바로 검을 뽑아 그녀에게 달려들었다. 원래 몇 수 정도는 서로 적수공권으로 예를 취하는 것이 이곳 비무대회의 관습이었지만 망나니에게 그런 것을 바라기는 힘든 일이다.

"핫!"

이미 아버지에게 물려받은 청수육식(靑秀六式)을 모두 익히고, 실전 감각도 탄탄히 쌓은 그는 거칠 것이 없었다. 아예 도륙을 내버리려는 듯 전유림의 전신을 베고 찌른다.

청검개(靑劍開), 청검산(靑劍散), 청검승(靑劍承), 청검혈(靑劍血), 청검경(靑劍驚), 청검수(靑劍秀)의 초식이 차례대로 그녀의 전신에 쏟아진다.

능수능란하게 펼치는 초식을 보면 망나니라도 검술은 제법 한다고 감탄할 정도였다. 하지만 전유림은 무뚝뚝한 표정으로 기가 막히게 그의 검을 이리저리 피하고 있었다. 피하면서 간간이 위협적인 반격을 가하고, 이에 놀라 피하고 다시 공격하면 전유림은 다시 피하고 공격한다. 시골 도장에서 벌어지는 비무 치고는 아주 뛰어난 서로 간의 대결이었다.

"장주의 아들이 일취월장하였습니다. 놀라운 실력이군요. 저 정도면 무림에 내놔도 손색이 없겠습니다."

"허허! 그 무슨 금칠이십니까? 하나 제 아들놈이 실력을 숨기고 있는 건 알았지만 저 정도인 줄은 몰랐습니다."

두 관주와 장주는 자신들의 아들과 딸이 죽든 말든 상관없는지, 그저 서로 칭찬을 해주며 한담을 늘어놓을 뿐이었다. 좋게 말하면 매사에 초탈한 것이고, 나쁘게 말하면 안전불감증이다.

초마내의 검이 어느 순간 질풍을 일으키며 그녀의 전신을 후덥지근하게 위협했다. 심상치 않은 기운이 전신을 뒤덮자 전유림은 안색을 굳혔다. 자신은 내공을 익히지 못했기 때문에 맨손으로 저런 위협적인 공격은 도저히 막을 수 없었기 때문이다.

뒤로 정신없이 물러났지만 초마내의 검은 그녀의 몸을 꿰뚫어 버릴 듯 무서운 위력으로 다가오고 있었다. 그녀에 대한 살심을 이기지 못하고 그는 숨겨진 실력을 모조리 드러낸 것인데, 촌구석에서 썩힐 무공이 절대 아닐 정도로 강해 보였다. 그의 검에 흉흉한 살기가 주위로 만연하자 그제야 관전하던 두 사람은 심상치 않음을 느꼈다.

"이런!"

"그만두거라, 이놈!"

이미 몸을 날리기엔 늦은 상황이라 크게 소리치는 것이 다였다.

단리채빈은 그들의 모습을 보고 상황이 좋지 않다는 것을 느끼고 몸을 날려야 할까 고민하는 순간, 놀라운 광경을 목격하게 되었다.

퍼어억!

"끄어어—!"

초마내가 비명을 지르며 하늘 높이 치솟아 뒤로 날아갔다. 그의 손을 벗어난 검이 햇빛에 반사되어 반짝이며 그와 함께했다.

"크윽!"

땅에 떨어진 초마내의 입가에 핏줄기가 흘러내리는 걸로 보아 그가 내상을 입었음을 알 수 있었다. 왼쪽 어깨를 부여잡은 채 원통에 찬 눈빛으로 그녀를 노려보던 초마내는 곧 정신을 잃어버렸다.

"다, 당호관 일룡 승!"

총관이 예상치 못한 승리에 당황하며 전유림의 승리를 알렸다.

"와아아아!"

"당호관이 승리했다!!"

장내는 당사자들의 심정과는 상관없이 축제 분위기에 휩싸였다. 하지만 승리한 당사자인 전유림은 얼떨떨한 기분이었다. 솔직히 장풍을 자신의 숨겨둔 무기라 생각하긴 했지만, 이렇게 허무하게 초마내가 나가떨어질 줄은 몰랐던 것이다.

자신이 쓸 수 있는 장풍의 횟수는 두 번, 두 번을 다 쓴 뒤 체력이 고갈되어서야 초마내가 쓰러지고 자신은 간신히 승리할 것으로 생각했다.

"허허! 이거 놀랍소! 내공을 익히지 않았다 생각했거늘, 여식은 아주 뛰어난 장력을 사용하는구려!"

놀랍다는 듯 말하는 초명후의 두 눈에는 묘한 빛이 서려 있다. 전웅의 눈빛도 초명후와는 다른 의미로 묘한 빛이 서려 있다. 과연 두 사람의 눈에서 흐르는 빛은 무엇을 의미하는 것일까?

그들의 마음이야 어떻든 현어운과 호보는 뛸 듯이 기뻐하고 있었다.

"으하하하! 꼴좋다! 유림이 이렇게 대단한 무공을 지니고 있을 줄은 몰랐는데? 어운, 마지막에 봤어? 손이 번쩍이는가 싶더니 초마내가 비명을 지르며 나가떨어지는 거! 완전 절정고수의 싸움 같았어!"

"으하하하! 초마내 꼴좋다! 난 유림이 이길 줄 알고 있었다구! 저게 장풍이란 거래, 장풍!"

두 사람이 그렇게 좋아하고 있을 때 옆에 있던 단리채빈도 같이 덩달아 웃고 있었지만 내심 놀라움을 금치 못하고 있었다.

'이런 시골과는 어울리지 않는 저 초마내란 사내가 가진 의외의 검법도 그렇지만, 전 소저가 내뿜은 장력은 뭐지? 빠르고 강했어! 일류고수라도 그런 장력에 맞으면……'

단리채빈의 생각이 맞다면 정말 놀라운 일이 아닐 수 없었다. 십대 후반의 나이에 일류고수를 이길 만한 능력을 지니고 있다는 말이 되는데, 무림인 중 어느 누가 그 사실을 쉬이 믿을 수 있을까? 소설에서나 나오는 영웅이나 절세마두가 간혹 그런 능력을 지니고 있긴 했다.

"으하하하!"

"으하하하!"

두 사내는 초마내에게 쌓인 것이 어지간히 많았던 듯 여전히 실없이 웃기 바쁘다.

그때 비무대에서는 전유림이 기절한 초마내의 바지를 벗기려는 걸 사람들이 열심히 말리고 있었다.

쾅!

초마내는 신경질적으로 탁자를 내려쳤다. 마음에 들지 않는 데다가 자신보다 한없이 약하다 여겼던 전유림에게 너무나 처참한 패배를 당했기 때문이다.

"씨파! 그깟 계집에게 청류패(青流覇)를 썼는데도 졌단 말야?! 으아악!"

물론 청류패는 그의 숨겨진 비기이기도 했다. 청류패를 아직 완벽히 익히지는 못했지만, 만약 완벽히 익힌다면 이류고수쯤은 우습게 볼 수 있을 정도의 검공이었다.

쾅! 쾅! 쾅!

치는 걸로는 부족했던지 이젠 탁자를 뒤집어 버렸다. 손에 잡히는 모든 것을 집어 던지고 싶었지만, 그의 아비가 애시당초 집기란 집기는 모두 빼버렸기 때문에 집어 던질 것도 없었다.

"으으……. 크… 흐흐흐흐!"

패배의 분노로 거친 숨을 몰아쉬던 그는 이내 짐승 같은 흉소를 뱉어냈다. 패배쯤이야 그에게는 얼마든지 참을 수 있는 일이었다. 그깟 전유림이란 애송이를 굴복시키는 것은 시간문제였다.

그보다는 당호관에서 보았던 '련 매'라 부르던 여인이 떠올라 웃음을 참을 수가 없었다. 난생처음 보는 미녀인데다 자신을 보던 차가운 눈빛을 잊을 수가 없었다. 뒷골목의 지배자나 다름없어 온갖 여인을 접해본 그로서도 처음 보는 극상품의 여인이었다.

"그깟 바보에게 있을 계집이 아니지. 아까워, 아까워! 내가 반드시 가져 주마……. 흐흐흐!"

그 시간, 초명후는 아들과는 다른 의미로 고민을 하고 있었다. 바로 두 가지로, 어떻게 전유림이 아들의 청류패를 제압할 수 있었느냐는 것과 아름다운 여인의 얼굴.

청류패는 일류라고 보기는 힘든 검법이었지만, 결코 이런 시골 도장의 무인에게 당할 만큼 가벼운 무공은 아니었다. 청류패를 비롯한 청수육식은 '그곳'에서 직접 하사한 무공이다.

"장력이라… 이걸 보고해야 하나 말아야 하나? 흠! 시골이라 해도 장력을 수련하지 말란 법도 없지. 게다가 전웅은 나름대로 뛰어난 무공을 지니고 있는 것 같으니, 딸이라고 해서 몰래 내공 수련을 하지 말란 법도 없겠지. 그 장력 외에 다른 것은 볼 것도 없었으니……."

그리고 다른 고민은 어디서 본 것 같기도 하고 아닌 것 같기도 한 여인의 얼굴이었다. 얼굴을 가리고 있었지만, 그 정도 미인이라면 알 만할 법도 한데 도무지 떠오르질 않았다. 아무래도 어디선가 분명 보긴 보았는데 대충 흘려 버린 모양이다.

"나도 나이가 다 된 모양이군. 곧 아들놈을 외부 밀정 자격 관문을 통과하도록 하게 해야지 원……."

정기보고서
수신:신록희 하남성 지부.
발신:외부 밀정 천오백호.
특이 사항:무.
세부 사항:무.
일자:신록 팔십이년 오월.

곧 청검장에서 전서구 한 마리가 하늘로 솟아올랐다. 전서구는 청검장을 선회하더니 남서쪽으로 날아갔다, 정확히는 신록희 하남성 지부를 향해.

"내가 익힌 걸 뭐라고 불러야 해요?"

비무가 끝난 뒤 얼굴의 상처로 수리 일을 뒤로 미루고 섬수원으로 온 현어운은 반짝이는 눈으로 섬수신의에게 물었다. 현어운의 얼굴에 황기과 연교분을 섞어 만든 금창약을 뿌리던 섬수신의는 그의 말에 눈살을 찌푸렸다.

"정말 빨리도 물어보는구나."

"그런가요? 전 좀 늦게 물어보는 걸로 생각했는데 다행이군요."

"말이라도 못하면 밉지나 않지, 이 썩을 놈아. 초섬유성수(超閃流星手)라 한다."

"빠른 것을 능가하는 유성과 같은 손이라… 빠르긴 무지 빨랐어요, 확실히."

"그게 무슨 말이냐?"

"지금 제 얼굴이 밤탱이가 되었잖아요."

"그랬지. 초마내 그 망나니한테 맞았다며?"

"사실 제가 멱살을 잡혔을 때 그놈한테 귀싸대기를 날렸죠. 흐흐! 그 초섬유성수라는 것으로요."

"그, 그래?"

"안 될 줄 알고 안 쓰고 있다가 아무 생각 없이 사용해 봤는데 되더라구요! 얼마나 기쁘던지. 이제 '윤택한 인생'에 조금씩 다가갈 수 있는 시작이 된 겁니다!"

"그래, 너 잘났다. 에휴… 근 사십 일 만에 겨우 시전한 주제에 좋아하기는 엄청 좋아하는구나. 한심할 뿐이다, 이놈아!"

자리에서 벌떡 일어난 섬수신의는 정말 한심하다는 표정으로 현어운을 한 번 째려본 후 방으로 들어가 버렸다. 어안이 벙벙한 표정으로 뒷모습을 바라보던 현어운은 어깨를 으쓱할 뿐이었다.

"내가 언제 잘났다고 했나?"

한편 방으로 들어간 섬수신의는 문을 닫자마자 안색을 딱딱하게 굳히고 말았다.

'고작 쉰여덟 자밖에 안 되는 구결을 삼 주 만에 간신히 외운 놈이 뜻을 이해하고 손을 움직이는 것까지의 삼일체를 한 달 하고 십 일 만에 성공했다? 그게 말이 돼?! 나도 꼬박 십 개월이 걸렸건만!'

약간의 차이가 있다면 현어운은 삼일체(三一體)였고, 자신은 거기에 내공을 포함한 사일체(四一體)였다. 사일체가 되어야 무공이라고 말할 수 있을 정도의 위력을 조금씩 낼 수 있는 것이 초섬유성수였다. 하지만 아무리 삼일체라도 한 달 반 만에 무공의 무 자도 모르는 암기력 수준 이하의 바보가 성공시켰다는 사실은 정말 믿기 힘들었다. 아니, 솔직히 받아들이기 싫은 사실이었다.

질투가 다 났다. 이런 그의 마음을 지배하는 것이 부끄러울 법도 하건만 그는 고개를 저으며 자위했다.

'자질도 최소한 평범한 놈이 그러면 말을 안 해! 바보라고 놀리고 구박하던 놈이 그러니까 내가 이러지!'

이걸 좋아해야 할 사실인지 슬퍼해야 할 사실인지 애매한 기분이었지만, 확실한 것은 의외로 현어운에게 자질이 있을지도 모른다는 것이다.

"그래 봤자 늦었어. 내공을 익히기에는 너무 늦은 나이야. 절세기연이라도 있으면 몰라도……. 여러 군데 절벽에 떨어져 보면 얻을 수도 있겠지만, 그건 사람이 할 짓이 아니지."

말 그대로 현어운의 윤택한 인생을 위해 가르쳐 줄 만큼만 가르쳐 주는 것이 그가 할 수 있는 전부였다. 솔직히 비슷한 시기에 연곤현으로 온 사실에 인연을 느껴 현어운을 자신의 전인으로 생각해 본 적이 없는 것은 아니었지만, 자신이 지켜본 그놈은 바보였다. 암기력부터 그렇게 부족한 데다 무공을 익히지 않은 몸으로 나이마저 들었으니 이미 늦은 것이다.

한숨을 푹 쉰 그는 불현듯 주방에서 음식을 만들고 있는 단리채빈을 떠올린다. 그래, 그녀의 자질이라면. 이것도 생각일 뿐이다. 절대 그녀와 자신은 어떠한 관계를 이룰 수 없다. 자신과의 인연이 어떨지도 알 수 없지만, 무엇보다 그녀가 그의 손녀라는 사실이 문제인 것이다.

"어허, 내가 왜 이럴꼬. 무소유… 무소유……."

괜히 이런 저런 욕심을 낸들 자신의 마음만 번뇌에 빠져 허우적거릴 뿐이다. 애초에 되지 않을 인연이라면 굳이 이런 저런 생각을 할 필요가 없는 것이다. 정 안 되면 죽기 전에 어디 괜찮은 절벽을 찾아 기연처 하나를 만들면 된다.

"현 가가! 상 들어주실래요?"

"밥이나 먹자."

단리채빈의 소리가 들려오자 섬수신의는 그제야 속편한 얼굴로 밖으로 나갔다.

"얼굴은 이제 괜찮나요?"

"아픈 건 많이 가라앉았소. 하하, 걱정해 주어서 고맙소, 련 매."

저녁 식사 후 현어운과 단리채빈은 섬수원 주변을 거닐고 있었다. 어슴푸레한 어둠 속에서 보이는 그녀의 환상적인 자태를 지금 이 순간 자신만 볼 수 있다는 사실에 그는 하늘에 감사드린다.

"다음부터는 절대 다치게 놔두지 않을게요. 이번에는 그냥 넘어갔지만, 만약 다음에도 이런 일이 있으면……."

그녀의 말에는 약하게나마 살기가 스며 있어 현어운은 고개를 세차게 저으며 말했다.

"아, 아니오. 사람이 살다 보면 맞는 일도 있고 때리는 일도 있지 않겠소. 물론 초마내 그놈이 건달 중에서도 상건달이라 대하기가 힘든 건 사실이지만, 이번에 유림이 통쾌하게 깨부쉈으니 앞으로 우리를 괴롭히는 일은 없을 것이오."

단리채빈은 자신의 적에게도 동정심을 베푸는 그의 마음이 왠지 모르게 좋았다. 무림에서는 위선이고 어리석은 마음이라 취급받을지 몰라도, 이렇게 진짜 사람이 사는 곳에선 그런 동정심은 순수함으로 취급할 수 있었다. 자신이 그를 순수한 사람으로 여길 수 있는 지금의 상황도 좋았다.

'인간이 사는 곳이야……. 그리고 현 가가는 그런 곳에서도 유난히 인간적인 사람이고.'

어슴푸레한 어둠 속에서 보는 그녀의 하얀 피부와 꽃보다 아름다운 얼굴을 보고 있으려니 숨이 막힌다.

'얼굴이 예쁘면 성격이 싸가지가 바가지라던데, 련 매는 그게 아니란 말이야. 하늘이 내린 선녀구만!'

그렇게 생각하는 현어운은 두근거리는 가슴을 주체할 수 없었다. 그의 인생에 언제 이런 천상선녀와 같이 걸음을 할 수 있겠는가?

"련 매는 원래 있던 곳으로 돌아가지 않소?"

원래 있던 곳이라 함은 바로 천상이었다. 선녀가 모인 곳을 빗대어 한 농이었지만, 그의 말을 들은 단리채빈의 얼굴이 이상하게도 잠시 어두워졌다. 날개를 잃어버린 것일까, 아니면 옥황상제에게 쫓겨난 것일까. 온갖 생각을 하는데 단리채빈의 입이 어렵게 떨어진다.

"이제 제가 할 일은 다 한 것 같아요. 더 이상 제가 없어도 그들은 잘할 거예요."

그제야 자신의 농에 대해 심각하게 대답하고 있다는 걸 느낀 현어운도 뒤늦게 심각한 표정을 짓는다.

"아니오. 그런 생각을 하기에는 아직 이르지 않소?"

그의 부정에 단리채빈은 살짝 웃으며 고개를 저었다. 그 모습이 왠지 모르게 슬퍼 보였다.

"오 년 전부터 지금까지 전쟁을 해왔어요. 내가 이루고자 하는 바를 위해 수많은 사람을 죽여왔죠. 세력 유지를 위한 전쟁이란 명목 아래에서요. 성안에서는 반란자로, 성 밖에서는 잔인하고 못된 년이라는 평을 내려도 전 끝까지 전쟁을 일으켰어요. 최소한 그렇게 함으로써 예전보다 적게 피를 흘리고, 예전보다 더욱 평화롭게 살 수 있을 것이라는 나의 이상을 이루고 싶었기 때문이에요."

"……."

"사람을 많이 죽였다니까 갑자기 제가 나찰로 보이죠?"

그녀의 말에는 처연함이 묻어 있음을 그는 느꼈다.

"아니, 련 매가 나찰이면 대체 세상 어느 여인이 정상적인 사람일 수 있겠소?"

"훗! 그런 말은 천하의 바람둥이가 즐겨 하는 말인데요?"

"그, 그럴 리가……."

바람둥이란 말에 당황해 버린 현어운이었다. 하지만 그녀의 어둡던 분위기가 다시 밝게 돌아온 것에 내심 안도하였다.

"저, 믿고 있던 자의 검에 가슴을 찔렸을 때 살고 싶은 마음이 없었어요."

"……."

"배신당했다는 기분 때문이라기보다는, 이렇게까지 사람을 죽여가면서 내 목표를 이루어봤자 아무런 소용이 없다고 느꼈기 때문이에요. 그거 있잖아요? 사람이 죽기 직전이 되면 한없이 약해지는 거. 강해지는 사람도 있다지만 전 아니었나 봐요. 그래서 그렇게 죽어갈 때, 나를 지켜주기 위해 애쓰던 사람들을 가만히 지켜보고만 있었어요. 난 아무것도 하지 않은 채 무력감에 빠져서……."

선천적으로 타고난 질긴 생명과 강한 무공은 그녀의 목숨을 오래 지탱

시켜 주었고, 백명부의 부부주 마형과 도주하면서 마음이 약해진 그녀의 마음에 많은 것들이 보이게 되었다. 쓰러져 있는 시체들, 서로를 죽이는 야차 같은 모습들, 울부짖는 포효와 회한의 눈물, 마형에게서 느껴지는 간절함과 거친 숨소리, 살인을 즐기는 무사들의 순수한 광기…….

그녀는 한없이 작아지는 자신을 느꼈다. 인간이 저지른 만행 앞에 자신의 이상은 아무것도 아니었다. 단지 같은 만행에 자신은 위선적인 의미만 부여한 것뿐이다. 갑자기 다른 것을 찾고 싶은 마음이 들던 것은 그때였다. 그래서 살고 싶었다. 그리고 이렇게 살아났다.

한참 말을 듣고 있던 현어운은 그녀가 자신과 다른 세계의 사람이었음을 상기했다. 하지만 천상의 선녀이든 무림의 여인이든 다른 세계의 사람인 것은 마찬가지 아닌가?

'나도… 나도…….'

그는 고개를 저으며 처연한 미소를 짓는다.

"련 매는 새롭게 시작함으로써 무언가를 얻었소?"

"여기요."

"여기……."

"내가 바라마지 않던 평화가 이곳에는 있어요. 어르신과 현 가가, 모두가 제게는 한없는 고향과 같아요. 그래서 좋아요. 이곳에서 전… 새롭게 힘을 얻을 거예요, 반드시."

"고향이라……."

현어운은 자신이 이곳에 처음 왔을 때를 떠올려 보았다. 모든 것을 강제로 지운 백지 상태의 자신은 엉망이었다. 멍청한 표정으로 아무렇게나 지내던 자신은 섬수신의의 도움으로 자리를 잡았고, 군동과 호보라는 친구의 존재로 인해 자신을 추스를 수 있었다.

그러고 보면 자신도 모두 버린 후 슬픔만 남게 된 것만은 아니었다.

새롭게 시작함으로써 얻은 기쁨이 엄연히 존재하고 있었던 것이다.

"련 매."

"네?"

"언제나 열려 있소. 고향은 십 년이든 백 년이든 떠난 자를 항상 반갑게 맞이해 주지 않소? 련 매에게도 마찬가지요. 결코 타지가 아니라 생각했으면 좋겠소. 하하! 물론 나도 타지 사람이었는지라 이런 말 할 자격이 있는지 모르겠지만."

그의 말에 단리채빈의 두 눈에는 감동의 물결이 일고 있었다. 이렇게 따뜻하고 편안한 말을 들어본 적이 있었던가? 남에게 진심으로 고마워해 보기도 참으로 오랜만이다.

"고마워요… 현 가가."

第四章

마음을 얻다

훈련은 지금 생각해도 너무 힘들었다. 귀신이 되기 위한 몸부림은 무엇을 위함이었을까? 그때도 그런 생각을 했었다. 기관 속에서 뿜어져 나오는 무수한 위험들을 헤쳐 나갈 때 난 문득 떠올렸다. 왜 귀신이 되려 하고 있지? 왜 여기에 왔을까? 귀신이 되면 무엇을 할까? 귀신이 되어 세상을 떠돌며 세상을 구경할까? 사람들을 놀래킬까? 내 삶은 대체 무엇을 위해 가고 있는 것일까……

"이걸 받아야 하나, 말아야 하나?"

"미쳤냐? 아무리 돈이 좋다지만 그 근처로는 가지 않는 게 좋아. 괜히 망나니 만났다간 크게 경친다!"

호보가 흥분한 얼굴로 현어운을 잡아먹을 듯 노려보며 말했다.

사건의 전말은 이러했다. 아침을 먹고 잠시 군동의 객잔에 들른 그에게 덩치 큰 사내 하나가 찾아와 점심 시간이 되기 전에 독괴장(獨傀莊)으로 와달라며 일거리를 던져 놓고 갔다. 보수는 놀랍게도 은자 한 냥. 한 달치 식사비를 훨씬 웃도는 돈에 그가 혹하지 않을 수 없었다.

하지만 독괴장 근처에는 망나니 초마내가 활동하는 흑정(黑庭)이 있었다. 또 소문으로는 독괴장도 흑정의 관리 하에 있다고 하니, 자칫 그곳에서 생각없이 집 수리를 하다가 망나니에게 어떤 해코지를 당할지 모르는 일이었다.

'은자 한 냥… 그거면 충분히 그녀의 옷을 살 수 있는데…….'

이것이 그의 생각이었다. 그라고 어찌 보름 전에 문제가 있었던 초마 내를 다시 만나고 싶겠는가? 그래도 단리채빈에게 옷 한 벌 사주고 싶은 마음이 두려움을 이겨내기 시작했다.

'한 달 내내 같은 옷만 입으니 안쓰러워. 설마 죽이기야 하겠냐.'

"괜찮아. 설마 죽이기야 하겠냐?"

"너 며칠 전에 망나니 뺨을 때렸다면서? 그럼 죽일지도 모르지."

군동이 차를 가져와 자리에 앉으며 하는 말이었다.

"군동의 말이 맞아. 내 말대로 가지 마."

하지만 사람이 죽을 때가 되면 주변에 누가 말려도 듣지 않는다는 건 만고의 진리인 모양이었다. 현어운은 아무 말 없이 자리에서 일어나더니 목공용 도구함을 들고 밖으로 나갔다.

"이거 대체 어찌 된 일이지? 저놈이 돈에 홀려 저러는 것은 아닐 테고……."

호보의 말에 군동은 어깨를 으쓱할 뿐이었다. 설마 가겠냐 하는 마음이었고, 큰일은 없을 것이라 생각한 것이다.

밖으로 나온 현어운은 씩 웃으며 독괴장으로 향했다. 벌써 자신의 수중에 은자 한 냥이 굴러들어 온 양 기뻐하였다.

그가 독괴장으로 향하는 것을 골목 어귀에서 지켜보고 있는 사내가 있었다. 그 사내는 가볍게 미소 짓더니 어딘가로 걸음을 옮겼다.

"아까 말씀드린 대로 선불로 해주십시오."

현어운은 독괴장의 총관으로 짐작되는 사내에게 당당하게 말했지만 내심 떨리는 것은 어쩔 수 없는지 얼굴이 약간 창백해져 있었다. 독괴장이 흑정의 영향 아래 있다는 것을 자랑이라도 하듯이 책임자로 보이는 사내는 뒷골목의 사내처럼 흉악하게 생겨먹은 얼굴이었다. 사람 한 둘은 가볍게 죽여봤을 정도로 인상이 좋지 않았다.

"여기 있수다."

말투도 여간 뒷골목 사내다운 것이 아니었다. 품에서 은자 한 냥을 꺼내 건넨 사내는 현어운을 독괴장의 구석진 건물로 데려갔다. 그 건물은 손볼 곳이 이만저만 많은 것이 아니라 불만이 내심 있었지만, 결코 입 밖으로 내지 않았다.

"한 시진 안에 해주슈."

"네?!"

결코 가능한 시간이 아니었기에 자신도 모르게 내뱉은 반문이었다.

"왜, 안 된다는 거요?"

살인 직전의 표정임이 너무나 적나라하다.

"아, 아니, 할게요……."

현어운은 잘못 걸려도 된통 잘못 걸렸음을 느낄 수 있었다. 이들이 혹여나 돈을 떼어먹을까 봐 선불을 요구했던 것인데, 그것이 오히려 덜미를 잡힌 것이다.

'어쩌지? 어떡하지? 이를 어째?!'

답이 나올 리가 없다. 주먹이 법보다 가까운 현실은 너무나 냉혹하며, 순진한 자의 대가는 이렇듯 가혹하다.

일단 해보는 데까지 해보자는 심정으로 급히 건물로 다가갔다. 황당한 것은 수리 자재가 너무나 빈약하다는 것이었다.

'씨펄! 연곤현에서 제일, 홀로, 유난히 크다고 독괴장이라 이름 지은 장원에 목자재가 이렇게 쪼잔하게 있다니!'

정말 걸려도 된통 잘못 걸린 것이다. 이들이 노골적으로 일을 벌일 것이라고 어떻게 예측할 수 있었겠는가?

'서, 설마 죽이기야 하겠어?'

　"참, 장주께서 시간 내로 못 고치면 각오하라고 했수. 그러니 빨리 고치슈. 그리고 도망갈 생각은……?"

　"도, 도, 도망갈 리가 있나요! 고, 고쳐 보겠습니다. 그런데 자재는 이것뿐입니까? 더 필요한데……."

　"아, 자재는 장원 뒤쪽에 널려 있으니 거기서 만드슈. 그럼 한 시진 뒤에 오겠수다!"

　사내는 자기 할 말만 해버리고 사라졌다. 현어운은 그가 사라지든 말든 헐레벌떡 뒤쪽으로 가보았지만 있는 것이라고는 도끼 한 자루와 우거진 나무숲뿐이었다.

　"만들라는 의미가……."

　말 그대로 나무를 베어서 자재로 만들어 쓰라는 것이었다. 그래도 현어운은 포기하기 싫었는지 입술을 깨물고는 도끼를 쥐고 숲으로 성큼성큼 다가갔다. 그의 결연한 의지에 나무들이 숨을 멈춘다.

　팍! 팍! 팍!

　오 년간 꾸준히 해온 도끼질이 어딜 가겠는가. 미친 듯이 여러 번을 휘두르자 놀랍게도 아름드리 나무 한 그루가 그대로 넘어갔다. 그 시간이 숨 열 번 쉬는 것보다 빨랐으니, 숙련된 나무꾼이 보았다면 두 눈이 튀어나왔을 정도로 빨랐다. 어쨌든 쓰러지는 나무 덕분에 힘없는 나무 몇 그루도 동시에 넘어갔다.

　"헉! 헉!"

　그는 순간 초섬유성수를 어설프게나마 이용해 도끼질을 한 것이었다. 정확도가 조금 떨어졌지만 그것을 빠르기로 보완했으니, 자신이 생각해도 정말 빠르게 나무 한 그루를 벤 것이다.

　"씨펄! 한 시진 내로 하면 될 거 아냐!"

　그는 힘들었지만 또다시 초섬유성수를 이용해 나뭇가지를 치기 시작했다. 하지만 얼마 가지 못해 숨이 탁탁 막히고 팔이 후들후들 떨려왔다. 초섬유성수를 겉핥기 식이나마 따라 한 것이 겨우 보름 전이다. 당연히 이렇게 무리하여 쓰고도 성할 리가 없었다.

일각가량을 진이 빠져 헉헉대다 겨우 일어나 다시 나뭇가지를 치고 크기를 알맞게 잘랐다. 숙련된 솜씨임은 분명하나 목자재를 대충 만드는 데만도 한두 시진이 걸리거늘, 하물며 수리는 꿈도 꾸지 못한다. 이미 그의 눈은 시체인 양 멍했고, 입가에 침이 흐르지 않는 게 신기할 정도로 넋이 나가 있었다.

“시간 내로 못 고치면 각오하슈!”

이건 완전 초마내의 계략에 빠진 것이었다.
‘이걸 어찌한다?’
생각해 봤자 답은 없었다. 힘이 없는 그는 꼼짝없이 초마내에게 당할 수밖에 없는 것이다.
‘인생 정말 뭣 같군.’

“네? 독괴장으로요?”
“네, 그냥 그렇게 말하면 알 것이라고 해서…….”
“알겠어요. 알려주셔서 고맙군요.”
“뭘요…….”
사내는 돌아서는 그녀의 뒷모습을 뜨겁게 바라보다 고개를 저으며 발걸음을 돌렸다.
‘허참, 고것! 내 평생 처음 보는 미인이군. 두목이 괜히 이런 작전을 세우는 게 아니었구만! 흐흐, 이거 나도 잘하면 떡고물이 떨어질지도 모

르겠는걸.’

사내의 머리 속에는 이미 일이 벌어지고 있는지 음흉한 미소를 지었다.

“독괴장이 어디지? 마침 어르신도 안 계시고…….”

사내가 한 말은, 현어운이 점심을 같이 먹고 싶다며 음식을 싸오라는 것이었다. 보름 전 당호관의 오룡비무 때문에 결국 점심을 먹지 못한 일도 있었기에, 갑작스런 기별이었지만 기꺼워하는 마음으로 음식 준비를 하기 시작했다. 독괴장이 어디 있는지를 가르쳐 주지 않았음을 곧 생각해 냈지만, 위치야 현어운의 친구에게 가서 물어보면 될 것이었다.

‘내가 다른 사람을 위해 음식 준비를 하는 걸 보면 할아버지는 대체 어떻게 생각하실까? 후후.’

인자한 웃음을 짓는 신산소옹의 얼굴이 떠올랐다. 신산통을 흔들며 이 것저것 기가 막히게 잘 맞추는 그의 신산술도 그리웠다.

“천생연분을 만날 점괘입니다.”

“또 무슨 생각을 하는 거야.”

그녀는 붉게 물든 얼굴을 절레절레 흔들며 음식 준비에 박차를 가했다. 늦지 않으려면 서둘러야 했다.

“허, 이거참……. 돈은 먼저 받아놓고 일은 제대로 안 하네? 야, 야, 일어나.”

총관이란 자의 얼굴은 이미 살인 직전의 인상이었다. 평범한 사람은 그 흉악한 얼굴을 본다면 오금을 저릴 정도로 두려움을 안겨주었다.

“…….”

현어운은 그들에게 빌어볼까도 생각해 봤지만 도무지 그럴 마음이 들지 않았다. 대체 자신이 무슨 큰 죄를 지었기에 이런 억지스런 일까지 당해야 하는가?

"자재도 제대로 주지 않고 한 시진 안에 해달라는 건 너무하는 것 아닙니까?"

"그럼 아까 진즉에 말하지, 왜 말 안 하고 시간 다 되니까 눈을 부릅뜨고 뒷북이야! 앙?!"

의견을 당당하게 제시하던 모습은 온데간데없이 사라지고 곧바로 주눅이 들어버렸다.

"아, 아니, 그게 아니라……."

"관아에 알아보니까, 선불을 받아놓고 일을 제대로 해주지 않았을 때는 선불의 백 배로 보상해 주어야 한다고 되어 있거든? 은자 백 냥 내놔."

그에게 그런 거금이 있을 턱이 없다. 이건 아주 전형적인 뒷골목 세계의 돈 거두는 방식임을 그도 알고 있었지만 도저히 벗어날 방법이 없었다. 힘은 이렇듯 현실 가까이에서 자신의 주변을 맴돌고 있었던 것이다.

"어, 없습니다. 제가 오늘밤을 새서라도 다 수리해 놓을 테니 한 번만 봐주세요!"

현어운은 무릎을 꿇고 총관의 다리를 부여잡았지만 돌아오는 것은 반대쪽 다리의 거친 행동이었다.

퍼억!

"아아악!"

얼굴에 제대로 맞아서 그런지 코에서 피가 그대로 쏟아졌다.

"……?"

총관은 맞는 순간 뭔가 이상한 것을 느꼈지만 깊게 생각하지 않고 다시 인상을 썼다.

"이봐, 네가 아직 독괴장을 모르나 본데! 장주님 말 한마디면 넌 꽥 소리도 못 지른 채 뒷산에 묻힐 수 있다고! 앙?! 어서 백 냥 내놔."

"저같이 하루 벌어 하루 먹고사는 놈에게 백 냥이나 되는 돈이 어디 있겠습니까? 제발 오늘 하루만 시간을 주십쇼! 반드시 다 고쳐 놓겠습니다. 아이고!"

그는 그대로 현어운의 얼굴을 차버렸다. 뒤로 벌러덩 넘어진 현어운은 갑작스런 고통에 지렁이처럼 꿈틀대다 겨우 몸을 일으킬 수 있었다.

"이 자식이 말귀를 못 알아듣네? 백 냥 내놓으라니까? 안 그럼 관아에 갈 필요도 없이 장원 내에서 널 처리할지도 몰라!"

"무슨 일이야?!"

그때 총관의 뒤에서 신경질적인 목소리가 들려왔다. 그 목소리에 총관은 아주 희미한 미소를 지으며 고개를 돌렸고, 곧바로 황송스럽다는 표정으로 허리를 굽신거렸다.

"아이고, 정주(庭主)님, 여기엔 웬일이십니까?!"

정주라 함은 흑정의 주인, 즉 초마내를 말하는 것이었다. 초마내는 이미 모든 사정을 알고 의도적으로 나타난 것이었기에, 비릿한 미소를 지으며 시커먼 얼굴을 하고는 현어운을 내려다보고 있었다.

"내가 무슨 일이 있어야 꼭 여기에 오냐, 이 자식아. 무슨 일이냐니까?"

"아니, 글쎄, 저 목수 놈이……."

대략 간단한 이야기가 오갔고 초마내는 당연히 노발대발하며 현어운을 죽일 듯이 노려보았다. 눈빛으로는 부족했는지 성큼성큼 다가가 그대로 현어운의 배에 발길질을 가했다.

"어어억!"

"……?"

초마내는 순간 뭔가 이상한 것을 느꼈지만 역시 깊게 생각하지 않고 뒤로 나자빠진 현어운의 멱살을 잡아 한 손으로 번쩍 들었다.

"어이, 바보 새끼. 너 나한테 원한있냐? 전에도 뺨 때리는 황당한 짓을 하더니, 이번에는 감히 나의 관리 하에 있는 이 장원에서 사기를 쳐? 백 냥 갚을래, 아니면 묻힐래? 오늘 네가 이곳으로 온 걸 아는 사람이 몇 없지? 있어봤자 네놈 친구 몇이 다겠지? 그럼 다 같이 묻으면 아무도 모를 거야. 킥킥킥!"

"오, 오늘 하루만 시간을 주시면 다… 수리해 놓을게요……."

너무 많이 맞아 얼굴은 피 범벅이었고, 방금의 일격에 복통으로 먹은 것을 게워내기 직전이라 말을 제대로 할 수가 없었다.

"뭐? 잘 안 들리는데? 백 냥 아니면 아무것도 싫은걸? 뭐, 정 돈이 없으면 네가 데리고 있는 년을 나한테 넘기던지. 그년 얼굴과 몸뚱어리 정도면 딱 백 냥 정도가 되겠더군. 흐흐……!"

초마내의 웃음이 채 끝나기도 전에 현어운의 눈빛이 일그러졌다.

짝!

그리고 곧바로 초마내의 얼굴이 옆으로 돌아간다. 비무대회 때처럼 생각지도 못한 손찌검을 당한 것이다.

초마내의 옆에 서 있던 사내의 얼굴은 황당을 넘어서 창백해져 있었고, 손찌검을 당한 당사자의 얼굴은 당장 현어운을 씹어 먹어도 모자랄 것 같은 표정을 하고 있었다. 의도한 바는 아니겠지만 이제 현어운이 진짜 죽어도 전혀 이상하지 않은 상황이 된 것이다.

"그, 그녀를… 함부로 그렇게 마, 말 하지 마……."

"크하하하!"

퍽!

악귀인 양 소름 끼치는 광소와 함께 현어운의 얼굴이 그대로 바닥에 처박힌다.

"백 냥 따위 필요없다. 오늘 너는 여기에 묻히고 그년은 내가 가진다. 그게 법이다!"

"뭣? 점심?!"

호보는 깜짝 놀라 자리에서 일어났다. 현어운이 별일없기를 바라며 오늘 일을 포기한 채 군동객잔에서 술이나 홀짝이던 그는, 단리채빈이 독괴장의 위치를 물어보자 깜짝 놀라며 자리를 박차고 일어났다.

"왜 그렇게 놀라는 거죠?"

대답은 어느새 나타난 군동이 했다.

"어운은 힘있고 권세있는 자가 아닙니다. 독괴장의 일꾼들이 설령 마음씨가 좋다고 해도 점심 식사를 가져오라는 말을 전할 사람은 아무도 없습니다. 그리고 독괴장은 비무대회 때 어운을 때린 초마내가 주인입니다. 분명……."

"젠장! 다 나 때문이야! 못 가게 아예 묶어놨어야 했는데! 으아아—!"

호보가 앞뒤 가릴 것 없이 곧바로 뛰쳐나가자 굳은 얼굴로 있던 단리채빈도 입술을 깨물며 밖으로 달려 나갔다. 이렇게 조용한 마을에서 사람을 상하게 하려는 음모를 꾸미는 자가 있을 것이란 생각을 전혀 하지 못한 그녀로서는 자책할 수밖에 없었다.

'다시는 다치지 않게 하겠다고 했는데……!'

"……."

그들을 막으려는 시도조차 하지 못한 채 손을 내려 버린 군동은 고개를 저으며 한숨을 쉬었다.

"지금 드시는 술값과 음식 값은 모두 무료요! 어이, 채씨 아저씨! 아저씨 믿고 잠시 가게 비우겠수!"

"죽엽청 한 병!"

"두 병 드슈!"

"역시! 헤헤헤!"

군동은 나름대로 태연한 표정으로 가게를 나왔지만 그 속에 담긴 초조함을 완전히 숨길 수는 없었다. 그가 향한 곳은 뒷모습이 어렴풋이 보이는 두 사람을 향해서가 아니라 다른 방향이었다. 바로 당호관이 있는 쪽이었다.

"만약 무슨 일이 있다면……."

군동의 평범한 눈빛이 순간 심상치 않게 빛났다.

이미 현어운의 몸은 엉망이 되어 있었다. 초마내는 저번에 맞은 뺨과 이번에 맞은 뺨의 분을 완전히 풀려는 듯 미친 소마냥 소리를 지르며 현어운의 전신을 구타했다. 그 정도면 죽는 것이 당연한데 현어운은 여전히 꿈틀거리며 지렁이 같은 끈질긴 생명력을 자랑했다.

"이 시키, 아직도 안 죽었냐! 크크크, 잘됐군! 아직 분이 덜 풀렸는데 좀 더 패주마!"

"으으……."

초마내는 현어운이 꿈틀거리면서도 서서히 자리에서 일어서는 놀라운 기적을 선보이자 두 눈을 휘둥그레 뜨며 놀라워했지만 이내 잔인한 미소를 지었다.

"이놈 의외로 독종이구만? 크크큭! 그래, 그렇게 꿈틀대며 견뎌라. 니가 그럴수록 난 더욱 좋으니까. 하하하!"

두 눈을 감은 채 비틀거리며 앞으로 걸어간 현어운은 그와 일정 거리가 되자 아주 희미하게 미소 지었다. 하지만 이미 엉망이 되어버린 얼굴이라 그것은 미소라기보다는 단순한 근육의 움직임일 뿐이었다.

"……."

미친 듯이 웃던 초마내와 사내는 순간 웃음을 멈춰 버렸다. 놀랍게도 현어운의 손이 어느새 또다시 초마내의 뺨에 닿아 있었던 것이다. 초섬 유성수로 다시 한 번 그의 뺨을 때리려 했던 것이지만 힘이 도무지 나질 않아 그저 가볍게 닿았던 것뿐이다.

힘없이 자리에 주저앉는 현어운을 노려보던 초마내는 분노를 참기 힘든지 입꼬리를 파르르 떨며 오히려 미소를 매달고 있어 섬뜩해 보였다.

챙!

번개처럼 검을 꺼낸 그는 현어운에게 다가가며 사내에게 말했다.

"애들을 보내 그년을 잡아와! 지금 당장! 애초에 이렇게 해야 했어."

"아, 알겠습니다!"

사내는 초마내가 이렇듯 분노하는 것을 한 번도 본 적이 없었기에 사색이 되어 뛰어나가려 했지만 곧 신형을 멈출 수밖에 없었다.

"정주님!"

"뭐야?!"

그가 두 눈에 불꽃을 뿜으며 뒤를 돌아보자 이미 그곳에는 막 도착한 호보와 단리채빈이 있었다.

"어운! 이 개새끼들, 니들이 그러고도 사람이냐? 힘없는 우리를 이렇게 괴롭히는 게 재미있냐구, 이 죽일 놈들아!"

호보는 분을 참지 못하고 사내에게 달려들었다. 호보도 나름대로 어디서 단련을 한 것인지 빠르게 사내의 얼굴을 냅다 치고는 그대로 땅에 눕혀 버렸다. 그리고는 미친 듯이 그의 얼굴을 내려치기 시작했다.

"으아아아! 죽어! 죽어버려!"

"현 가가……!"

단리채빈은 엉망이 된 현어운을 보고 적지 않은 충격을 받은 듯 창백한 표정이었다.

"으윽! 이놈이!"

총관 역시 만만치 않았는지 곧바로 호보의 몸을 뒤집어 버린 뒤 같은 공격을 가했지만 그것도 오래가지 않았다.

퍼어엉!

"으아악!!"

강력한 장력에 총관은 피를 뿜으며 옆으로 삼 장이나 날아가 바닥에 떨어져서 움직이질 않는다. 간간이 꿈틀거리는 것이 살아 있긴 한 모양이었다.

"네, 네년이……?"

장력은 바로 단리채빈이 내뿜은 것이었다. 그녀의 딱딱하게 굳어 있는 모습조차 조각처럼 아름다웠지만, 초마내는 뒷골목에서 구르던 눈치로 순식간에 판단을 마칠 수 있었다.

방금 본 장력은 결코 평범한 무인이 쓸 수 있는 것이 아니다. 그럼 그녀는 무림고수일 가능성이 높았다. 아니, 확실했다. 그녀가 뭐라 말하기도 전에 초마내는 살기를 드러내며 순식간에 현어운의 뒤로 가 그의 목에 검을 들이대었다.

"오면 네년이 좋다고 쫓아다니던 이놈은 죽는다!"

의외로 발 빠른 행동이었지만 단리채빈의 안색은 더욱 차갑게 굳어졌다. 자신과 가까운 이가 위험에 처해 있음에도 그녀는 추호도 흔들리는 모습을 보이지 않았다. 오 년 동안의 전쟁에서 자신을 믿고 따르던 자들이 큰 위험에 처하고 수차례 죽음의 고비를 넘겨왔지만 그때마다 그녀는 단 한 번도 흔들리지 않았다. 사사로운 감정에 휘말린다면, 결코 자신이 원하고자 하는 바를 얻을 수 없음을 그녀는 알고 있었다.

그때 소란을 듣고 장원의 사람들이 갑자기 와르르 쏟아져 나왔다. 모두 뒷골목 사내들 아니랄까 봐 인상과 덩치를 하나씩은 가지고 있는 자들이었다.

"이년은 뭐야?"

"저거 호보 새끼 아냐?"

상황을 제대로 모르는 그들은 장내의 모습에 일단 두 사람을 향해 달려들었다.

퍼억! 펑!

"아아악!"

"뭐, 뭐야?!"

단리채빈의 근처까지 다가오던 두 사람이 그녀가 가볍게 내지른 장력에 피를 뿜으며 나가떨어졌다. 그 모습에 다들 놀라며 행동을 멈추자 초마내는 검을 현어운의 목 지척에까지 대며 소리쳤다.

"이 계집년이?! 아직 상황을 파악하지 못했나 보구나!"

초마내는 잔인한 미소를 지으며 검을 들어 현어운의 손목에 대었다.

"어운!"

날카로운 날에 현어운의 손목에서 피가 주르륵 흘러내리기 시작하자 호보가 놀란 얼굴로 외쳤다. 하지만 단리채빈은 표정 하나 바뀌지 않은 채 천천히 초마내를 향해 다가갔다. 그녀의 몸에서는 그 어떤 살기도 뿜어지지 않았지만, 초마내는 그런 그녀의 모습에 자신도 모르게 가슴이 서늘해지는 것을 느꼈다. 순간적인 두려움 때문인지 초마내는 자신도 모르게 침을 꿀꺽 삼키며 긴장된 표정을 지었다.

"하, 한 발자국만 더 다가온다면 가만두지 않겠다!"

"베어라. 그러면 난 너와 이곳에 있는 모두를 죽일 것이다."

그렇게 아름답고 선해 보이는 얼굴로 섬뜩한 말을 서슴없이 내뱉는 것은 오 년간의 전쟁에서 얻은 비정함이었다. 이런 비정함이 없었더라면, 오늘의 화천신마녀는 탄생하지 못했을 것이다.

"미, 미친년……! 저년을 잡아라!"

"……!"

"저년도 사람이니 아무리 강해도 수에는 못 당한다! 어서 공격해, 이 새끼들아! 잡으면 같이 즐길 수 있는 기회를 주겠다!"

초마내의 닦달과 회유에 사내들의 눈빛이 다시 흉험하게 바뀌었다. 그와 함께 단리채빈의 걸음걸이도 빨라졌다.

"오지 마! 한 걸음만 더 오면 이제는 진짜 이놈의 목을 벨 테다!"

검날이 현어운의 목을 향했지만 단리채빈의 눈빛은 너무나 차갑다. 평소의 그녀와 지금 그녀의 모습은 너무나 달라 과연 같은 사람인지 의심스러울 정도였는지라, 호보는 위급한 상황에서도 어안이 벙벙할 지경이었다.

"베어라. 베고 나서… 모든 게 달라져 있을 것이다."

그녀의 섬뜩한 말에 초마내는 가슴이 세차게 두근거리고 있었다.

"이, 이년이……! 어서 공격하지 않고 뭐 해?!"

"이야아앗!"

"잡아라!"

장내에 있던 사내들이 일제히 그녀를 향해 달려갔다.

퍼펑!

그때 뒤쪽에서 큰 폭음이 갑작스럽게 울리며 두 사내가 하늘로 솟아올라 땅바닥에 내동댕이쳐졌다.

"무슨 일이야?"

빠악! 퍼퍽!

뼈가 부서지는 것 같은 큰 타격음과 함께 사내들의 고통에 찬 비명 소리가 장원을 울리기 시작했다.

"유림!"

호보는 전유림과 군동이 나타난 것을 보고 쾌재를 불렀다. 신중한 군동이 전유림과 함께 온 것이었다. 그리고 최근 들어 더욱 강해진 그녀는 군동의 기대대로 놀라운 실력을 발휘하며 사내들을 하나둘 때려눕히고 있었다.

"저년이!"

이를 바득바득 갈며 전유림을 노려보던 초마내는 분노의 빛을 지우지 않고 단리채빈을 바라보았다.

"네년이 강하다고 해도 날 잘못 보았다! 내가 계집년의 협박에 넘어갈 줄 알았더냐! 이래 뵈도 뒷골목에서 팔 년을 굴러먹은 나다!"

초마내는 악독한 표정으로 현어운의 머리채를 움켜잡은 채 검을 치켜들었다. 거침없이 검을 횡으로 휘둘러 그의 목을 베려 했지만 놀라운 일이 벌어졌다. 눈 깜짝할 사이에 검이 현어운의 손에 들려 있는 것이었다. 언제 정신을 차린 것인지 현어운은 자신도 모르게 초섬유성수를 사용하여 자신을 향해 날아오는 검을 빼앗아 버렸고, 힘이 없는지 곧 검을 바닥에 떨어뜨려 버렸다. 손에서 많은 피가 흘렀지만 현어운은 목숨을 잃는 것보다는 낫다 생각했다.

"이, 이게 대체……?!"

우웅!

초마내의 당혹감은 자신을 향해 날아오는 거대한 장력 앞에 두려움으로 바뀌고 말았다. 가슴에 그녀의 장력이 적중되자 초마내는 숨이 막힐 것만 같은 답답함을 느낀다 싶은 순간 입에서 피를 뿜으며 뒤로 날아가 버렸다.

"커헉, 꺼……! 쿨럭!"

바닥을 나뒹굴다 간신히 몸을 일으켜 기침을 하는 초마내를 향해 단리채빈이 다가갔다. 그녀의 차가운 눈빛은 전쟁에서만 볼 수 있는 것이며, 그 눈빛을 할 때마다 수많은 사람이 죽어나갔다. 무황이 가진 냉혈의 피는 결코 그냥 물려받은 것이 아니었다.

그녀의 손에서 뜨거운 기운이 넘실거리며 휘몰아쳤다. 바로 무황의 성명절기인 태극소염장(太極燒炎掌)이었다. 굳이 극성에 이르지 않고 육성만 익혀도 사람의 형체 하나 남기지 않고 먼지로 만들 수 있는 극강의 장력.

"으으……!"

그녀는 현어운이 저렇게 다친 것이 모두 자신 때문일지도 모른다는 생각에 후환을 없애기 위해 그를 가차없이 죽일 생각이었다.

"현 가가……?"

단리채빈은 자신의 발목을 잡는 현어운에게로 시선을 돌렸다.

"그런… 얼굴 하지 마시오……. 그리고… 저놈… 죽이지 말아요……."

"괜찮나요, 현 가가? 저 때문에……."

"왜… 련 매 때문이오. 나, 나 때문이지……."

이미 장내는 전유림의 압도적인 무력 앞에 거의 정리된 상황이었다. 반 정도가 바닥에 쓰러지자 남은 자들은 그녀의 무공에 질려 덤빌 엄두를 내지 못하고 있었던 것이다.

전유림은 막 바닥에 넘어진 사내의 배를 강하게 걷어차고는 단리채빈을 향해 다가왔다.

"어운 말대로 저놈 죽이지 마."

"그 말은 들어줄 수가 없어요. 후환을 남기면 반드시 후회하기 마련입니다. 저자는 반드시 보복을 하려 들 것이니… 목숨을 취하겠어요."

그녀는 반동 심리인지 아니면 정말 후환을 남기고 싶지 않아서인지 확고한 표정으로 일어나 그를 향해 다가갔다.

"련 매… 죽이지 마시오. 쿨럭! 쿨럭! 으으……!"

"현 가가……!"

현어운이 갑자기 피를 쏟으며 고통스러워하자 그녀는 놀란 눈으로 그에게로 다가가 상체를 일으켰다.

"괜찮나요? 피를 많이 흘리고 있어요!"

"괘, 괜찮소. 나… 죽지 않소. 그, 그러니… 저놈, 살려줘요."

무림에서는 어림없는 일이었지만 단리채빈은 이곳이 무림이 아님을 상기했다. 만약 자신이 굴복했다면 자신은 큰 치욕을 당하고 현어운은 최소한 불구가 되었을 것이다. 그런 상황으로 치달을 수 있었음에도 현어운은 초마내를 살려주라고 한다. 모두가 무림인이 아닌 평범한 사람들이기 때문에 가질 수 있는 상대에 대한 지극한 동정심이었다.

문득 자신은 무림인이지만 그는 무림인이 아니라는 생각이 들자 이상하게도 가슴이 허전했다. 왠지 모를 거리감이 느껴진 것이다.

하지만 그의 어리석은 동정심이 그녀에게는 진한 무언가로 다가와 그녀의 마음을 울리고 있었다. 그녀가 평생 지내온 무림이라는 치열한 현실에서는 결코 쉽게 볼 수 없는 마음이었기 때문이다.

"알았어요. 현 가가의 말대로 죽이지 않을게요. 이제 어서 치료하러 가요."

"뒷일은 내가 알아서 할 테니까, 어서 섬수신의한테 가봐."

전유림은 뭔가 마음에 들지 않는 표정으로 단리채빈을 보며 말했다. 단리채빈은 고개를 끄덕이며 현어운을 업으려다 돌연 초마내를 향해 시선을 돌렸다.

"죽이진 않겠지만… 그래도 그냥 둘 수는 없군요. 이것만은 막지 말아주세요."

단리채빈은 심각한 내상으로 몸을 떨고 있는 초마내를 향해 일지(一指)를 내밀었다.

"크으윽—!"

단전에 그녀의 지력이 닿자 초마내는 비명을 지르며 그대로 의식을 잃고 말았다. 단전이 훼손되었으니, 이제 초마내는 두 번 다시 무공을 쓰지 못하는 몸이 된 것이다.

단리채빈은 아무 말 없이 현어운을 두 팔에 안고 가벼운 몸놀림으로 지붕 위로 몸을 날렸다. 지붕 위로 순식간에 사라져 버리는 그녀의 놀라운 무공에 사람들은 입을 다물지 못한 채 그녀가 사라진 쪽만을 바라보았다.

전유림은 정신을 잃고 있는 초마내를 힐끗 쳐다보더니 곧 사람들을 향해 고개를 돌리지도 않은 채 말한다.

"이제 흑정은 내가 접수한다. 불만있는 놈은 나와라."

"……!"

"뭐, 뭣?!"

"이, 이 계집이……!"

그녀와 손속을 나누지 않았던 한 명이 그녀의 어이없고도 광오한 말에 발끈하며 움직이는 순간, 전유림의 손이 가볍게 그를 향해 나아갔다.

퍼억!

"끄허엉!"

기괴한 비명과 함께 이 장 정도 떨어져 있던 사내는 뒤로 멀리멀리 날아가 바닥에 처박혀 버렸다. 아무리 무공을 지니지 않은 자였지만 일장에 오 장이나 날아갔다는 것은 그녀가 시전한 장풍이 얼마나 강한지를 보여주었다.

단 한 번의 장풍으로—이들에게 그녀의 무공이 장력인지 장풍인지는 중요하지가 않다—장내는 그녀에게 완전히 압도당해 있었다. 그것은 호보와 군동도 마찬가지였다.

‘뭔가 일을 낼 녀석인 줄은 알았지만 여자의 몸으로, 그것도 아직 스물도 채 되지 않은 녀석이 흑정을 먹겠다니… 진짜 그 아비에 그 딸이다!’

두 사람의 공통된 생각이었다.

“그럼 더 이상 불만이 없는 거라 생각하겠다. 앞으로 날 이 망나니에게 불렀던 대로 두목 내지는 정주라 불러라. 알겠나?”

여아라고 부르기도 뭣하고, 여인이라고 부르기도 뭣한 열여덟 살의 여자가 보이는 지금의 모습은 도무지 적응되지 않는다. 호보와 군동은 할 말을 잃은 채 그녀가 하는 양을 지켜볼 수밖에 없었다.

“알겠냐, 모르겠냐고!”

전유림은 거칠게 장원의 벽을 향해 장을 내질렀다. 벽과의 거리는 오장.

펑!

“떠헙!”

사내들의 심정을 호보가 대신 말해 주었다. 벽에 사람 머리 세 개는 들어갈 만한 구멍이 깨끗하게 뚫린 것이다. 저 정도면 무림의 고수라고 해도 전혀 손색이 없는 장풍이었다. 얼마 전까지만 해도 그저 시골 도장의 실력이 조금 좋은 무술인일 뿐이었던 그녀가 이렇게 환골탈태한 것이다.

‘여인의 변신은 무죄라더니만……’

“알겠습니다, 두목!”

사내들이 하나둘 무릎을 꿇고는 전유림의 아름답고도 강한 힘에 복종하기 시작했다. 역시 뒷골목의 세계는 힘에 충실하다는 걸 뼈저리게 깨달은 호보와 군동이었다.

현어운은 죽고 싶은 심정이었다. 자신의 추한 모습을 단리채빈에게 보였다는 게 그 이유였다. 남자는 자신이 마음에 품은 여자에게 약한 모습을 보이고 싶지 않은 것이 당연한데, 그는 꼴사납게 얻어터진 모습을 그녀에게 보인 것이다. 더구나 자신 때문에 그녀가 하마터면 큰 수치를 당할 수도 있는 상황이었으니, 얼굴을 들지도 못할 정도였다. 실제로 얼굴이 밤탱이라 제대로 들고 다닐 형편도 아니었지만.

"썩을… 그 정도만 한 것도 다행으로 여겨라! 단 소저나 유림 아니었으면 넌 벌써 죽었어! 내가 가지 말랬지? 그놈들은 사람 죽이는 건 아무렇지도 않게 여기는 놈들이라구! 돈이 이 친구보다 그렇게 좋더냐?"

객점에 마주 앉은 호보는 화가 덜 풀린 표정으로 그에게 으르렁거렸다.

"……."

얼굴이 엉망인 현어운은 쓰게 웃으며 아직 품에 있는 은전 한 냥을 만지작거렸다. 오직 이것 때문에 위험을 알면서도 간 것이었다. 하지만 남자로서의 부끄러움을 보였음에 차마 그녀의 얼굴을 보기가 두려웠다. 아침도 먹지 않고 일찍 일어나 도망치듯 이곳으로 왔으니, 그의 심정이 얼마나 절실한지 알 만했다.

"자, 이거 처먹고 정신 차려라! 아침부터 와가지고는 자는 사람 깨우기나 하고 쯧……!"

군동은 탁자 위에 거칠게 오리목향감구이를 놓으며 맞은편 의자에 앉았다. 오리목향감구이는 오리구이의 일종인데, 군동만이 가지고 있는 특유의 조미료와 한약 배합으로 건강에도 좋고 맛도 일품인 군동객점의 얼굴 음식이었다. 요리법은 아무도 모를 정도로 비밀이 철저했는데, 그 신비함만큼 찾는 사람도 제법 있었다. 부잣집 주인이나 현령마저 아랫사람들을 시켜 사 오게 한다는 소문이 있을 정도였다.

하지만 현어운은 마음속에서 이는 부끄러움과 그녀와 자신의 비교 등으로 그렇게 먹고 싶어 하던 공짜 오리목향감구이가 눈에 들어오지 않았다.

"그래, 돈이 그렇게 갖고 싶든? 그녀 때문에?"

그의 모습을 이리저리 보던 군동이 툭 한마디 내뱉자 현어운은 깜짝 놀라며 고개를 내저었다. 하지만 이미 감을 잡은 군동과 그 말을 들은 호보는 피식피식 웃었다.

"이 자식, 이제 보니 완전 열남 났구만! 사랑하는 그녀에게 값비싼 선물을 하기 위해 목숨을 걸고 건물을 수리하다, 캬아!"

"넌 친구 생각은 전혀 안 하는 놈이냐? 은자 한 냥은 내가 충분히 빌려줄 수 있는 거였어! 하긴… 네놈이라면 보기와는 달리 그런 걸 싫어하겠지만……."

"은근히 자존심이 있단 말이야, 이놈도. 흐흐흐! 나 같으면 열 냥은 빌려서 값비싼 선물을 왕창 안겨준 다음, 확실하게 마음을 빼앗겠는데 말야!"

"네놈한테 빌려줄 열 냥은 없는 것 같다."

"이게……!"

두 사람의 신경전이 시작되려 할 때쯤 현어운이 갑자기 자리에서 일어났다.

"……?"

"나중에 보자."

"뭐, 뭐야?"

어리둥절한 표정으로 현어운의 뒷모습을 바라보던 호보의 시선이 자연스럽게 아직도 따뜻한 김을 내뿜고 있는 오리목향감구이로 향했다. 이어서 그의 손이 슬며시 접시를 향한다.

"오십 문."

군동의 말에 가던 손이 멈출 수밖에 없었다.

"괜찮을까요, 어르신?"

"괜찮고말고. 어찌 된 일인지 그놈이 수없이 구타당했지만 위험한 지경에는 이르지 않았더구나. 소싯적 많이 맞아서 맷집이 제법 되는지 죽을 정도는 아니었어. 그러니 안심해도 된다."

"……."

그녀는 그의 몸 상태를 묻는 것이 아니었다. 아침 일찍 도망치듯 나가는 것을 훔쳐본 그녀는 그의 심정이 어떠하다는 것을 짐작할 수 있었다. 그런데 눈치없는 섬수신의는 그저 현어운의 몸뚱이는 끄떡없다고만 말하니, 단리채빈으로서는 조금 답답할 수밖에 없었다.

그녀의 표정을 힐끗 살펴본 섬수신의는 그녀 모르게 피식 웃으며 중얼거렸다.

"그놈이 워낙 낙천적인 녀석이라서… 웬만한 일은 빨리 잊지."

한 달이 조금 넘는 짧은 기간이었지만 그동안 단리채빈은 현어운이 아주 순수한 사람이라는 것을 알았기에, 이번 일로 큰 상처를 받지는 않았을까 하고 걱정했던 것이다. 그나마 그의 말을 듣고 어느 정도 걱정을 덜수 있었지만, 그래도 마음이 진정되지 않고 불안했다. 끝까지 지켜보고 싶고 관심이 간다.

"……."

잠시 마당 안을 서성이던 단리채빈은 결국 무언가 결심한 표정을 지었다.

“저 잠시 나갔다 오겠습니다, 어르신.”

“점심 전까지는 돌아오면 좋겠는데…….”

그동안 섬수신의의 입맛이 그녀의 식사에 길들여졌기에 한 말이었다. 눈치 빠르게 의미를 파악한 그녀는 가볍게 웃으며 고개를 끄덕였다.

“걱정 마세요.”

방에서 면포를 가져와 얼굴을 대충 가린 그녀는 섬수원 밖으로 나섰다.

‘그런데 내가 왜 이렇게 군동객잔으로 갈 생각을 하는 것이지?’

결정을 한 상태에서도 자신의 마음을 스스로도 잘 이해할 수 없는 그녀였다. 지금 그녀는 현어운을 남 이상으로 걱정하고 있다는 것을 스스로 모르고 있는 것이다.

“쯧쯧, 남녀의 일이란 정말 알 수 없다더니… 공주와 천민의 사랑이 될 수도 있겠구나.”

섬수신의는 단리채빈이 시야에서 사라지자 걱정스런 기색으로 중얼거렸다. 자신은 그녀에 대해 어디까지나 제삼자의 입장이고 싶었기에 그녀의 사적인 마음에 관여하고 싶지 않았다.

섬수신의는 이런 저런 일을 하며 시간을 보내었는데, 오늘 따라 환자도 없고 단리채빈의 그런 모습을 보고 나니 별의별 생각이 다 들었다.

‘무제의 딸, 무황의 손녀… 태극자의 후예들…….’

“이곳을 스쳐 지나가는 것으로 생각할 것이라면… 빨리 가는 것이 낫지 않겠느냐. 괜히 순진한 놈에게 상처나 주지 말고.”

가볍게 한숨을 쉰 섬수신의는 하늘을 바라보았다. 하늘은 무심하고, 인간 세상의 일은 이렇듯 유심하여 고뇌가 끊이지 않는다.

“무슨 생각을 그렇게 하세요? 사춘기도 아니고… 보기 추하게시리.”

"허억!"

갑자기 뒤에서 들려오는 현어운의 외침에 섬수신의는 헛바람을 들이키며 깜짝 놀랐다. 급히 뒤로 돌아선 그는 현어운임을 확인하고 미안해하기보다 되레 화를 냈다.

"이노옴! 뒤에 몰래 와서는 늙은이를 놀래켜 일찍 죽게 할 심산인 게냐!"

"괜히 찔리니까 화나 내고 말예요! 난 발자국 소리를 냈다구요!"

"……."

'왜 대체 저놈이 다가오는 것을 느끼지 못했지? 내가 아무리 무공을 쓰지 않은 지 오래되었다고는 하지만 무인의 본능이라는 것이 있거늘……. 한두 번이 아니고 오 년간 여러 번 당한 일이야. 저놈이 이상한 건지 내가 이상한 건지…….'

섬수신의는 호의적이지 못한 눈빛으로 현어운의 밤탱이 같은 얼굴을 살펴보았다.

"쯧쯧, 꼴좋구나."

"설마 회복 안 되는 건 아니겠죠? 저도 결혼은 하고 싶다고요."

"저주나 받아서 회복이 안 되었으면 좋겠다, 이놈아."

"끔찍한 말 좀 하지 말아요. 저 책임질 겁니까?"

"난 네놈을 치료해 주는 사람이야. 다친 건 네놈이니 내가 책임질 필요가 없지."

"그럼 그런 말 좀 하지 말아요! 정말 안 나으면 어떡할려고요!"

"이게 꼬박꼬박 말대꾸를 하네? 허허험! 안 되겠다. 이리 따라오너라!"

섬수신의는 옷자락을 거칠게 펄럭이며 섬수원 밖으로 걸음을 옮겼다.

"어, 어? 설마 저같이 힘없는 놈이랑 한번 해보겠다는 것입니까? 힘도 세신 분이 별것 아닌 걸로 핍박……."

"아, 그냥 따라와, 이놈아!"

"알았다고요! 화로통을 집어삼켰나 소리는 엄청 크네, 정말……."

얼마 가지 않아 두 사람은 집 근처의 경관 좋은 나무 아래서 마주하고 있었다.

"한동안 네놈이 일도 하기 힘든 데다, 그 아무것도 아닌 날건달한테 쥐어터졌으니 초섬유성수를 가르친 나의 입장에서는 신경이 쓰일 수밖에 없구나. 지금 당장 또 다른 진도를 나가자."

"네에? 몸도 아픈데 좀 쉬면 안 돼요?"

"뭐야, 그 싫다는 기색은? 오호, 이제 한번 쓰기 시작했으니 배우지 않아도 되겠다, 이런 심산이렷다?"

"아니, 뭐, 꼭 그렇다기보다는……."

말은 그렇게 하면서도 얼굴 표정은 이제 안 배워도 되지 않느냐는 심정이 그대로 나타나 있다.

"이제 겨우 삼일체를 이룬 놈이 윤택한 인생을 살아보겠다고? 정말 지나가던 개가 똥을 누다 자기 똥 밟고 벌러덩 미끄러져 넘어지겠다, 이놈아!"

"삼일체가 뭡니까?"

"전에 말했잖아! 초섬유성수를 쓰기 위해서는 세 가지가 동시에 이루어져야 한다고. 쉬운 것 같지만 결코 쉽지 않은 것이라고!"

"아, 그랬죠."

"하지만 제대로 된 초섬유성수를 사용하려면 사일체가 되어야 해. 삼일체만으로는 몇 번 쓰다가 지쳐 쓰러진다."

그의 말에 현어운은 고개를 끄덕였다. 어제만 하더라도 독괴장에서 나무를 하는데 몇 번 휘두르다 지쳐버리지 않았던가?

"오늘부터 나와 초섬유성수를 사용하기 위한 축기(畜氣)를 시작하자. 네놈이 이해할 리는 없지만, 초섬유성수는 어떠한 내공류에도 사용할 수가 있는 큰 장점이 있다. 다만 기존에 익히던 내공법과는 다르게 운용해야 하는 데에다, 백회혈과 용천혈로부터 자연지기를 흡기할 줄 알아야 하고, 본래 한줄기의 내공을 최대 십이기류로 나눌 줄 알아야 하며, 누구보다 그 내공의 운기를 능숙하게 운용할 줄 알아야 한다는 문제가 있긴 하지만."

무공을 좀 아는 무림인이 들었다 해도 제대로 이해하기 힘든 이야기였으니 현어운은 말할 것도 없었다. 멍한 표정으로 침묵을 고수하는 그를 쌤통인 듯 흘겨본 섬수신의는 이내 두 눈에 불을 켠 채 그에게 한 자 한 자 똑바로 말했다.

"고로. 초섬유성수는. 천.하.제.일.현.기.공.이라 할 수 있다!"

"처, 천하제일현기공요?"

"그래, 천하에서 가장 현묘하고 기이한 공부이다!"

좀 아는 사람이라면 여기서 기이한 감동을 느끼며 사부에 대한 존경심을 나타내겠지만, 현어운은 그런 것에는 젬병인 사람이었다.

"그렇군요."

"천하제일현기공이라니까!"

"알아들었다구요."

"내가 이런 놈을 데리고 가르쳐야 한다니! 으아아!"

따닥! 딱! 딱! 딱!

"아아악!"

현어운의 머리에서 연속으로 격타음이 들려오는데, 누가 옆에서 보았다면 대체 무엇이 현어운의 머리를 때리고 있는지 전혀 모를 정도로 무언가가 빠르게 움직이고 있었다. 초섬유성수로 보이지 않을 정도로 빠르게 그의 머리를 때리고 있는 까닭이었다.

"씩… 씩… 가장 쉽고 가장 안정적이며, 네놈 같은 바보도 익힐 수 있는 운기토납법(運氣吐納法)으로 하겠다! 괜히 상승공부로 운기하다간 네놈은 필히 사지가 베베 꼬이고 피를 토하며 죽을 게 분명해!"

근처에 폭포라도 있으면 폭포수 아래서 고생 좀 시켰겠지만, 불행히도 이 시골에는 그 흔한 폭포 하나 없었다. 안타까운 현실을 깨달으며 섬수신의는 마음을 안정시켰다.

"앉아라. 가장 먼저 해야 할 것은 운기토납법을 통해 기를 느끼는 거야. 가부좌는 이렇게 하는 것이다."

가부좌 시 양 발바닥이 하늘을 볼 수 있게 꼬려면 초보자는 굉장히 아픈 법이다. 골려주기 위해 번개같이 빠르게 그의 발을 강제로 꼬았지만 이상하게도 아무런 저항 없이 그대로 꼬여졌다. 비명도 없다.

"안 아프냐?"

"네. 왜요? 아파야 해요?"

"흠, 흐흠. 아니다. 두 눈은 반개하여 콧등을, 콧등은 마음을 본다 생각하여라. 양손은 무릎에 대고 손바닥이 하늘을 보도록 하고. 네놈의 더러운 배꼽 세 치 아랫부분을 단전이라 하는데, 그곳에서 뭐라 형용하기 힘든 따뜻한 기운이 솟아오를 때까지 이 수련을 계속할 것이다. 일 년이 걸리든 십 년이 걸리든 그것만 하면 돼."

"어… 뭐라 형용하기 힘든 따뜻한 기운이 느껴져요."

섬수신의의 말이 끝나기가 무섭게 현어운이 말한다.

"장난하냐?!"

"진짜예요!"

섬수신의는 그의 맥문을 잡은 뒤 다시 한 번 기운을 느껴보라 명했다.

그리고 망연자실해하였다. 그는 혹시나 하여 그의 몸 안으로 기를 불어넣어 일주천시켜 보았다.

"허억!"

"왜 그래요? 혹시 잘못된 겁니까?"

"아, 아니다. 오늘은 여기까지만 하자."

"운기토납법 안 해도 돼요?"

"……."

섬수신의는 아무 말도 없이 그냥 집으로 들어가 버렸고, 남겨진 현어운은 씁쓸한 표정으로 고개를 저었다.

"고마워해야 하나……."

'이게 말이 되는 건가? 바보라 생각했던 놈이 한 달 반 만에 삼일체를 하지 않나, 말이 끝나기가 무섭게 기운을 느끼질 않나… 그리고 어떻게 임독맥이 거의 다 타통되어 있지?

이건 아주 심각한 문제였다. 아무리 선천적으로 타고났다 해도 임독맥은 살아오면서 불에 구운 음식의 섭취나 잘못된 생활 습관 등으로 인해 절대적으로 막힐 수밖에 없는 것이었다. 그런데 현어운은 평소에 굶고 살았는지 아니면 어떤 알지 못할 기연이 있었는지 거의 타통되어 있는 것이다. 이 정도면 자신이 그냥 가볍게 인도만 해주어도 임독맥을 타통시킬 수 있었다.

'혹시 저놈…….'

그는 그가 나타났던 오 년 전을 생각해 보았다. 하지만 자신의 눈으로도 알아차리지 못할 무인은 절대 없었다. 그 당시 그가 보았던 현어운은 평범한 사람일 뿐이었고, 지금도 마찬가지였다. 단지 남보다 좀 더 순진할 뿐이었으며, 남보다 유난히 임독맥이 덜 막혀 있을 뿐이었다.

'그리고 남보다 유난히 기척이 느껴지지 않지. 그래, 그렇군. 임독맥이 꽉 막혀 있으란 법도 없겠구나. 사람은 워낙 다양하니 이런 저런 사람이 있을 수 있지.'

그렇게 생각하자 현어운에 대한 인식을 달리할 수밖에 없었다. 어쩌면 자신의 진전을 모조리 이을 수 있을지도 모른다는 생각이 든 것이다. 하나 곧 부정하고 만다.

'오 년간 지켜본 그놈은… 절대 안 된다.'

그의 결론이었다. 무공을 익히기에도 늦었고 무언가에 매진하려는 집념도 없으며 기억력도 좋지 않으니 어느 면을 보아도 낙점인 것이다.

'나도 나이가 드니 후계자를 원하는 건가? 허허…….'

그럴지도 모른다고 생각하니 급함이 마음속으로 은근히 스며들었지만 그는 이내 고개를 저었다.

'인연이 없거늘…….'

"하하! 단 소저, 이런 누추한 곳까지 어떤 일입니까?"

호보가 자신의 집인 양 단리채빈을 맞이했다.

"누추하다니, 이 자식이……."

"잘 지내셨어요?"

군동은 호보를 노려보고 있다 그녀가 자신에게 인사하자 고개를 끄덕였다.

"저야 항상 똑같습니다. 단 소저께서도 이제 쾌차하셨습니까?"

"네, 이제 말끔히 나았어요. 두 분 덕분이죠."

단리채빈은 간혹 군동에게서 현어운과 호보와는 다른 어떤 면을 느낄 수 있었다. 평범한 사람임은 분명하지만 그 속에 뭔가 다른 비범함 같은 것이 숨어 있는 독특한 사람이 바로 군동이었다.

“우리보다는 어운이의 관심이 깊었기에 그런 것이죠.”

군동의 말에 호보도 고개를 끄덕이며 동의했다.

“암암, 어운이 그 자식이 대체 뭘 살려고 하는지는 모르지만 목숨 걸고 돈을 벌었죠. 크아! 목숨을 걸고 돈을 벌어 그녀에게… 우웁! 우웁!”

호보는 말을 채 다 잇지도 못하고 군동의 손에 막혀 버렸다. 하지만 앞의 말을 듣고 단리채빈은 현어운이 돈을 위해 위험한 짓을 했다는 걸 알 수 있었다.

“무엇 때문에 돈이 필요했던 것인가요? 현 가가는 돈에 욕심이 없다고 생각했는데…….”

“돈에 욕심이 없는 사람이 어디 있겠습니까? 어운도 평범한 사람일 뿐입니다.”

군동의 말에 그녀는 수긍했다. 재물에 대한 욕심이 없는 사람이라면 그자는 이미 도를 터득한 사람이리라.

그녀는 문득 그날 밤 현어운이 자신에게 말을 하면서 자신도 이곳 사람은 아니었다는 말을 떠올렸다. 이들이라면 자세히 알 것 같다는 생각에 조심스럽게 묻기로 했다.

“그런데… 현 가가도 이곳 사람이 아닌 걸로 알고 있는데…….”

얼굴이 뜨뜻해진다. 남의 과거를 묻는 건 좋지 않지만 당호관 비무대회가 있던 날 이후 자신도 모르게 그에게 관심이 가는 걸 막을 수가 없었다.

“으윽!”

질문의 의도를 파악한 호보는 기다렸다는 듯이 군동의 손을 깨물어 물리친 다음 한껏 신이 난 얼굴로 말하기 시작했다.

“오 년 전이죠. 그놈이 열아홉 살 때 이곳에 왔습니다. 그 당시는 뭐랄까… 백지 상태 같았어요. 마치 세상을 떠돌며 자신의 모든 것을 버리고 이곳에 온 것처럼 말이에요. 말수도 적었고, 잘 웃지도 않았습니다. 때마침 섬수신의 어르신이 어운이 오기 일주일 전에 이곳에 정착했고, 떠돌이처럼 이곳에 온 어운을 간간이 보살펴 주었죠. 얼마 있지 않아 우리를 만나 조금씩 가까워졌고, 어운은 섬수신의의 말을 따라 목수 일과 나무꾼 일을 시작했습니다. 정확히 일 년 만에 그놈이 웃더군요. 하도 웃지 않는 녀석이라 얼마 만에 웃는가 군동과 내가 내기까지 걸었다니까요? 뭐, 지금은 시도 때도 없이 바보처럼 웃어서 문제이지만.”

“…….”

단리채빈은 모든 것을 버리고 이곳에 온 것 같다는 호보의 말에 다소 놀라고 있었다. 그날 밤, 그는 자신의 심정을 다 알고 있는 것처럼 말했고, 그의 이해심에 감동했었다. 그런데 그것이 동병상련의 이해였다는 의외의 사실에 놀란 것이다.

‘흐흐, 일단 과거를 멋있게 해야 통하는 법.’

호보는 회심의 미소를 지으며 결정타를 날리기로 했다.

“이 년이 지난 어느 날, 어운이 이유도 없이 하루종일 울던 날이 기억나는군요.”

“울어요……?”

“아, 그 사건 아직도 기억나는군.”

군동이 돌연 호보의 말을 빼앗아 버렸다.

“아침 일찍 객잔으로 온 어운이 술을 달라고 하면서 소리없이 눈물을 흘리더군요. 우는 모습도 처음 보는 것이기에 신기하게 여겼지만, 너무나 진지하게 우는지라 우리는 이유도 묻지 못하고 그냥 보고만 있었죠. 정말 울다가 잠시 그친다 싶으면 또 울고, 그런 식으로 반나절을 울더니 그제야 지쳤는지 울음을 멈추더군요.”

말을 빼앗겨 심통이 난 호보는 군동의 말 호흡이 끝나자마자 다시 말을 이었다.

"잠시 후에 우리는 어운에게 왜 그렇게 슬피 우는지 물었죠. 그랬더니 어운이 그 당시의 일이 슬퍼서 울음을 멈출 수 없다고 하더군요."

"그 당시의 일이라뇨?"

"저희도 모릅니다. 그 일만큼은 무덤까지 가져갈 생각인지 한사코 입을 열지 않더군요. 지금은 그런 슬픔을 아예 잊고 사는 것처럼 보일 정도로 잘살고 있으니 다행이라 할 수 있죠."

"……."

단리채빈은 잠시 아무 말 없이 무언가를 생각하다가 돌연 깜짝 놀란 눈으로 말했다.

"아! 내 정신 좀 봐. 현 가가는 어디 갔나요?"

"어운은 얼마 전에 나갔는데……? 일도 못하니 분명 섬수원에 가서 죽치고 있을 겁니다."

호보의 말에 단리채빈은 현어운이 평상시와 다를 바 없는 모습인 듯해 마음을 놓을 수 있었다.

"이야기해 주셔서 고마워요, 공자."

"별말씀을요."

호보는 웃음을 억지로 참고 있는 듯한 표정으로 대답했지만 생각에 빠져 있던 단리채빈은 그 모습을 알아차리지 못했다.

"이만 가볼게요."

"그냥 가시는 겁니까? 음식이라도 대접하겠습니다."

자신이 주인인 양 말하는 호보의 말에 단리채빈은 고개를 저으며 웃어 보였다. 비록 입과 코가 가려져 있어 눈웃음만 볼 수 있었지만, 그것만으로도 충분히 아름답다 생각한 두 사람이었다.

"섬수신의 어르신에게 일찍 들어온다고 약속을 했기에… 그럼 다음에

뵈요, 두 분.”

그녀가 자리를 떠나자 왠지 모를 허전함이 객잔 안을 맴돌았다. 그만큼 그녀는 아름다웠다.

“어운 그놈이 빠지긴 빠진 모양이군.”

군동의 말에 호보는 고개를 끄덕였지만 왠지 침울해 보였다.

“한 달간 저런 여자랑 가까이 있었으니 돈에 눈이 뒤집힐 수밖에 없겠지. 보기만 해도 숨이 막힐 정도로 뭔가가 있는 여자야. 내 앞에는 저렇게 예쁘고 착한 여인네만 안 나타나려나……?”

“그나저나 잘도 거짓말을 꾸며내더군. 우스워 죽는 줄 알았다. 그 유명한 월향루 기녀들도 네 이야기를 들으면 어운에게 마음이 흔들리겠더라.”

“이게 다 그놈 잘되라고 한 선의의 거짓말이야. 솔직히 누가 아침 일찍 일어나 눈물 흘리게 하는 독버섯을 잘못 처먹고 반나절을 질질 짰었다는 말에 호감을 가지겠냐? 얼마나 한심했으면 섬수신의께서도 해독약을 주지 않았겠어?”

“하긴… 진짜 한심했지.”

그래도 두 사람은 단채련이 현어운을 걱정하고 있는 모습을 떠올리며 흐뭇해하였다.

“그 짐 봇따리는 뭐냐?”

현어운이 방 안으로 들어와 방구석에 처음 보는 짐을 놓자 궁금함이 인 모양이었다. 나이가 들면 호기심이 왕성해진다는 건 분명한지 대충 넘어가도 될 것에도 사사건건 물어보려 한다.

“거참, 노인네 궁금한 것도 많네! 아무것도 아닌데 왜 그리 호기심이 많아요? 제 옷입니다.”

“이놈이! 그런데 옷을 왜 가져와?”

“내 얼굴을 봐요. 상태가 이 지경인데다 온몸도 쑤시는데 어떻게 일을 하겠습니까? 여기서 며칠 지내려고 옷 가져온 겁니다.”

“쯧쯧… 애쓴다, 애써……..”

“뭐, 뭘 말입니까?”

어떻게든 단리채빈과 가까이 있어 보려고 수 쓰는 현어운이 안쓰럽기도 하고 귀엽기도 했다.

“어르신, 저 왔어요.”

밖에서 단리채빈의 말이 들려왔다. 그녀의 목소리가 들리자 현어운의 시퍼런 눈이 뻣뻣하게 굳어지는 것을 본 섬수신의는 피식 웃으며 소리쳤다.

“이놈이 나이에 안 맞게 왜 이래?! 채련아, 들어오거라. 네가 그토록 찾던 어운이 여기 있구나.”

방문이 열리며 들어온 단리채빈의 얼굴이 살짝 붉어져 있는 것이 섬수신의의 말에 신경이 쓰인 모양이었다.

“현 가가, 괜찮은 거예요? 아침 일찍 사라져서 놀랐어요.”

“아… 하하, 미안하오. 볼일이 있어서……..”

“볼일은 무슨… 밤탱이가 된 얼굴이 부끄러웠겠지. 한심한 놈.”

“그, 그만 합시다, 노인장.”

현어운의 건방진 말투에 섬수신의는 두 눈을 휘둥그레 뜨고 노려보다가 말없이 초섬유성수로 그의 머리를 한 대 쳤다.

“크윽!”

“점심이나 먹자꾸나. 허험!”

섬수신의가 현어운의 머리를 때리는 걸 수없이 봐온 그녀였지만 볼 때마다 놀라운 마음을 금하지 못했다.

'세상에는 기인이 많다더니… 정말 저렇게 빠른 손은 처음이구나. 만약 내공을 실어 사용한다면……'

그의 손을 볼 수 있는 자가 몇이나 될까? 저 손에 검이 들려 있으면 천하제일의 쾌검이 될 것이다. 아니, 단순한 쾌검이란 말로는 부족할 정도로 빠르기라는 의미를 넘어설 것이 분명하다. 괜히 초섬유성수라 이름 지은 것이 아니라 여긴 그녀였다.

'나도 배워볼까……?'

문득 그런 생각이 들었지만 이내 고개를 젓는다. 자신이 익히고 있는 태극소염장만으로도 그녀는 충분히 벅찼다.

'하지만 이제 난 무림제왕성, 무제라는 그늘을 벗어나야 할 때가 온 것일지도 몰라.'

섬수원에서 하루종일 일없이 있으니 조금 답답했지만 오랜만에 한가하게 쉬는 것도 나쁘지는 않다 생각하며 현어운은 섬수원 밖으로 나왔다. 어두컴컴한 언덕 아래를 내려다보는 그의 시퍼렇고 새우처럼 생긴 눈에는 지금 왠지 모를 초조함으로 가득 차 있었다.

'젠장, 옷을 어떻게 주지?'

그는 자신의 품에 있는 옷 보따리를 바닥에 놓으며 고민에 빠졌다. 옷 보따리는 기실 자신의 옷이 아니라 목숨을 걸고 번 은자 한 냥으로 산 단리채빈에게 선물할 옷이었다. 한 달 내내 같은 옷을 입고 지내는 것이 안쓰러워 시작되었던 그 마음이 지금은 마치 자신의 마음을 표현하는 것마냥 긴장되었다.

"현 가가, 무슨 할 말이 있나요?"

잠시 후 단리채빈이 밖으로 나오다 현어운을 발견하고는 다가왔다.

"아, 그냥 산책이나 좀 하려고 했소. 석반을 했으니 겸사겸사해서 말이오.”

“후후, 알겠어요. 하지만 밤공기는 상처에 안 좋으니 조금만 걸어요.”

“하하, 알겠소.”

섬수원 주변을 잠시 걷는 동안 두 사람은 아무 말도 하지 않았다. 걸음을 옮기며 그녀의 모습을 훔쳐보는 현어운의 마음이 주체할 수 없을 만큼 두근거렸다.

“현 가가.”

“아! 무, 무슨 일이오?”

“왜, 왜 그렇게 심장이 빨리 뛰어요? 괜찮나요?”

그렇게 묻는 그녀의 얼굴이 붉게 물들어 있음을 그는 알기나 할까?

“하, 하하하! 하하하하!”

“왜, 왜 그렇게 웃어요?”

현어운은 무림인인 단리채빈이 심장 뛰는 소리도 들을 수 있다는 것을 알고는 크게 당황하여 자신도 모르게 그런 어색한 웃음을 지은 것이었다.

“흠, 흐흠! 그, 그냥… 련 매의 모습이 너무 아름다워서…….”

“어머? 정말인가요? 후훗…….”

단리채빈은 그의 말에 부끄러운 마음을 주체하지 못하다 그의 얼굴을 보고 그만 실소를 터뜨리고 말았다. 어둠 속에서도 충분히 그의 얼굴을 볼 수 있는 그녀로서는 시퍼런 얼굴에 퉁퉁 부은 볼이 너무 우스웠던 것이다. 자신의 웃음을 무마시키기 위해 그녀는 곧바로 화제를 다른 곳으로 돌려 버렸다.

“그런데 그 손에 든 보따리는 뭐예요?”

“아? 이, 이거…….”

그는 지금이 그때라 생각하며 보따리를 풀어 그녀에게 건네주었다. 보따리 속에서 이런 시골에서는 보기 힘든 아름다운 옷이 나오자 단리채빈은 두 눈을 휘둥그레 뜨고 그를 쳐다볼 수밖에 없었다.

"현 가가……?"

"런 매한테 잘 어울릴 것 같아서……."

그녀가 무림제왕성에서 소공주라는 엄청난 직위에 있긴 했지만, 사치나 안락함에 빠져 사는 흔해 빠진 여인이 아니었다. 오히려 남보다 현명하고 깊은 생각을 가지고 살아왔기에 이 옷을 살려면 얼마나 큰돈이 필요한지, 또 그 돈이 어디서 났는지 곧장 눈치챌 수 있었다.

"현 가가는 이것 때문에……."

질 좋은 의복의 감촉을 느끼며 그녀는 자신도 모르게 눈물을 흘렸다. 이런 선물을 받는 건 단연코 처음인지라 감동하지 않을 수 없었던 것이다. 그녀에게 이런 옷쯤은 사실 쉽게 구할 수도 있는 것이었지만, 목숨을 걸고 번 돈을 자신을 위해 썼다는 그의 마음이 절실하게 느껴졌기에 너무나 기뻤다. 이건 자신을 따르는 자들이 목숨을 걸고 자신을 지키는 것과는 또 다른 무언가가 있었다.

"우, 울 것까지야… 있소."

자신의 눈물을 보고 당황하는 현어운의 모습에 그녀는 설명하기 힘든 묘한 기분이 들었다. 그 기분을 참지 못하고 자신도 모르게 그의 곁으로 다가가 어깨에 얼굴을 묻었다.

"고마워요……."

현어운은 그녀의 갑작스런 행동에 두 눈을 크게 뜨려다 멍의 통증에 소리를 지를 뻔했지만 가까스로 참을 수 있었다. 심장이 두근거리고, 그녀가 느끼지는 않을까 저어할 정도로 몸이 뻣뻣하게 굳어버렸다.

"남자는 한 방이야! 밀어붙여!"

남자는 용기로 승부해야 한다는 호보만의 표현이 갑자기 떠올랐다. 그는 천천히 팔을 올려 그녀의 몸을 감싸 안았고, 다행히 그녀는 거부하지 않고 가만히 있었다.

'당신이… 저의 천생연분이었나요?'

단리채빈의 마음속에 신산소옹의 웃음소리가 들려왔다.

第五章
당신과 결혼하고 싶어요
당신과 결혼하고 싶어요

간혹 우리는 싸울 때가 있었다. 힘든 수련이 끝나고 힘에 겨워 머리가 멍해졌을 때 우리의 신경은 극도로 날카로워져 있었기 때문이다. 특히 서로의 호흡을 맞추는 수련 뒤라면 더욱 그랬다. 실력이 부족해 수련을 힘들게 만들던 난 언제나 그들의 화를 받아내야만 했지만, 그래도 그것이 좋았다. 친구들이 나에게 화를 내서 기분을 풀 수만 있다면, 내 마음의 아픔 따위는 가볍게 넘길 수 있었다. 화를 내고 난 다음날은 언제나 나에게 자신들의 먹을 것 일부를 모아준다. 그들의 마음이 지금도 느껴진다.

무공을 익힌 자라면, 그것도 나름대로 내공을 익혀온 자가 단전이 파괴되어 무공을 잃었다는 건 인생의 모두를 잃은 것이나 마찬가지였다. 무인에게 무공이란 인생 그 자체였다.

"……."

자리에 누워 며칠 동안 내상을 요양하고 있는 초마내의 호감 가지 않는 얼굴에는 평소와 달리 힘이 없어 보였다. 물론 단전이 파괴되었기 때문이다. 지금 그는 시진에 돌아다니는 평범한 사람들보다 약한 힘을 가진 유약한 사람이 된 것이다.

그 충격과 분노, 상실감은 이루 말할 수 없었기에 초마내는 말 그대로 식음을 전폐하고 싶었다. 하지만 그랬다간 내상에서 회복되지 못하고 아예 죽어버릴 것 같아 먹는 것만큼은 꼬박꼬박 잘 챙겨 먹고 있었다.

'어떻게든 복수할 테다, 이 빌어먹을 연놈들!'

자신이 평생에 걸쳐 얻은 흑정은 어이없게도 자신이 가장 싫어하는 전유림에게 빼앗겨 버렸고, 괴롭혀 오던 존재였던 호보의 친구들에게, 그리고 노리고 있던 여인에게 처절한 패배를 당했다. 도무지 이러한 현실을 받아들일 수가 없었지만, 초마내는 남이 생각하는 것보다 훨씬 현실적이었다.

'반드시 네놈들의 살을 씹어 먹고 네년의 몸뚱이를 학대해 주마!'

하지만 그렇게 하기 위해서는 무엇보다 힘이 필요했는데, 지금의 그는 힘이 없었다.

"으흐흐흐……!"

암울한 현실에 자신도 모르게 울음 섞인 웃음을 토해냈다.

"염려치 말거라."

아들의 모습을 안쓰럽게 바라보고 있는 초명후의 모습은 너무나 초췌했다. 하나뿐인 자식이 이런 꼴을 당했으니 어찌 마음 편히 있을 수 있겠는가?

"복수할 겁니다, 아버지! 크흐흐흐!"

"걱정 마라. 우리의 힘으로는 힘들어도, 신록희의 힘이라면 충분히 가능하다."

"그들을 어떻게 부를 것입니까?"

"내게 생각이 있으니 일단 몸을 회복시키거라. 한 달 뒤에 도착할 무림 주요 인사들의 초상화를 좀 더 앞당겨 보내달라고 했다. 그때가 되면 신록희의 힘을 빌릴 수 있을지도 모른다."

그녀의 무공이 대단한 데다 무림인의 왕래가 전무하다시피 한 이곳 연곤현에 갑작스럽게 나타난 점을 볼 때 결코 무명의 무림인은 아닐 것이다. 신록희에서 중요하게 여기는 인물이라면 더욱 좋겠지만, 그렇지 않더라도 신록희의 힘을 빌릴 방도가 있었다.

"너는 그 계집의 얼굴을 잊지 말고 있어야 한다."

“눈빛만 봐도 그 계집임을 알 수 있습니다.”

이를 갈며 말하는 초마내의 눈빛이 매서웠다.

“하아, 아가씨……. 성주께서는 어찌하여 그런 결정을 내렸는가. 뭐라 해도 피붙이이거늘……!”

그날 전투 이후 두 달이 다 되어갔지만 신산소옹은 하루에도 몇 번씩 그녀를 생각하며 시름에 젖곤 했다. 그리고 성주가 자신의 딸이 죽었다고 공식적으로 발표한 일은 그의 상처를 더욱 깊게 했다. 자신의 딸인 양 그녀가 자라는 것을 곁에서 지켜보았던 그녀를 무림제왕성에서 버렸으니, 어찌 충격을 받지 않을 수 있겠는가?

“성주님의 결정이오. 이미 돌이키는 것은 늦었다오.”

조금 전 방 안에 들어온 오십대 초반의 사내가 가볍게 한숨을 쉬며 그를 위로했다. 덩치가 제법 큰 장한으로, 젊었을 적에는 힘깨나 썼을 법한 모습이다. 바로 그가 무림에서 이름난 협객이자 뛰어난 무공으로 추앙받는 백명부의 부주 극도신협(極刀神俠) 명운학(明暈壑)이었다.

“그때 광마가 아가씨를 직접 데리고 가기만 했어도…….”

처음에는 그에게 큰 분노를 느꼈다. 하지만 그를 감당할 수 있는 자는 무림제왕성 내에 거의 없다고 해도 좋을 정도로 강한 무공을 지니고 있었기에 신산소옹도 어찌할 수 없었다. 다만 그런 계략이 있었음을 전혀 알아차리지 못한 자신을 탓하고, 무제가 더 이상 단리채빈을 찾으려는 생각을 하지 않는 현실을 탓하며 허송세월할 뿐이었다.

“그렇지 않아도 내가 온 것은 그것 때문이오.”

“광마를 말하는 것이오?”

“그렇소. 그의 막되 먹은 성격을 제어할 수 있는 사람은 오직 성주님 뿐일 것이오. 하지만 성주님의 모든 신경이 그에게로만 쏠릴 수는 없는 노릇이므로, 그를 다른 방법으로 쉽게 제어하려면 현재 일인 특별단이라 할 수 있는 구조대를 새로이 개편할 필요가 있다는 의견이 나왔소.”

“어떤 식으로 말이오?”

명운학의 놀라운 말에 좀처럼 실의에서 벗어나지 못하던 신산소옹이 관심의 표정으로 답을 재촉했다.

“그를 견제할 만큼 특이한 자들을 뽑아 새로운 소수 조직단을 만들면 될 것이오. 그만큼 강한 자를 뽑긴 힘들겠지만 성격이 개성있고 독특하며, 나름대로 무공의 일가를 이루고 있는 자들이라면 그의 힘을 충분히 제어할 수 있으리라 보는 것이 대다수의 의견이었소.”

“그거 기막힌 의견이군. 곁에 그 못지않은 자들이 있다면 그로서도 쉽게 행동하기는 힘들 것이야! 성주님께선 뭐라 말씀하시오?”

“별말씀은 하지 않으셨소. 다만 무슨 생각을 하는 것 같기는 하던데, 곧 태극탈명비동주와 제왕부주를 부르고는 해산하셨소. 아마 그 두 사람과 의논하실 것이 있나 보오.”

“으음…….”

확실히 현 무림제왕성은 무황의 시대보다 더욱 폐쇄적인 실정이었다. 단시간 내에 유혈입성을 했기에 무제의 측근이라 할 만한 자들이 많지 않은 데다, 무제에게 대항하는 거대 세력이 두 곳이나 되기 때문이었다. 그만큼 백명부와 흑맥부의 권한이 예전보다 높아진 것은 사실이지만 실세 권력과의 괴리감은 예전보다 더욱 깊어졌다.

“하지만 그런 자들을 고르기가 쉽지는 않을 텐데…….”

“그 일은 명천성에서 충분히 할 수 있을 것이라 보고 있다오. 아직 의견을 제시했을 뿐이지만 성주님의 허가가 떨어지면 곧바로 새로운 구조대가 편성될 것이오. 전투 시 중요 인물의 구조, 암살, 중요 물건의 획득 및 파괴 등의 임무를 맡게 될 새로운 조직으로, 그들은 지금의 구조대와는 크게 달라질 것이 분명하오.”

“음… 문제는 그자가 과연 그런 임무들을 맡아줄 것인가가 문제겠군. 그자는 싸움과 술 이외에는 아무것에도 관심이 없소.”

“그런 임무 시 그자는 빼면 될 것이오. 하나 모든 임무에 전투가 없는 경우는 없을 것이니 큰 걱정을 할 필요는 없을 것이외다. 우리가 이번에 새로운 조직을 만드는 이유는 어디까지나 그의 고강한 무공을 좀 더 효율적으로 사용하기 위해서이니까 말이오.”

“음…….”

극도신협이라 불리며 만인의 추앙을 받던 그도 무림제왕성 내에서는 이렇듯 현실적일 수밖에 없음에 신산소옹은 나지막이 신음 소리를 냈다. 어차피 무림이 일통되면서 협(俠)과 의(義)라는 개념이 사라진 지 오래였다. 그랬기에 협과 의를 품고 실행하는 자는 예전보다 더욱 존경받는 존재가 되겠지만, 그런 자가 쉽게 협과 의를 버리는 일도 비일비재했기에 새삼 놀랄 일도 아니었다.

“신산소옹께서 그자를 데려왔기 때문에, 그리고 그나마 신산소옹의 말을 듣던 자인지라 이렇게 말하기 위해 온 것이라오.”

“고맙구려.”

“광마는 대체 어떤 자인지 말해 줄 수 있소?”

“…….”

하지만 그는 고개를 저으며 한숨을 쉴 뿐이었다. 이에 명운학은 고개를 끄덕인 뒤 자리에서 일어나 밖으로 나가려 했다. 그때 그의 뒷모습을 향해 신산소옹의 작은 목소리가 울린다.

“세상에는 너무나 많은 사람들이 있고, 그 사람들을 다스리는 많은 단위의 집단이 있소. 그는 다만 그러한 일반적인 범주를 벗어난 자로 날 때부터 강했고 날 때부터 잔인했으며, 지금껏 줄곧 그래 왔지. 그는 스스로를 광마(狂魔)라 부르지만, 그 별호 외에 이 늙은이는 그가 독패(獨覇)의 하나가 아닐까 여기고 있지.”

“독패(獨覇)… 삼류(三流)……?!”

두 눈을 크게 뜬 채 놀란 모습은 평소의 명운학이 아니었다. 그만큼 독패삼류란 말이 큰 의미를 담고 있는 것이리라.

독패삼류. 무림에서 홀로 강하다는 의미를 가진 말로, 세 부류의 무인을 칭하는 것이었다. 언제부터 흘러내려 왔는지 알 수 없는 그 용어는 알게 모르게 무림인들의 인식에 강한 인상을 남기고 있었다.

현 무림이 무제, 금탁 서열 일위, 신록희주 이렇게 삼강(三强)의 구도로 흘러가고는 있지만 그들과는 달리 또 다른 무림의 세계를 구축하고 있다는 평을 받고 있었으니, 그들의 존재감 또한 결코 가볍지 않은 것이다.

하나 그들이 누구이며, 어떤 무공을 사용하며, 어떤 목적을 가지고 있는지 등에 대해서 전혀 알려져 있지 않았다. 단 하나 알려진 것은 삼류에 대한 호칭으로 자연류(自然流), 시귀류(屍鬼流), 거강류(巨剛流)라 했다.

“추측일 뿐이니 마음에 두지 마시오.”

명운학은 이내 그의 방에서 나갔지만 한동안은 놀라움에 그에 대한 존재를 쉬이 잊지 못할 것이 분명하리라.

‘그를 끝까지 이용하려 하는구려, 성주. 어느 집단이든 윤(倫)을 등한시하고 실(實)만을 쫓는다면 그 끝은 보나마나요.’

현어운이 부상을 치료하기 위해 섬수원에서 한동안 지내던 것이, 지금은 아예 눌러붙어 사는 모양새였다. 어서 집으로 가라며 투덜거리면서도 그 이상의 반응을 보이지 않는 것을 보면 섬수신의도 그가 들어와 사는 것이 싫지만은 않은 듯했다.

“다녀오세요, 가가.”

“오늘은 당호관의 일거리뿐이니 일찍 오겠소, 련 매.”

현어운이 섬수원으로 이사한 지 이 주밖에 되지 않았지만 두 사람은 그날 이후 급속도로 가까워졌고, 지금은 서로가 연인이라 해도 이상하지 않을 정도로 친밀해져 있었다.

자신을 향해 짓는 그녀의 미소에 숨이 막힌다 생각한 현어운은 자신도 모르게 물었다.

“련 매, 인간이 맞소?”

“가가는 참…… 제가 그렇게 예뻐요?”

“하하!”

그녀의 태연한 응수에 현어운은 파안대소를 하며 섬수원을 나섰다.

현어운이 단리채빈과 가깝게 지내는 것을 알게 된 호보는 자신도 늦기 전에 구해야 한다며 여기저기 여자를 알아보고 다니는 중이었다. 자신을 보면 원망스런 눈초리로 우정을 배신했다고 난리를 치던 호보를 생각하면 실소가 나온다.

“호호호!”

돌연 음흉한 미소를 지으며 힘차게 걸음을 옮겼다. 마음을 채우는 행복이란 바로 이런 것이리라. 그녀를 생각하면 가슴이 두근거리고, 떨어져 있으면 보고 싶고, 가까이 있으면 안아주고 싶은 마음 일색이었다. 사랑으로 인한 행복은 만고불변의 법칙처럼 사람에게 행복을 가져다준다.

하나 걸음을 옮기던 현어운의 표정이 갑자기 어두워졌다.

‘너희들의 그늘에서 벗어나지 못해 행복하지 못할 줄 알았다. 하지만 내가 행복하면… 너희들도 행복할 것이란 생각이 문득 드는구나. 그게 너희들이 바라는 바가 아니었더냐? 부디 이 행복을 느낄 수 있기를……. 그것으로 나의 마음이 한결 가벼워질 수 있으면 좋겠다.’

다시 원래의 밝은 표정으로 돌아온 현어운의 걸음걸이는 유난히 힘차다.

"얼굴빛이 죽이는데? 썩을… 나도 어서 결혼을 하던가 해야지."

번들거리는 현어운의 얼굴을 보고 질투 섞인 말을 내뱉는 호보였다. 두 사람이 앉아 있는 탁자 위에 군동이 음식을 놓으며 같이 자리에 앉았다.

"겨, 결혼?!"

현어운은 호보의 말에 깜짝 놀란 얼굴을 했다. 얼굴이 빨개져 있는 것이, 결혼에 대한 상상을 했음이 분명하다.

"왜 결혼 이야기가 나와? 어운은 그냥 가깝게 지내는 것뿐이잖아. 그리고 네놈이 결혼을 할 수 있을 것 같냐? 만날 기녀 꽁무니나 쫓아다니고, 여자만 지나가면 침을 흘리는 남자를 누가 좋다고 결혼하겠냐?"

"하하하하! 난 중원 천지의 모든 여자를 내 품 안에 둘 야망을 가지고 있을 뿐이야!"

"잘도 이루겠다."

"군동아……."

갑자기 호보가 그의 손을 움켜쥐며 애처로운 빛을 띠었다. 당연히 기분 나쁜 군동은 그의 두 손을 강하게 떨쳐 내려 했지만 의외로 억세게 잡고 있어 실패하고 말았다.

"왜, 왜 이래, 이놈이?"

"나 장가 좀 가게 해주라. 내가 아는 어른이 있냐, 뒷줄이 있냐? 믿을 건 친구인 네놈밖에 없으니 제발 나 장가 좀 가게 해줘."

"살다 살다 친구한테 결혼시켜 달라는 놈은 네놈이 처음일 거다."

"군동아, 나 네가 밤마다……."

"알았어, 시캬! 조용히 좀 해!"

두 사람이 티격태격할 때 현어운은 말없이 그녀와의 결혼에 대해 생각하고 있었다.

'될까? 나 같은 놈이 그녀와 어울릴까? 그녀에게 말하진 않았지만 난 그녀를 사랑한다! 그것만으로 충분하지 않은가?'

그의 진지한 표정에서 어떤 생각을 읽은 군동은 자리에서 일어서며 말했다.

"내가 전에 말했지? 흘러가는 대로 놔두라고. 이제는 피할 수도 없는 상황이다."

그 말인즉슨, 이미 이 지경에까지 이르렀으니 더 이상 피할 수도 없는 노릇이라는 의미였다.

"무슨 말을 하는 거야?"

호보는 상황을 파악하지 못하고 물었지만 군동은 싹 무시하고 자리에서 일어났다. 그때 객잔의 입구에 한 여인이 나타났고, 그녀를 본 주변의 손님들은 헛기침을 하며 시선을 피했다. 앳된 모습이 남아 있지만 조금 더 나이가 들면 미인 소리를 들을 만한 여인이었다. 그러나 머리가 아무렇게나 늘어뜨려져 있고 그 흔한 화장기 하나 없으며, 전혀 여인 같지 않은 옷차림은 그녀의 성격을 단적으로 보여주었다.

"여기 있었군. 잘 지내냐?"

오랜만에 보는 얼굴들임에도 전유림은 어색함 하나 없이 인사한 뒤 의자에 앉더니 두 다리를 탁자 위에 턱하니 올려 놓는다.

"흑정을 정리하느라 바빴냐? 한동안 안 보이더니 말이야."

호보의 말에 전유림은 대답하지 않고 군동에게 말했다.

"어이, 주인장. 요즘은 꼬박꼬박 자릿세 내고 있지?"

"……."

아는 사람이 흑정의 두목이 되었지만 군동은 여전히 그들 패거리에게
자릿세를 내고 있는 실정이었다.

"이것들이 진짜? 왜 내 말을 다 무시하는 거야?!"

"오랜만에 오리목향감구이나 먹어볼까?"

그녀의 말에 또다시 무시당한 호보와 객잔 주인인 군동의 얼굴이 일그
러졌다. 나이도 어린 것이 반말을 하는 것도 모자라 뒷골목의 우두머리
가 되었다고 이제는 유세까지 떠니, 아무리 제법 친한 사이라 하더라도
화가 나지 않을 수가 없었다.

"으하하하! 유림이 뭘 좀 아네. 야야, 군동! 뭐 하는 거야? 어서 냉큼
두목께 오리목향감구이를 바치지 않고!"

"오십 문이다."

"알았어. 돈 줄 테니까 어서 해와."

그녀의 순순한 대답에 잠시 의혹 서린 표정이었지만 이내 주방으로 사
라졌다.

"자릿세를 올릴 때가 되었군."

"……."

그녀의 중얼거림을 들은 두 사람은 할 말을 잃고 말았다.

"무슨 일이야? 여기에 단지 그걸 먹으려고 온 건 아닌 것 같은데?"

현어운의 말에 잠시 아무 말 없이 탁자를 두들기던 그녀가 돌연 말을
꺼낸다.

"그녀랑은 잘 지내? 전에 둘이 제법 가까운 것 같던데?"

"허허, 어린것이 벌써부터 남녀 간의 일에 관심을 가지면 보기 좋지
않단다."

"헛소리하네. 안 그래도 내가 찍어놓았던 사람이 다른 여자한테 가서
기분이 찝찝했는데, 상태를 보니까 굳이 아쉬워하진 않아도 되겠군."

"푸웃!"

놀란 것은 현어운이 아니라 차를 마시던 호보였다. 아무리 전웅을 닮아 괴팍한 면이 있다지만 이 정도일 줄은 몰랐기에 호보는 또 한 번 놀랄 수밖에 없었다.

'진짜 청출어람이군.'

한편 현어운은 그녀가 한 말의 의미를 제대로 알아채지 못해 멍청한 표정으로 무슨 말인가 하고 바라볼 뿐이었다.

"찍어놓았던 사람이 누군데? 너도 좋아하는 사람이 있었어?"

현어운의 순진한 질문에 전유림은 일순간 눈살을 찌푸렸지만 이내 폈다. 하루 이틀이 아니지 않은가.

"그건 됐고… 아버지가 한번 보자더군. 난 십 일 뒤에 연곤현을 떠난다."

"뭐?!"

두 사람은 깜짝 놀라 그녀에게 해명을 촉구했다.

"젊은 사람이 무림에 나가서 여행하겠다는데 굳이 놀랄 필요가 있어?"

"흐, 흑정은 어떡하고?"

"내가 완전히 장악해 놨으니 괜찮아. 혹여 나 없는 사이 다른 놈팽이한테 복종하면 돌아와서 모조리 죽여 버리면 되니까."

죽인다는 말을 너무 쉽게 하자 현어운이 한숨을 쉬며 고개를 저었다. 더구나 그녀의 실력으로 정말 흑정을 장악했다는 소리를 믿을 수가 없었다. 호보에게 그녀의 실력에 대해서 듣기는 했지만, 실제로 보지를 못했으니 실감이 나지 않는 것이다.

"혼자 떠나는 거야?"

"그래, 한동안 이런 저런 준비로 못 볼 거야. 잘 지내라. 식사 하고 아버지한테 가는 거 잊지 말고."

전유림은 그들의 인사도 듣지 않고 곧바로 객점을 나가 버렸다.

"이게 어떻게 된 일이야?"

두 사람은 갑작스런 소식에 얼떨떨한 기분이었다. 실력이라 해봤자 그
저 그런 삼류 문파에서나 최고라 할 수 있는 그녀가 단신으로 위험한 무
림으로 나가겠다고 태연히 말했다. 호보는 무림에 대해 들은 이야기가
많았기에 그녀가 얼마나 무모한지 충분히 느끼고 있었지만, 달리 막을
방법도 없었다. 전유림은 한 번 한다고 한 것은 반드시 지키는 성격이었
기 때문이다.

"미치겠군."

호보는 고개를 저으며 그녀를 말릴 생각을 애당초 포기해 버렸다. 굳
은 표정으로 말없이 있던 현어운이 무슨 이유에선지 자리에서 일어나 나
가려 하자 호보가 대뜸 말했다.

"어딜 가려고? 오리목향감구이는 먹어야 하지 않겠어? 흐흐……."

"음……."

다시 자리에 앉고 마는 그였다. 그리고 일각 후 군동은 한없는 분노에
빠지게 된다.

당호관으로 들어가니 사람들이 한참 연무 중이었다. 때마침 건방진 꼬
마가 물 흐르듯 지나가자 급히 멈춰 세웠다.

"얘야, 관주님은 어디 계시냐?"

"몰라요."

그러고는 곧바로 건물 모퉁이로 사라지려는 찰나, 고개를 돌려 외친
다.

"당호정에 가보세요!"

“…….”

쓴웃음을 지으며 당호정으로 향하니 다행히도 전웅이 그곳에 있었다. 그런데 평소처럼 뒷짐을 진 채 하늘을 바라보고 있는 것이 아니라 무언가를 하는 중이었다.

‘뭐지, 저건? 무술인가?’

전웅은 느릿느릿하면서도 어떤 힘이 느껴지는 특이한 움직임을 하고 있었다. 아는 사람이 보았다면 그것이 똑같지는 않지만 태극권과 비슷한 움직임임을 알았으리라.

현어운은 그에게 기척을 낼까 생각했지만 하도 진지하게 수련을 하고 있는 터라 아무 말 없이 지켜보기로 했다.

느리게 움직여 답답해 보이지만 손짓 하나, 발걸음 하나에 신묘한 힘이 서려 있다. 얼굴과 손에서 흘러내리는 땀방울은 그가 얼마나 집중하고 있는지를 보여준다. 원을 그리며 땅을 치고 하늘을 격한다. 한 걸음 움직이면 태산이 울리고, 두 걸음 움직이면 천지가 움직인다. 손과 발이 너나 할 것 없이 부드럽게 원을 그리니, 태초의 형태로 돌아가려는 원시적인 몸짓이다.

‘멋있다……!’

연곤현에서 알려진 그의 실력은 그냥 문하생들에게 무술을 가르치는 정도였는데, 지금의 모습을 보면 절대고수의 풍모나 마찬가지였다. 물론 현어운의 어설픈 눈으로 보았을 때였지만 적어도 그에게는 지금 전웅의 모습은 너무나 진중하고 멋있어 장풍을 배워보고 싶은 심정이었다.

돌연 전웅의 움직임이 서서히 빨라지기 시작한다. 회전하는 몸은 돌풍을 일으키고 사방을 움직이며 수없이 작은 원을 일으키는 그의 두 손이 종내는 폭풍이 되어 앞으로 나아간다.

휘이잉! 퍼퍽!

돌연 한줄기 거센 바람이 부는가 싶더니, 그의 십 장 앞에 떨어져 있던 당호정의 큰 바위에 사람 머리보다 조금 더 큰 구멍이 깊숙이 뚫렸다.

"커헉!"

경악한 현어운의 입에서 주체할 수 없는 비명이 터지자 그제야 그의 존재를 알아차린 듯 전웅이 아주 조금 놀란 표정으로 그를 향해 말했다.

"언제 왔느냐?"

"아… 조금 전에 왔습니다."

"왔는지 전혀 몰랐거늘… 몰래 들어왔던 것이냐?"

"몰래라뇨? 전 평상시처럼 들어왔는데, 관주님께서 워낙 수련에 몰두하셔서 기척도 내지 못하고 그냥 보고만 있었습니다."

"음… 자네를 기다리다 잠시 지루함을 이겨보고자 처음으로 이곳에서 수련을 해보았네."

"그렇군요. 아까 그게 장풍이란 겁니까? 전에 오룡비무에서 유림이 쓰던 걸 한 번 봤는데 비슷한 것 같기도 하고……."

불확실한 말에 전웅은 고개를 끄덕였다.

"장풍이 맞네. 그간 유림은 엄청난 발전을 이루었지. 어떤 면으론 이미 날 능가했네."

애초에 모두가 삼류를 벗어나지 못하는 무인들이라 여기고 있었기 때문에 그다지 실감은 나지 않는다. 하지만 방금 전의 장풍은 정말 무서운 위력이라 어쩌면 전웅이 정말 강한 고수일지도 모른다는 생각이 들었다.

"방금 내가 한 것이 잠력을 기르는 수련법 중의 하나일세. 이것을 하면 잠력이 늘어날 뿐만 아니라 전신의 근력이 엄청나게 발달되어 움직임에 있어 제약이 없어지지. 항간에 알려진 무당의 태극권과 그 형(形)이 비슷하여 웬만하면 밖에서 수련하지 못하게 했지. 물론 구결이 없으면 아무 소용이 없지만, 그래도 형을 도둑맞는 것만큼 기분 나쁜 일은 없다네."

"그렇군요."

왜 항상 방 안에서 수련하는지 그 이유를 어느 정도 알게 된 현어운이었다. 왜 그런 말을 했는지에 대해서는 생각이 없다.

"나는 이것을 익힐 당시 몇 가지 실수를 저질렀어. 때문에 그 당시에는 아무리 잠력을 길러도 한 번 장풍을 시전하면 일주일에서 십 일 동안은 다시 쏘면 안 되었지. 만약 그것을 어기게 되면 엄청난 고통을 수반하게 돼. 하여 그 실수를 바로잡기 위해 수련법을 수정하고 나 스스로의 부작용을 고치기 위해 오랜 세월을 보냈지. 그리하여 안전한 수련법을 완성하고, 나의 부작용도 아주 조금이지만 완화시켜 어느 정도의 경지에 이르자 자네가 보이더군."

"……."

현어운은 전웅이 너무나 진지하게 이야기하자 아무 말도 못하고 들을 수밖에 없었다. 하지만 이대로 가다가는 분명 장풍을 익혀야 한다는 결론이 내려질 것 같아 불안하기 짝이 없었다.

"하나 정작 가르쳐 주고 싶은 자는 마음이 없고, 내 딸이 몇 년간 그토록 배우길 원했으니 할 수 없이 가르쳐 줬지. 다행인지 내 딸은 뛰어난 재능이 있어서 단기간에 잠력을 크게 높여 이제는 한 번에 장풍을 다섯 번을 사용할 수 있게 되었네. 장풍의 사용 정도에 대해서는 조금 복잡한 문제이니 생략하겠네. 아무튼 그 정도에 이르게 되더니 한계가 왔어. 그래서 좀 더 넓은 세상으로 나가 무공을 증진시키겠다고 설쳐 대더니, 결국 오 일 뒤에 집을 나간다고 하더군."

그녀가 집을 나가려는 이유는 바로 그것 때문이었다.

"그래서 무림에 간다고 한 것이군요."

"자네는 배울 생각이 전혀 없는가? 나는 자네가 꼭 익혔으면 하네. 자네의 잠력은 무슨 이유인지는 모르나 아주 높아. 상상도 하지 못할 정도로 높지. 아마 이 세상에서 자네의 잠력이 어느 정도인지 알 수 있는 사람은 오직 나뿐일 걸세. 내 딸의 경지가 어느 정도 더 높아진다면, 자네의 잠력을 알아볼지도 모르지. 사람은 자신을 알아주는 이에게 목숨을 바친다고 했는데, 자네는 목숨까지는 아니더라도 배움을 청하는 것 정도는 할 수 있지 않겠나?”

제법 진지하면서도 진심이 담긴 말에 현어운은 결국 심각하게 고민하기 시작했다. 하지만 괴팍한 성격이 어디 가는 것도 아닌지, 곧바로 이상한 말이 튀어나온다.

“자네의 잠력을 이대로 두면 십 년 내에 폭발하고 말걸세! 내 전에 수음 이야기했지? 잠력이 자네처럼 큰 경우는 가만히 놔두면 해가 될 게 분명하네. 장풍으로 발산해야 해! 수음을 생각하라고, 수음을!”

“저, 저, 저는 장풍을 익힐 여유가 없어요! 요즘은 다른 것도 하고 있어서 시간을 내기가 힘듭니다!”

“으음… 할 수 없군. 하지만 생각이 바뀌면 언제든지 오게나.”

현어운은 진지하게 고민하던 자신을 바보라 생각하며 급히 당호관을 빠져나왔다. 도무지 당호관주는 자신과 맞지 않는 무언가가 있었다. 쓴웃음을 짓는 그의 표정이 왠지 모르게 슬퍼 보였다.

“장풍이라……. 내 인생이 행복해지기 위함이 아니라면 생각이 없답니다, 관주님.”

별달리 일도 없는 하루였기에 현어운은 산으로 가 오전 내내 나무를 베었다. 초섬유성수를 이용해 나무를 베고 잔가지를 치고 적당한 크기로 자르는 일의 재미가 쏠쏠했지만, 그것도 곧 시들해졌다. 그러자 어제 군동에게 들었던 말이 떠오른다.

"썩을… 그 말을 잊으려고 나무를 베러 왔는데 실패했군."

현어운은 도끼를 바닥에 꽂아버리고 나무 기둥 아래 앉아 기대었다.

"후우, 나는 좋은데… 그녀는 걸리는 게 많겠지?"

사랑하는 마음이 생기면 결혼하고픈 마음이 생기는 것은 당연하다. 그녀와 알게 된 지 얼마 되지 않았고, 사랑하는 마음이 생기는 것은 더 더욱 얼마 되지 않았지만 현어운은 자신의 마음이 결코 이상한 것이 아니라 믿었다. 문제는 그녀의 마음일 것이다.

"애초에 시작하지 말았어야 했나… 에휴!"

고민해 봤자 자신만 손해라 생각하며 자리에서 일어난 현어운은 반시진에 걸쳐 나무를 알맞은 크기로 잘랐다. 초섬유성수를 사용해 빨리 끝내고 싶었지만, 체력적인 문제로 아직은 오래 사용할 수 있는 정도가 아니었기에 자제한 것이다.

"두 번 정도 오가면 되겠구나."

땔감용 나무를 지게에 얹고 섬수원으로 향했다. 요 며칠간 하루에 한 시진씩 꼬박 운기토납법을 하고, 나무를 벨 때마다 초섬유성수를 꾸준히 사용해서 그런지 체력이 꽤 늘어난 것 같았다. 예전과는 달리 지게를 메고 움직임에도 힘들다는 생각이 들지 않았다.

섬수원에 도착해 나무를 장작에 쓰기 알맞게 패기 시작했다. 하지만 두 손에 힘이 느껴지지 않았고, 두 눈은 풀어져 있어 다른 생각에 빠져 있는 것이 분명했다.

"쯧쯧… 네놈 운명도 거기까진가 보다. 곧 네놈 도끼에 네 발등을 찍히겠구나."

정신을 놓고 도끼질하는 것에 일침을 놓았지만, 현어운은 못 들었는지 아무런 대답도 않고 그저 반복적으로 나무를 패기만 할 뿐이었다.

"갈!"

“헉!”

섬수신의의 호통에 현어운은 마치 최면에서 벗어난 듯한 얼굴로 섬수신의를 바라보았다.

“무슨 일이에요?”

“요즘 무슨 고민있는 것이냐? 아니, 요즘이라고 말하기도 그렇군. 오늘 왜 이래? 나무하러 나갈 때부터 상태가 이상하더니…….”

“아무 일 없어요. 밥 안 먹어요? 그러고 보니 련 매가 없네?”

“나의 부탁으로 뭘 사러 갔다. 아무 일 없긴 뭐가 없어? 냉큼 말해봐!”

“아, 남의 고민을 자꾸 들으려 하는 그 고약한 심보는 대체 뭡니까? 강요 좀 하지 마세요!”

사람들은 으레 남의 고민을 호기심에 듣고 싶어 하는 경향이 있는데, 특히 나이 든 늙은이라면 더욱 그러했다. 섬수신의 또한 그 범주에서 벗어나지 못한 듯, 그럼 그렇지라는 표정으로 현어운을 몰아붙였다.

“내가 강요했더냐? 고민이라고는 저 땅 속 깊이 묻어둔 것마냥 태평스럽기만 하던 네가 그러니 걱정이 되어 묻는 게 아니더냐? 이 늙은이가 도움을 줄 수 있는지는 들어봐야 할 것 아니야! 너랑 내가 남이냐?!”

너랑 내가 남이냐는 정에 호소하는 말을 듣고 현어운은 잠시 고민하는 표정을 짓더니 곧 한숨을 폭 쉬며 털어놓았다.

“결혼하고 싶어요.”

“미친놈!”

“뭐, 뭐, 뭐라고요?!”

“허험!”

자신이 허언한 것에 이미 늦었음을 안 섬수신의는 헛기침을 하며 대들려는 현어운보다 먼저 말을 꺼냈다.

"웃어보라고 한 농담이야! 그런데… 힘들 것이란 걸 알면서도 그런 마음을 가진 것이냐?"

대판 싸우려고 마음먹었던 현어운은 그의 말에 다시 풀이 죽어 대답했다.

"알면서도 안 되는 게 사람 마음 아닙니까? 제 마음이 잘못되었다고 생각하지는 않지만… 그녀를 생각하면 자신이 없어지네요."

"내가 애초에 힘들 것이라 말했거늘……."

무림제왕성주 무제의 딸이었다. 그리고 현어운은 그저 시골 어디서나 볼 수 있는 흔한 목수일 뿐이었다. 그 둘이 서로에게 마음이 있다는 것 자체도 놀라운 일인데, 거기에다 결혼까지 바란다면 평생의 행운을 모두 써야 하는 것일지도 몰랐다.

"용기도 안 나니까 그냥 마음만 간직하다가 접어야겠죠."

"용기없는 놈……."

"뭐라는 겁니까? 포기하라고 그럴 때는 언제고 다시 그런 말을 하면 대체 어쩌라는 거예요?!"

"나도 모르겠다, 이놈아!"

"에이 씨… 괜히 말했네."

그때 섬수신의의 표정이 무슨 이유에선지 잠시 흠칫했지만 이내 원래의 얼굴로 돌아와 묘한 표정으로 현어운을 바라보았다.

"왜, 왜 그런 얼굴로 보는 겁니까? 저리 가세요, 장작이나 패게."

"네 마음이 어떤 것이냐? 다시 한 번 물어보마. 네 마음에 원하고자 하는 바를 확실하게 말해 봐."

"아까 말했잖아요. 내가 말하면 그녀가 들어준답니까?"

"용기를 내면 안 될 일이 어디 있겠느냐? 설혹 되지 않는다 하더라도 마음속에 묻어두어 병이 될 바에야 말하고 속 편하게 지내는 게 너에게는 가장 좋을 듯하구나. 너라면 설령 안 된다 하더라도 마음에 두고 평생 갈 성격은 아닌 것 같다."

"흠… 노인장 말이 맞는 것 같기도 하군요."

"그럼 하려무나."

"내가 련 매랑 결혼하고 싶다는 이야기를요? 결혼이란 생각만 해도 가슴이 뛰고 얼굴이 붉어지는데……. 그녀는 내 심장이 뛰는 소리를 들을 수 있단 말입니다. 그걸 들키는 게 얼마나 부끄러운 일인지 알아요? 그런데 그 말을 어떻게 꺼냅니까?"

"쯧쯧… 멍청한 놈. 내가 마음을 바꿔 용기를 넣어주었더니만 그새 또 식어버렸느냐?"

그런데 그렇게 말하는 섬수신의의 얼굴이 웃음을 참기 직전의 표정 같아 이상해 보였다.

"허험, 내 다시 말하지만 용기를 내어보거라. 이런 말도 있지 않느냐? 용기있는 자만이 미인을 얻는다고."

"그런데… 내 고민에 대한 답변이 그게 다입니까?"

"그래."

섬수신의는 싱겁게 대답하고는 자리를 떠버렸다.

'큭큭큭, 이놈아, 나중에 잘되면 다 내 덕이니라!'

"참나… 아무튼 믿음이 안 가는 늙은이라니까."

저녁을 먹으면서 현어운은 단리채빈의 분위기가 어째 평소와는 많이 다른 것을 느낄 수 있었다. 평소에는 이야기를 하면 잘 웃고 그녀 자신도 이런 저런 말을 잘하는 편이었는데, 지금은 고개를 살짝 숙인 채 말없이 식사만 하는 것이었다. 점심을 먹을 때는 그러려니 했는데, 저녁에도 이러니 아무래도 이상했다.

"련 매, 무슨 일 있소? 기분 안 좋은 일이라도……?"

"아! 아, 아니에요. 그냥……."

단리채빈은 그의 말에 당황하며 어쩔 줄 몰라 하더니 다시 시선을 내리깔고 밥을 먹는다.

"……?"

그 모습에 섬수신의만이 남몰래 음흉한 미소를 지었다. 섬수신의는 낮에 현어운과 이야기하고 있을 때 단리채빈이 섬수원 안으로 들어온 것을 느낄 수 있었고, 곧 현어운과 자신이 있는 쪽으로 오는 것을 알고는 현어운에게 마음에 있는 말을 내뱉도록 유도한 것이었다. 당연히 그녀는 그 이야기를 들을 수밖에 없었고, 하루종일 부끄러움과 당혹스러움에서 벗어나지 못하였다.

식사 후 단리채빈은 식기를 씻은 후 몰래 섬수원을 나가 나무 근처에 걸터앉아 말없이 밤하늘을 바라보았다. 그녀의 눈빛은 지금 아픔으로 가득 차 있었다. 결혼에 대한 말이 나오자 자연스럽게 자신의 처지가 떠오른 것이다.

'나… 그 사람을 사랑하고 있어. 하지만…….'

자신에게 걸리는 것이 너무나 많았다. 특히 자신이 무림인이며, 언젠가는 무림제왕성으로 돌아가야 하는 사실이 문제였다.

'만약 그 사람이 정말 내게 청혼하면… 난 어떻게 해야 하지?'

무제의 결정으로 자신은 거의 무림제왕성에서 축출된 것이나 마찬가지였기에 쉽게 생각하면 이대로 지내는 것도 괜찮았다. 이렇게 편히 생각할 수도 있었지만, 문제는 그녀가 아직 자신의 꿈을 버리지 않았다는 것이다.

문득 자신을 믿고 따라주던 신산소옹과 백명부의 부부주 마형이 떠올랐다. 항상 믿음직스러운 두 사람이 있었기에 외로운 길을 포기하지 않고 달려올 수 있었다.

'내가 어떤 선택을 하든 믿어줄 거죠?'

"련 매, 거기 있소?"

섬수원 입구 쪽에서 현어운의 목소리가 들려왔다.

"네, 여기 있어요."

어둠을 타고 들려오는 목소리가 아름답다 생각한 현어운은 그 목소리가 자신에게 용기를 주고 있음을 느꼈다.

'말은 못하더라도 마음만은 전하자.'

가슴이 두근거린다. 그런데 단리채빈이 또 그걸 느꼈는지 곧바로 묻는다.

"가가, 왜 또 가슴이 그렇게 뛰어요? 이번엔 무슨 생각을 하는 거예요? 후후……."

그녀의 짓궂은 질문에 현어운은 깜짝 놀라며 외쳤다.

"저, 절대 이상한 생각하는 건 아니오! 그저 련 매와 함께 있으면 가슴이……."

"……."

말한 당사자인 현어운도, 듣는 단리채빈도 부끄러움에 잠시 아무 말이 없자 그가 먼저 용기를 내어 다가가 단리채빈의 옆에 앉았다.

"흠, 흐흠. 식사할 때 얼굴이 좋지 않던데, 이제 괜찮소?"

"네, 괜찮으니 걱정 말아요."

다시 어색한 침묵이 한참을 맴돌자 현어운이 무슨 말이라도 해야 한다는 생각에 허둥댈 때 단리채빈이 돌연 말을 꺼냈다.

"나는 할 일이 있는데… 현실이 아직 도와주지 않네요. 지금은 뭐랄까… 완전히 무너졌다고 해야 할까요?"

"련 매는 아직 젊지 않소. 그런 생각을 하기에는 너무 이르다오."

“후후, 고마워요. 그런데 간혹 꿈에서 그들이 나타나서는…….”

그녀는 말하기를 주저하는 표정으로 잠시 말을 끊었지만 현어운이 눈빛으로 재촉하자 말을 다시 꺼냈다.

“나에게 위선자라고 말해요. 처음에는 그걸 거부했는데… 가만히 생각해 보면… 전 위선자가 맞는 것 같아요.”

“그럴 리가! 련 매가 위선자면 이 세상에 위선자 아닌 사람이 어디 있겠소?!”

현어운이 강력하게 부정했지만 단리채빈은 처연한 미소를 지으며 고개를 저었다.

“괜찮아요. 꿈일 뿐인걸요.”

“…….”

“아직 할 일이 있어요, 저는……. 어린 나이에 멋모르고 뛰어들었다고 해도 저는 피 마를 날 없는 무림에 얼마간의 평화를 이루겠다는 마음은 아직 변하지 않았어요. 그런데… 이렇게 쉽게 안주할 수 없는 나를 가가는 받아들일 수 있나요?”

“려, 련 매……?”

현어운은 빨개진 얼굴로 어찌할 바를 몰라 했다. 그의 모습에 단리채빈은 어둡던 표정을 풀고 다소 장난기 서린 얼굴로 미소 지으며 말했다.

“어머, 왜 그러세요? 어르신이 용기를 내라고 하지 않았나요?”

무림의 여인에게 흔히 있는 솔직한 면이 그녀라고 해서 없을 리 없었다.

“드, 드, 들었소?”

“네? 뭘 들어요?”

그녀가 시치미를 떼자 현어운은 그녀가 보이는 의외의 장난기에 왠지 모르게 용기가 솟아올랐다.

"당신과 결혼하고 싶소!"

"……!"

예상하고 있었지만 막상 이렇게 직접 당사자에게 들으니 재차 놀란 그녀였다. 빨개진 얼굴을 가리기 위해 고개를 살짝 돌린 모습이 너무나 아름다웠지만, 자신이 한 말에 지레 흥분하여 정신이 없는 현어운에게는 보이지 않았다.

"당신이 할 일이 있어 후에 떠나가도 괜찮소. 내가 뒤따라가면 되니까. 당신이 큰 뜻을 품고 있다면 내가 존중하겠소. 당신이 아프다면 내가 진심으로 돌봐주겠소."

"……."

그의 말속에 순수한 진심이 담겨 있음을 느낀 단리채빈은 자신도 모르게 눈물 한 방울을 흘리고 말았다.

"당신이 위선자라고 아파할 때는… 내가 세상 사람들에게 알리겠소. 당신은 절대 위선자가 아니었음을 말이오."

방금 전 그녀가 지은 표정을 떠올린 그는 그녀의 아픔을 감싸주기 위해 그렇게 말했다. 빈말이 아닌 진심임을 가슴속에 담아서.

"가가… 당신은 바람둥이가 맞아요."

"에?"

"어쩜 그렇게 감동적인 말만 해요?"

"……."

현어운은 그녀의 눈물 젖은 웃음에 자신도 모르게 팔을 뻗어 그녀를 감싸 안았다.

"내 비록 보잘것없는 사내지만 당신에게만은 부끄럽지 않게 살겠소."

"후훗, 당신은 보잘것없는 사람이 아니라 이미 저의 전부가 되어 있어요."

그녀는 그의 허리를 안으며 두 눈을 감았다. 지금 이 순간만큼은 다 잊고 싶었다. 격정적이지는 않지만 편안하고 포근한 청혼이 이렇게 좋을 수가 없었다. 누가 자신을 욕한다고 해도 이 사람만큼은 자신을 감싸줄 것만 같았다. 틀림없이 그럴 것이라 믿었다.

'천생연분이 맞나 봐요. 그래서 당신과 결혼하고 싶어요……'

第六章
떠나기 전
第六章
떠나기 전

특이한 수련 중에는 하루에 검을 오천 번 휘둘러야 하는 수련이 있었다. 검을 단순히 휘두르는 데 뭐가 특이하냐고 할 수 있겠지만, 그것은 보통의 검 수련과는 다르다. 우선 벽에는 줄에 매달려 있는 검이 있는데, 우리는 벽을 등지고 검을 잡고 오천 번을 종(縱)으로 휘두른다. 은잠사라 불리는 줄 끝에는 아주 무거운 무언가가 매달려 있는데, 오천 번을 휘두르면 벽 뒤의 무언가를 묶고 있는 은잠사가 풀린다. 물론 그 힘의 강도는 아주 정확해야 한다. 하지만 초선득은 우리에게 꼭 오천 번을 휘둘러 은잠사를 풀 필요는 없다고 했다.

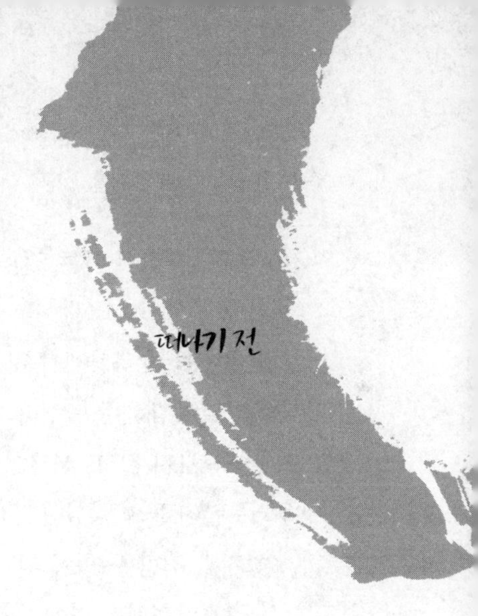

"**내** 살다 살다 결혼 준비까지 해야 한다니 말세구나, 말세!"

가슴 떨리는 고백 후 이틀이 지나 두 사람은 지인들에게 결혼을 알렸다. 군동과 호보는 믿을 수 없다는 표정으로 꿈일 것이라 부정했지만, 결국 현실을 받아들일 수밖에 없었다. 섬수신의도 처음에는 매우 기뻐했지만 얼마 지나지 않아 자신이 준비해야 할 것과 들어갈 돈이 꽤 많다는 것을 알고는 이렇게 분노하고 있었다.

'내 세수가 올해로 백오십을 넘는다! 이 나이에 내가 새파란 병아리들 결혼 준비나 해야 하다니, 내 팔자도 참으로 기구하구만……'

차라리 그때 일을 저질러 버리고 산속에서 맘 편하게 은거하는 것이 나았을지도 모른다. '대은(大隱)은 시진에 있다'는 말에 큰 매력을 느낀 자신이 잘못이었다.

보름 후에 결혼하기로 했으니, 두 사람의 만남이 두 달밖에 되지 않았다는 사실을 보면 놀랍도록 빠른 진전임이 분명했다. 더구나 둘은 이 당시 관념과는 많이 다른 결혼을 하는 것이기에 왠지 모를 불안감도 있었다.

하지만 둘이 사랑해서 하는 결혼만큼 아름다운 것이 어디 있겠는가? 세속의 일에 대해 초탈했다 자부하는 그로서는 그들에게 매여 있는 모든 조건들을 보지 않고, 서로의 존재에 대해서 사랑을 느끼고 결혼하는 것에 거부감이 들지 않았다.

'하지만 채빈은…….'

무림에 알려진 그녀에 대한 소문은 워낙 다양했지만, 가장 주를 이루는 두 가지는 무림의 평화를 위해 끝없이 나아가는 철의 여인과 무림제왕성에 반하는 생각을 가진 자들의 수괴였다. 그녀가 이루고자 하는 것은 무림제왕성이 가진 무림에 대한 강제성의 약화와 타 무림문파의 독립을 인정함으로써 무림의 자유를 되찾는 것이었다. 궁극적으로는 지금 끝없이 불고 있는 피바람과 싸움의 광기를 불식시켜 평화로운 무림을 원하는 것이었지만, 무림의 역사를 통틀어 보건대 그녀의 그러한 이상은 말 그대로 이상일 뿐이리라.

그러나 그녀는 능력이 있었으며, 무림제왕성에서의 지위도 매우 높은데다 그 생각마저 드높으니 많은 사람들이 따르고 있었다. 물론 그만큼 무제가 자신의 딸, 단리채빈을 보는 시선은 복잡할 수밖에 없었을 것이다.

'이곳의 사람들은 네가 수단으로 삼을 만큼 막되 먹은 자들이 아니다. 부디 어운을 향한 네 마음이 순수하길 바라마.'

섬수신의는 자신도 모르게 한숨을 쉬고 말았다.

"무슨 한숨을 그렇게 쉬는 거예요?"

"헉! 이, 이놈! 늙은이 심장을 또 놀래키는 거냐!"

"놀라라! 왜 갑자기 소리를 질러요? 전 발자국 소리 다 내면서 왔는데 혼자 생각에 빠져서 알아채지 못한 것이잖아요. 제가 듣기로, 무공을 하는 사람은 사람의 기척은 쉽게 알아챈다는데 이상하네…….”

그는 자신이 과연 제대로 된 무공을 배우기는 하는 것인가 하는 의심의 눈초리였다. 그 눈빛에 발끈한 섬수신의는 냅다 초섬유성수로 그의 머리를 내려쳤다.

“크옥!”

“배우기 싫으면 안 배워도 된다, 이놈! 다만 윤택한 인생을 살지 못할 뿐이지.”

아무리 자신이 다른 생각에 빠져 있다고는 하지만 여전히 지척까지 왔음에도 알아차리지 못한 것은 자신에게 문제가 있든지, 현어운에게 문제가 있든지 둘 중 하나였다.

‘이놈 혹시……?’

지난 오 년간 현어운 때문에 놀랐던 적이 한두 번이 아니었다.

‘선천적으로 기척을 숨길 수 있는 사람이 있단 말인가?’

그럴 리가 없다. 아무리 세상에 사람이 많다지만 그런 사람이 있다는 것은 생각에 생각을 해봐도 말이 되지 않았다.

‘흠… 이건 한번 연구해 볼 만한 일이군.’

흥미로운 눈빛으로 현어운을 쳐다보자 그는 매우 어색한 표정으로 시선을 돌렸다.

“부담스럽게 그 무슨 표정입니까?”

“아무것도 아니다. 난 이것저것 준비할 게 있으니까 넌 방해나 하지 말고 나가서 일이나 해!”

두 사람이 이렇게 티격태격하고 있을 때 섬수원 안으로 호보가 헐레벌떡 뛰어들어 왔다.

“아, 어르신, 안녕하십니까! 하하하, 정말 오랜만이군요.”

“내가 너 같은 놈을 반겨줄 줄 알았냐, 이놈아? 이 바보하고 썩 꺼지거라!”

“말씀대로 실행합죠!”

그는 마치 기다렸다는 듯이 현어운을 데리고 순식간에 나가 버렸다.

“썩을 놈들… 근묵자흑이야, 근묵자흑.”

한편 밖으로 끌려 나온 현어운에게 호보는 음흉한 웃음을 지으며 말했다.

“믿기지는 않지만 네놈이 이 형님보다 먼저 결혼한다 아니겠냐?”

“그런데?”

“그래서 바보 같은 네놈이 남녀 간의 신성한 일에 대해 모를 것이라 판단, 이 형님께서 남자라면 모름지기 어떻게 해야 한다는 것을 군동을 통해 보여주지!”

“또 무슨 헛소리야?”

현어운은 호보가 또 술을 마셨나 하는 생각에 냄새를 맡아보았지만 술 냄새는 나지 않는다.

“오늘밤 자시(子時), 군동객잔 앞에서 조용히 만나자.”

소름 끼치는 음흉한 미소와 함께 호보는 빠른 걸음으로 언덕 아래로 사라져 버렸다.

“대, 대체 무슨 일이야?”

하지만 결국 호보의 말마따나 자시에 은밀한 움직임으로 군동객잔 앞에 나타난 현어운이었다. 예전에 군동이 밤마다 이차적 의미의 살인을 저지른다는 말이 머리 속에서 지워지질 않았던 것이다.

“야!”

“어억!”

　아주 조용한 목소리로 어느새 뒤에 나타난 호보가 그의 어깨를 붙잡았다.

　"놀랐잖아, 시캬!"

　현어운이 어지간히 놀랐는지 이마에 식은땀이 흐르고 있었다. 사람이 지나가지 않는 한적한 골목이었는지라 기분이 찜찜했다.

　"가자, 나만 따라와."

　"……."

　마치 자객이 상대방을 죽이기 위해 소리없이 잠입하듯, 혹은 첩자가 정보를 얻기 위해 은잠술을 펼치듯 두 사람은 최대한 발소리를 죽인 채 군동객잔의 벽면을 돌아 어두컴컴한 쪽으로 갔다. 어둠이 사위를 잠식하고 저주받은 영혼들만이 세상을 지배하는 듯 음산하다.

　"야, 무서워 죽겠어! 여긴 왜 이렇게 음산해?"

　"됐어, 임마! 다 큰 놈이 뭐가 무섭다고 울상이야? 원래 군동객잔 근처가 유난히 음산해서 사람들이 잘 안 다닐 뿐이야."

　쉽게 넘길 일이 아니건만 이들에게는 그저 듣고 넘길 이야기일 뿐이었다.

　담장 위는 날카로운 사기 조각들이 박혀 있어 낮은 담임에도 넘으려면 부상을 각오해야 했지만, 호보는 이미 여러 번 살펴보고 월담을 해보았는지 틈이 가장 넓은 곳으로 가 기가 막힌 실력으로 담을 넘었다.

　"야, 야! 이걸 어떻게 넘어? 사기 조각이 박혀 있어서 손이 베겠어!"

　"여기랑 여기를 두 손을 짚고, 여기에 한 발을 얹은 다음 탄력을 이용해 뛰어넘으면 돼!"

　호보가 짚어준 세 군데 자리는 사기 조각이 박혀 있는 간격이 다른 곳에 비해 넓어 손과 발을 얹기에 충분했지만, 그렇다고 아무나 넘을 수 있는 건 아니었다. 그가 망설이자 호보가 인상을 쓰며 말했다.

"시캬! 스물네 살이나 처먹었으면서 이런 것도 못해? 사내는 담력과 힘이야! 눈 딱 감고 넘어와!"

"아, 알았어! 심란한데 재촉하지 마!"

두 손을 얹은 뒤 발을 간신히 들어올린 그는 축이 되는 발에 힘을 주는 것과 동시에 담장 위에 얹은 손과 발에도 힘을 주어 몸을 날렸다. 손과 발이 담장에서 떨어지고 그의 몸이 담장 위를 날아오른다. 의외로 비조처럼 날렵함을 보여주는가 싶더니 착지에 실패해 그대로 바닥에 엎어지고 마는 추태를 보였다.

"크어어…… 웁!"

"아파도 참아라! 조용히 하란 말야!"

"아, 아아써(알았어)……!"

손을 떼자 현어운은 통증이 심한 무릎과 옆구리를 미친 듯이 비벼댔다.

"가자. 여기로 넘어오니까 조금씩 들려오는군. 흐흐흐!"

"……?"

영문을 모르는 현어운은 역시 최대한 발소리를 죽인 채 그를 따라 삼장가량을 움직였다. 이들 중 객잔업으로 제일 잘사는 군동의 뒤뜰은 한 사람이 살기에는 제법 넓은 공간이었다.

"……."

현어운은 멀리서 뭐라 설명하기 힘든 묘한 소리가 아련하게 들려왔지만, 그것보다는 그의 코에서 나는 아주 미미한 냄새가 거슬렸다.

'뭐지? 아주 기분 나쁘고… 지독한 냄새다.'

어둠 속이었지만 그는 호보의 얼굴을 확인했고, 그의 표정에서 자신과 달리 냄새를 맡지 못하고 있다는 것을 알 수 있었다.

숨 막히는 긴장감 속에 두 사람은 군동이 사는 건물에서 사 장 정도 떨어진 곳까지 다가갔다. 그제야 은은히 들려오던 소리가 두 사람의 귀를 강하게 자극하기 시작했다.

"아아앙……! 아흑! 아아아……!"

남자의 귀를 극도로 간지럽히고 마음을 울렁이게 하며, 다리를 꼬게 만드는 여인의 달뜬 신음 소리가 그들의 전신을 강타했다. 두 사람은 한 여인의 천상을 오가는 소리에 잠시 동안 아무 말도 못하고 그 소리에 지배당해야만 했다. 여인의 환희는 두 사람의 전신으로도 부족한지 어둠마저 지배하려는 듯 끈적끈적했다.

"아아윽! 조, 조금만……."

"호, 호, 호보야. 뭐, 뭘 조금만이란 거야?"

떨리는 현어운의 목소리를 듣고 아차 싶은 호보는 가볍게 헛기침을 한 뒤 음흉한 표정으로 말했다.

"조금만은 무슨… 좀 더를 반어적으로 표현한 것일 뿐이야. 흐흐, 이제 내가 말한 것이 무엇인지 알겠냐? 남자란 모름지기 여인을 즐겁게 할 줄 알아야 한다 이거야. 더구나 자신이 책임져야 할 아내가 생기는 어운 너는 더욱 신경 써야겠지? 자자, 가만히 좀 더 들어보자구."

비명은 시간이 지날수록 점점 흐느낌으로 변해갔고, 두 사람은 빨개진 얼굴로 마른침을 삼켰다.

"구, 군동의 능력이 정말 대단하구나……."

여인이 누구인지는 모르지만 그 여인을 기쁘게 할 줄 아는 군동에게 현어운은 진심으로 감탄하고 말았다.

"으흐흐흑! 제발……!"

돌연 들려오던 소리가 뚝 끊겨 버리자 두 사람은 아쉬움 속에 의아함을 드러낼 수밖에 없었다.

"왜 그러지? 무슨 일이 생긴 건가?"

"글쎄… 나도 모르겠는데? 혹시 들킨 건가?"

"그, 그러면 어서 도망가야지. 친구 밤일을 우리가 몰래 듣고 있다는 것만큼 치사한 일이 어디 있겠어?"

현어운이 몸을 돌려 정말 자리를 뜨려 하자 호보가 그의 어깨를 강하게 잡았다. 아직 두 눈에 담긴 가득한 열기를 보니 아직 미련을 못 버린 것이 분명했다.

"야, 우리가 목소리를 이렇게 조용히 하는데 들릴 리가 있겠냐? 잠시 휴식 시간이겠지. 좀 더 기다려 보자구. 밤은 끝나지 않았으니까."

"그, 그럴까?"

그의 열기에 전염된 듯 마음을 돌려먹은 그때, 돌연 문을 확 열고 군동이 밖으로 나왔다. 손에 들린 등잔을 보니 어디론가 가려는 것 같았다.

"어딜 가는 것이지?"

"일단 지켜보자."

군동이 객점 안으로 들어가더니 곧 객점 안에 불은 켜는 것이었다. 불빛이 새어 나오는 것을 확인한 두 사람은 서로의 얼굴을 확인한 뒤 고개를 끄덕이고는 객점으로 들어가는 문을 향해 천천히 다가갔다.

그리고 문을 살짝 열기 위해 다가가는 그때, 갑자기 문이 확 열렸다.

"컥!"

"어억!"

두 사람은 깜짝 놀라며 그대로 뒤로 주저앉아 버리고 말았다. 놀란 건 군동도 마찬가지였는지, 잠시 뒤로 물러났다가 두 사람이 자신들의 친우인 것을 확인하고는 어이없는 표정을 지었다.

"너, 너희들, 이 시간에 웬일이야? 그것도 뒤뜰에……! 호, 호보 너……!"

뭔가를 눈치챈 군동이 얼굴을 일그러뜨리더니 다가가 냅다 그의 멱살을 쥐어 잡았다.

"너, 너, 내가 오리목향감구이까지 주면서 비밀을 지키랬더니……!"

"아, 아니! 그, 그게 사실은 말야, 보름 뒤면 어운이 결혼이잖아. 그래서 남자란 모름지기 이렇게 해야 한다는 교육을 시키려고 그만… 억! 어억! 야, 수, 숨 막혀!"

호보가 버둥대며 변명을 했지만 군동의 화는 좀처럼 가라앉을 줄 모르는지 그의 멱살을 잡고 한참을 앞뒤로 흔들어댔다. 현어운은 군동과 호보, 둘 모두가 서로 지쳐서 헐떡일 때까지 아무 말도 못하고 그 모습을 지켜볼 수밖에 없었다.

"헉… 헉……!"

"허헉! 허헉!"

"허헉! 너 그 일까지 치르고도 힘이 남아도냐? 정말… 대단하다!"

이제 그들이 티격태격하는 것을 한심한 표정으로 바라보고 있던 현어운은 또다시 풍겨오는 기이한 냄새에 잠시 얼굴을 찌푸릴 수밖에 없었다. 그 근원지를 잠시 생각해 본 그는 곧 군동의 양손을 향해 시선을 돌렸다.

'음습하고… 지독한 악취다! 대체 왜……?'

잠시 후 호보와 현어운은 주방에서 제일 가까운 식탁에 앉았고, 군동은 잠시 두 사람을 노려보다 주방 안으로 들어갔다. 일각이 지나자 곧 향긋한 냄새가 객점 안에 진동했고, 두 사람은 그 냄새에 두 눈을 휘둥그레 떴다.

"이, 이건……?"

"오리목향감구이야!"

"으흐흐흐!"

두 사람은 군동이 해줄 음식을 떠올리고는 기분 좋은 웃음과 함께 편한 자세로 주방을 바라보았다. 곧 군동이 인상을 찡그리며 두 접시의 오리목향감구이와 좀처럼 꺼내지 않는 녹매주(綠梅酒)를 가져와 탁자 위에 거칠게 놓았다.

"우와! 녹매주까지!"

호보는 이미 자제력을 잃은 듯 입가에 침이 흘러내리고 있었다. 현어운 역시 헤헤거리며 수저를 들었다.

'이제 냄새가 안 나네?'

강한 오리목향감구이의 냄새 때문인지는 몰라도 그 지독한 악취는 더 이상 나질 않았다. 문득 어떤 생각이 떠오른 현어운은 표정을 굳히며 군동을 부른다.

"왜?"

"너… 손 씻었니? 냄새가 많이 나던데."

퍽!

"크억!"

날아온 것은 호보의 강렬한 손바닥이었다. 현어운의 뒷머리를 가격한 호보는 인상을 찌푸리며 그에게 한마디 했다.

"야! 얻어먹는 처지에 무슨 헛소리야? 먹기 싫으면 넌 저리가 쭈그려 앉아 있어!"

"누, 누가 안 먹는데?"

현어운의 말에 군동은 일순간 인상을 굳혔지만 이내 피식 웃으며 말했다.

"이거 봐라, 객점의 주인이자 주방장인 내가 손을 안 씻을 리가 있겠냐? 너 돈 내고 먹고 싶은가 보구나? 그래도 친구가 결혼한다길래 녹매주까지 가지고 왔는데 안 되겠네."

"에이, 군동도 참! 내가 언제 너한테 손 안 씻었다고 그랬냐? 야야, 어서 먹자! 사실 그날 군동 네가 나한테 준 오리목향갑구이를 저놈이 먹은 게 내심 아쉬웠는데 잘됐다!"

"야! 너, 소심하게 그걸 아직도 기억하고 있었냐?!"

"하하하하!"

세 사람은 곧 떠나가라 웃으며 오리목향갑구이를 안주 삼아 녹매주에 취했다. 반 시진이 지날 때까지 내내 웃고 떠들며, 그들은 여자한테 말도 제대로 붙이지 못하는 놈이 절세미녀를 잡아 결혼한다는 것을 축하해 주었다. 그리고 언제나 그렇듯 거나하게 취한 호보를 현어운이 부축한 채 군동객점에서 멀어졌다.

그들의 뒷모습이 사라질 때까지 바라보던 군동은 착잡한 표정으로 문을 닫았다.

그때 그의 시선에 뒤뜰로 가는 문가에 서 있는 한 여인이 들어왔다. 그녀는 아무것도 입지 않고 오직 결 고운 흰색 금침을 몸에 두르고 있었는데, 회색 빛 머리칼이 유난히 눈에 띄는 미인이었다. 상대방을 강하게 유혹하는 듯한 눈빛과 입술, 입술 옆의 매혹적인 작은 점, 모든 것이 오로지 사내를 유혹하기 위해 만들어진 얼굴 같았으나 뭔지 모를 섬뜩함이 풍겨 나오고 있었다. 유혹의 눈빛 속에 담긴 왠지 모를 광기가 그 원인이리라.

"재미있군. 너의 손에서 나는 냄새를 맡다니. 우연일까, 아니면……."

그녀의 목소리는 생김새만큼이나 퇴폐적이었다. 위험을 강하게 풍겨 오는 타락의 냄새가 강하게 풍겨왔다.

"내 친구들은 모두 평범하다, 나처럼."

"호홋! 과연 그럴까? 그리고 회시폭암수(灰屍爆巖手)를 익히고 있는 사람이 평범해? 그건 너의 강렬한 희망일 거야."

"……."

"매일 하루도 빠지지 않고 상대 없이 신음 소리를 내다보면 나도 흥분할 때가 많아. 네가 빨리 그 재수없는 무공을 완성시키든지, 아니면 실제로 날 만족시켜 주든지."

그녀의 말에 쓴웃음을 짓던 군동은 싸늘한 눈빛으로 금침을 잡고 있는 여인의 손을 쳐다본다. 자신보다 더욱 저주받은 회색 빛 손.

"왜 내공으로 소리를 차단하지 않는지는 알 수 없지만, 어쨌든 내가 그 무공을 익힐 때 나는 소음을 막기 위해 신음 소리를 내주는 건 고맙다. 그래도 너에게 정기를 빼앗겨 내 모든 공을 무로 돌리긴 싫군."

여태껏 두 친구에게 전혀 보이지 않던 냉혹한 목소리와 차가운 표정이었다. 하지만 여인은 여전히 매혹적인 미소로 그를 바라보며 입술을 혀로 적셨다.

"그럼 오늘도 마저 하던 수련을 해야겠지? 아직 너에게 시기(屍氣)를 바치지 못한 시체들이 조용하고도 음습한 비명을 지를 준비가 되어 있거든."

"좋을 대로."

"우리 이인 문파는 언제쯤 사이좋게 화합이 된 다음 세상을 잿빛으로 물들일지 모르겠군."

"…영원히."

'안 될지도' 가 빠진 그의 말은 진심이었다.

초명후는 인편으로 도착한 주요 인물 초상화가 들어 있는 상자를 열어 수십 장에 달하는 종이 뭉치를 들고 부랴부랴 아들이 누워 있는 방으로 향했다. 조금씩 몸을 회복하고는 있었지만 여전히 무공을 다시는 사용할 수 없다는 사실 때문인지 의욕이 없어 보여 노심초사하였다. 그런데 이제 그 의욕을 돋워줄 기회가 온 것에 초명후의 얼굴에 미소가 서렸다.

"초상화가 도착했다. 제발 그녀가 있기를 빌자꾸나."

그의 말에 초마내는 입술을 질끈 깨물며 몸을 일으켰다. 아직도 힘을 줄 때마다 단전이 쑤시듯 아파와 거동이 힘들었지만, 이 초상화들 속에 그녀가 있기를 바라는 마음에 억지로 몸을 움직였던 것이다.

초마내는 흑정에서 보았던 그녀의 아름다운 모습과 동시에 자신의 단전을 파괴하던 잔혹한 손속을 떠올렸다. 어찌 그녀를 잊을 수 있겠는가? 비록 초상화의 정확도가 떨어진다 하여도 그는 그녀를 찾을 자신이 있었다.

"일단 남자는 모두 제외하자."

여든다섯 장의 초상화 중 남자를 빼자 스무 장의 초상화가 남게 되었다. 그런 다음 두 사람은 한 장 한 장씩 세심히 살펴가며 그녀의 얼굴이 있는지를 확인해 가기 시작했다.

열 장이 넘어가도록 초상화에는 그녀와 닮은 얼굴 하나 나타나지 않았다. 열다섯 장째로 넘어가자 담홍색의 무복을 입은 여인의 얼굴이 보였다. 다른 여인들도 아름다웠지만 이 여인은 초상화를 그린 자의 남모르는 사모의 정이 스며 있는 것인지 정말 아름답게 그려져 있었다. 마치 상상 속의 선녀를 그린 것마냥 이목구비가 완벽해 보였다.

"……."

"누가 천녀상상도(天女想像圖)를 그려놨구나. 이름이……."

"닮았습니다."

"뭐?"

"과장되게 그렸지만 분명 닮았습니다. 눈매와 코가 닮았어요."

"겨우 그것만 보고 닮았다 할 수 있겠느냐? 그리고 이 여인은 다름 아닌 화천신마녀 단리채빈이다. 무제의 딸로 몇 달 전에 이 근처의 상악평 전투 이후 죽었다고 알려……."

“흐흐흐, 맞습니다! 상황을 봐도 정확하지만 저는 그것보다 제 두 눈을 믿습니다. 이 그림의 여인은 과장되긴 했지만 분명 그녀입니다.”

“저, 정말이라면… 이건 엄청난 일이 아닐 수 없다!”

자리에서 일어난 초명후는 놀란 가슴을 진정시키려는 듯 방 안을 이리저리 돌아다녔지만, 초마내는 오히려 차갑게 가라앉은 눈빛을 하고 있었다.

“아버지, 이건 기휩니다. 지금 즉시 신록희로 전서구를 띄워 고수를 파견하라 요청해야 합니다.”

“…….”

초명후는 잠시 아무 말도 하지 않고 제자리에 가만히 서 있기만 했다. 그러다 무슨 생각이 들었는지 입가에 만족스러운 미소를 지으며 초마내를 쳐다보았다.

“아들아, 내가 옛날 외부 밀정 훈련을 받으면서 신록희에 대한 많은 것들을 알게 되었지. 신록희는 실로 강력한 힘을 가지고 있으며, 신비로움 일색이야. 신록희에는 분명 너의 무공을 회복시켜 줄 능력이 있을 것이다. 만약 그녀가 정말 화천신마녀라면 나는 과감하게 그런 대가를 바라겠다. 혹여나 안 된다 하더라도 일단은 요구하는 것이 이 아비로서 할 수 있는 일의 전부인 것 같다.”

“…….”

나머지 네 장을 마저 확인한 후 그녀가 무제의 딸이 맞음을 확신하는 초마내의 말을 믿은 초명후는 급히 전서구를 띄우러 갔다.

“흐흐흐! 네년뿐만 아니라 주변의 모든 연놈들에게 처절한 맛을 보여주겠다.”

무공을 잃은 원한은 결코 쉽게 풀어지지 않을 듯했다.

단리채빈은 자신도 모르는 사이 전장에 와 있었다. 언제나 그렇듯 전장은 무서운 광기가 하늘을 치솟는다. 그 광기에 그녀는 이 전쟁을 하루라도 빨리 끝내 더 이상 사람들이 이토록 많이 죽는 일이 생기지 않기를 바라며 냉정하게 마음을 다잡았다.

그들과의 싸움에서 승리하여 평화로운 세상을 만들어야 한다. 최대한 빠르고 잔인하게 죽여 적도들이 도망가도록 하다 보니 어느새 자신은 화천신마녀라는 모순적인 별호를 얻게 되었다.

별호답게 그녀의 손은 잔인했다. 어릴 적 무황에게서 직접 사사받은 태극소염장은 팔성의 경지에 이르렀기에, 마음만 먹는다면 사람 한둘은 가볍게 재로 만들 수 있었다. 태극소염장 팔성이라 함은, 여인의 몸으로 익힐 수 있는 극한까지 익혔음을 의미했다. 그런 장력에 맞서는 자들이 처참하게 죽어나가지 않을 수 없었다.

마음은 아프지만 애써 위안하며 그녀는 적도들을 하나하나 죽여 나갔다. 언제나 피에 굶주린 나찰처럼 전장에서 앞장서서 싸운 그녀는 오늘도 이렇게 손에 붉은 피를 묻히고 말았다. 그녀의 손에 물들어가는 검붉은 피가 점점 굳어 딱지가 되고, 딱지가 그녀의 손에 스며드는 기현상이 일어남에 따라 그녀의 얼굴에는 살인을 즐거워하는 빛이 점점 강해졌다. 말 그대로 살인자가 되어가고 있는 것이다.

어느 순간 그녀는 살인을 멈추고 주변을 돌아보았다. 휘둥그레진 그녀의 두 눈은 지금까지의 살인이 자신의 의지가 아니었음을 의미했지만, 이미 벌어진 일을 부정할 수는 없었다. 그녀의 시선이 어딘가로 향하자 그녀의 두 눈이 더욱 커진다.

"할아버지! 부부주?!"

그녀는 그들의 얼굴이 피로 물들어 있음을 알고 다가가려 했지만 왠지 발걸음이 떨어지지 않았다.

"왜 우리를 버린 것이냐……."

스산하고 음산하기 그지없는 신산소옹의 말에 그녀는 전신을 부르르 떨었다.

"내 목숨을 바쳤지만 당신은 홀로 행복을 찾기 위해 모두를……."

'아냐!'

목소리가 나오지 않는다. 순간 그녀는 자신이 꿈을 꾸고 있음을 자각했지만 꿈은 깰 생각이 없나 보다.

"우리는 너만 보고 있었거늘……."

"당신도 결국 무황의 다른 후예들과 같아……."

그들의 얼굴이 점점 악귀로 변한다. 세상을 모조리 삼켜 버릴 것만 같은 아수라의 형상이다.

"난 널 어릴 때부터 내 딸처럼 여겼거늘, 이렇게 날 배신할 수 있는 것이냐……? 너는 그저 살인을 즐기기 위해 빛깔 좋은 말을 만들어내 수많은 사람들을 죽음으로 몰아낸 위선자이다……."

"위선자……."

'아냐! 아니란 말야!'

두 사람이 서서히 다가오는 그때 뒤에서 누군가가 환영처럼 나타났다. 비리한 웃음을 짓고 있는 황막현이 그녀의 목을 한 손으로 움켜쥔 뒤 등 뒤를 날카로운 무언가로 찌른다. 지독한 고통이 폐부를 휘몰아 쳤다.

"아악!"

그녀는 자신도 모르게 비명을 지르며 상체를 일으켰다.

"하악… 하악……!"

지독한 악몽이었다. 낮잠에서 꾸는 꿈은 개꿈이라지만 개꿈치고는 크게 물리는 꿈인 것이다.

"무슨 소리냐?"

섬수신의가 놀란 목소리로 그녀의 방 앞에서 기척을 냈다. 손님이 없는 한가한 오후라 그도 쉬고 있었는데, 돌연 단리채빈이 있는 방에서 비명 소리가 들려와 놀란 모양이었다.

"아무것도 아니에요."

단리채빈은 식은땀을 닦으며 밖으로 나왔다. 아직 놀람이 가시지 않아 표정이 창백한 걸 보고 섬수신의가 걱정스런 투로 묻는다.

"괜찮으냐?"

"괜찮아요, 악몽을 꿔서 그런 것뿐이니까요."

애써 웃으며 그녀는 찬물로 얼굴을 씻은 뒤 잠시 멍하니 하늘을 바라보았다. 이곳에 온 뒤 간간이 꾸던 꿈이었지만, 오 일 전 현어운의 청혼을 받아들인 후부터는 계속 이런 류의 꿈을 꾸었다.

갑자기 현어운이 지독히도 보고 싶었다. 그는 전유림이 내일 이곳 연곤현을 떠난다는 것 때문에 송별식을 한다고 아침 일찍 군동객잔에 간 상태였다.

'나는 겉으로는 괜찮다고 하면서 아직 그 문제를 이겨내지 못했어.'

무림에 출두하여 지금껏 속 앓이 해오던 자신에 대한 문제가 지금에 와서 폭발한 것이다. 결코 쉽게 이겨내지 못할 것임을 알고 있었지만 그녀는 애써 부인해 왔었다.

'어떤 변명을 하더라도… 내가 그들을 버리고 내 안위를 찾았음을 부정할 수는 없겠지. 나의 이상을 버리지 않았다고 입으로만 떠들지만… 지금의 나는 뭔가?'

지금의 자신을 부정하자니 사랑하는 사람들과 친인들을 부정하는 셈이 된다. 그렇다고 지금을 인정하게 되면 자신은 현재에 안주해 버린 위선자가 되는 것일지도 모른다. 어디까지나 스스로 확대 해석한 것이지만, 지금 그녀의 상태는 이러했다.

복잡한 마음을 달래며 단리채빈은 방으로 들어가 자신의 옷매무새를 고치고 흐트러진 머리칼을 정리하였다. 어딜 가도 시선을 받는 묘한 기품이 느껴지는 아름다운 그녀였다.

섬수신의에게 외출을 알리고 밖으로 나온 그녀는 자신의 남편이 있는 군동객잔으로 향했다. 그런 그녀의 뒷모습을 보던 섬수신의의 눈은 물처럼 고요히 가라앉아 있었다.

연곤현의 시진을 걸어가는 그녀의 눈은 서서히 활기를 되찾고 있었다. 사람들이 활기차게 살아가는 모습을 하나하나 담아감에 따라 마음속에 일던 번민이 조금씩 사라졌기 때문이다.

얼굴을 가리고 있었지만 그녀의 몸에서 뿜어져 나오는 선천적인 매력은 뭇사람들의 시선을 끌어모으고 있었다.

어릴 적부터 무림인들에게 둘러싸여 전쟁에 참여하기 전까지는 바깥 세상을 많이 경험하지 못했기에, 이렇듯 평범한 자들의 서민적인 삶을 제대로 구경해 보지 못한 그녀였다. 그럼에도 소박하고 사치스러운 것을 좋아하지 않는 성격인 것을 보면 가히 하늘이 내린 천품이라 할 만했다.

시선을 이리저리 돌리며 걸음을 옮기던 그녀의 시선이 우연히 연곤객잔이란 곳으로 향했다. 정문 앞에 세워진 나뭇대에 쓰인 '연곤객잔' 이란 글 밑에 흔히 스쳐 지나갈 수 있는 어린아이들의 낙서가 그녀의 눈에 들어와 순간 흠칫했지만, 그녀는 아무렇지도 않은 듯 시선을 돌려 구경하는 척하며 연곤객잔을 스쳐 지나갔다.

한참 걸음을 옮기던 그녀는 군동객잔으로 향하는 골목길로 들어서는 순간 벽에 기대어 참았던 숨을 쉬는 양 숨을 헐떡였다.

'분명… 신록희의 암어(暗語)였어.'

무슨 의미인지는 모르지만 그것이 신록희에서 사용하는 특유의 암어임을 지식이 풍부한 그녀는 잘 알고 있었다. 그 말은 이곳이 신록희의 세력지라는 것을 의미했다. 무림제왕성의 관할이 아니라는 것은 알고 있었지만, 그것이 곧 신록희나 금탁의 세력지라고 생각하기에는 무리가 있었기에 쉬이 넘긴 사실이었다.

또 바깥 출입을 자제해 왔고, 이름도 두 사람의 합의 하에 가명을 써왔다. 더구나 나갈 때마다 얼굴을 가리고 다녔기 때문에 자신의 얼굴을 알고 있는 사람 또한 극소수였다. 즉, 자신의 정체를 누가 알 가능성은 극히 적다는 의미였다.

'그래도 확신할 수는 없어. 이곳에 신록희의 암어가 나타난 것이 하루 이틀의 일이 아닐 수도 있잖아?'

그녀는 그 순간 온갖 생각이 떠올랐다. 신록희의 암어를 발견한 것이 과연 우연인지, 어쩌면 자신과 관련된 필연적인 일인지에 대한 고민이 주를 이루었지만 꿈과 관련된 고민도 그녀를 괴롭히고 있었다.

'대체 나보고 어떻게 하라고……!'

단리채빈은 이내 어떤 결정을 내렸는지 입술을 질끈 깨물며 결연한 표정을 지었다. 고민하고 있어봤자 답은 나오지 않는다는 것을 그녀는 누구보다 잘 알고 있었던 것이다.

결혼을 얼마 남기지 않았는데 계속 비슷한 악몽을 연일 꾸었고, 그것도 모자라 지금은 이곳이 신록희의 세력지라는 불길한 사실도 알게 되었다. 이러한 일련의 상황을 생각하면 불안감이 물밀듯이 밀려왔지만 그녀는 애써 지울 수밖에 없었다.

'부정적인 생각은 하지 말자. 그리고 어떤 일이 있어도 현 가가의 안전을 먼저 생각하자.'

지난 오 년간 그녀를 이끌어왔던 것 중 하나가 긍정적인 마음가짐이었다. 내일 자신이 해야 할 일을 생각하며 그녀는 군동객잔으로 향했다. 군동객잔으로 재차 발걸음을 옮기는 그녀의 어깨가 무거워 보였다.

"그녀는 세상을 어지럽히던 마중마(魔中魔), 불멸의 마인, 하늘도 고개를 돌려 버린 악마의 아버지, 천마(天魔)의 얼굴을 지지 않고 노려본다. 무림의 마지막 희망인 그녀와 천하의 재앙자인 천마의 승부는 바야흐로 일촉즉발이도다. 바람이 분다. 음습한 기운이 주변을 서린다. 그의 마기에 만마(萬魔)가 앙복하고 만장을 치솟던 정과 의가 바닥을 긴다. 마기가 극에 서린 그때! 그녀의 전신에서 금황천신공(金皇天神功)의 금빛 기운이 솟아오르며 마기에 대항한다. 어둠이 갈라지고 만마가 고통에 몸부림친다. 천마의 얼굴이 찌푸려지는 순간, 두 무림 최강자의 양손이 서로를 향해 나아간다. 태산을 허물 듯한 무시무시한 기운이 천번지복의 위력을 담은 채 서로를 짓이기려 하는 것이다. 기운이 부딪히고 천지가 뒤집힌다. 세상이 비명을 지른다. 두 초인의 신형이 하늘로 치솟아……."

"어이, 군동! 주문 안 받아?"

호보의 장황한 이야기가 이어지고 본격적인 전투가 시작되려는 그때, 어느새 들어온 손님 하나가 군동을 부르며 주문을 원하자 흐름이 끊기고 말았다. 인상을 찌푸리던 군동은 고개를 휙 돌려 버럭 소리를 질렀다.

"알아서 만들어 먹어요! 돈 낸 적도 없으면서 무슨……."

"섭섭하게 이럴 거야? 에라이……."

사내는 어깨를 으쓱이더니 정말로 주방 안으로 들어가 버렸다.

"계속해."

호보의 이야기는 무뚝뚝한 표정의 전유림도 흥미있게 듣고 있었다. 그녀가 무림으로 나간다고 하여 호보가 자신의 특기인 이야기로 그녀의 앞날을 축복한다며 여인 영웅과 마인의 이야기를 하고 있는 것이었다.

“목이 마르군.”

“군동, 술 가져와. 이야기를 하는데 술이 없어서 되겠어?”

전유림이 그렇게 면박을 주자 군동은 고개를 저으며 주방으로 들어갔다. 술이 대령되고 호보의 입으로 녹매주가 한 잔 들어가자 다시 흥미진진한 이야기가 흘러나오기 시작했다.

“그녀의 최후 심득 금황십층벽단강(金皇十層壁段罡)과 천마의 최후 절초 암흑저주천마수(暗黑詛呪天魔手)가 허공을 가른다. 하늘이 울고…….”

“잠깐, 왜 벌써 최후 절초야? 일초 승부도 아닐 텐데 말야.”

군동이 다른 사람의 동의를 묻자 현어운과 전유림이 고개를 끄덕였다.

“야, 내가 무림인도 아닌데 어떻게 걔들 싸우는 걸 조목조목 따져 가며 말할 수 있겠냐? 네가 할래?”

“아, 아니, 뭐…….”

호보가 기세를 잡고 군동을 더욱 몰아붙이려 할 때 객잔 안으로 화사한 기운이 스며들었다. 사람들의 시선이 절로 객잔 안으로 들어온 여인에게로 향했다. 얼굴의 아랫부분을 백면으로 가린 단리채빈은 얼굴이 보이지는 않았지만 두 눈빛과 분위기만으로도 남자들의 상상력을 한껏 끌어올릴 정도로 매력적이었다.

“넌 정말 복받은 놈이야.”

호보가 중얼거릴 때 현어운이 바보 같이 웃으며 일어났다.

“련 매, 여긴 웬일이오? 하하! 어서 와서 앉으시오. 마침 호보가 아주 재미있는 이야기를 하고 있었으니 같이 들읍시다.”

“하하하, 제수씨! 마침 잘 왔소! 지금 막 정도무림의 마지막 희망인 ‘그녀’와 마도무림의 최강자 천마가 최후 절초로 승부를 나려는 참이었다오.”

"반가워요. 전 소저가 떠난다는 말을 듣고 와보지 않을 수 없었지요."

그녀는 주변을 잠시 살피는가 싶더니 얼굴을 가린 백면을 풀었다. 그녀의 아름다운 얼굴이 드러나자 세 남자와 객잔 안의 몇 없는 손님들의 얼굴에 황홀한 빛이 서렸지만, 전유림의 얼굴은 전처럼 무뚝뚝하여 무슨 생각을 하고 있는지 알 수 없었다.

잠시 후, 호보가 침을 튀기며 다시 이야기를 시작했다. 이야기를 듣던 단리채빈의 얼굴은 어느새 모든 걱정을 잊은 듯 원래의 신색으로 돌아와 있었고 곧 이야기에 흠뻑 빠져들었다.

말만 최후 절초였지, 실제로 최후 절초를 빙자한 무공이 와르르 쏟아졌고 뻔한 이야기대로 결국 '그녀' 자신의 목숨을 희생하여 동귀어진으로 천마를 물리친다. 그리고 비장한 가슴으로 사기가 충천한 정도의 협사들이 광기에 찬 마도인들을 공격하며, 종내는 통쾌한 승리를 이끌게 되었다. 죽음으로 장렬히 산화하여 무림의 평화를 가져온 그녀를 무림은 '연곤흑정신녀' 라 부르며 역사에 그 이름을 길이 남기게 된다.

"다른 건 다 좋은데, 그 별호가 영 아니다."

군동이 딴죽을 걸자 전유림이 가만히 있질 않는다. 서로 정겹게 티격태격하는 모습을 보는 단리채빈의 입가에 어느새 밝은 미소가 맺혀 있었다. 이들의 이런 순수한 모습이 자신의 어려움을 이겨낼 수 있는 힘이 되었던 것이다.

'그래, 차라리 단순히 정도와 마도의 대립 구도였던 옛 무림이었으면, 내가 지금 이렇게 스스로에 대해 고민할 필요는 없었을 텐데.'

지금의 무림은 협의를 위해, 정도의 기상을 위해 분연히 일어나는 협사라는 개념은 사라진 지 오래였다. 그렇다고 지독한 악인이 세상을 어지럽히고, 재미로 살인을 하는 그러한 자들이 예전만큼 많은 것도 아니다. 모두가 무림이 일통된 후 나타난 일장일단이었다.

“어디로 갈 거야? 그냥 떠돌아다닐 거니?”

현어운이 대뜸 묻자 전유림은 생각해 둔 것이 있었던 듯 곧바로 대답한다.

“세력에 의탁해서 의도적으로 많이 싸울 수 있는 곳으로 갈 거다. 비무 경험이든 전투 경험이든 싸움을 많이 하면 할수록 내 실력이 늘 것이라 생각하니까.”

“무림만큼 험하고 강자존의 법칙에 충실한 데가 없다더라. 괜찮겠냐, 정말?”

그녀의 실력을 자세히 모르는 이들을 대신해 군동이 물었다.

“괜찮아. 살아서 돌아올 테니 걱정 마.”

“누가 걱정했다고…….”

“야야, 두목님이 어련히 알아서 하실까! 입 다물고 오리목향감구이나 하나 더 해와!”

“이게…….”

군동이 맞받아치려는 찰나, 전유림의 한마디가 그의 입을 다물게 했다.

“하나 더 해와.”

군동이 말없이 주방으로 사라지자 현어운이 단리채빈을 보며 말했다.

“련 매, 련 매가 한마디 해주는 게 어떻소?”

“전 소저, 전 소저는 마음이 강하기 때문에 잘해 나갈 수 있을 것이라 믿어요. 냉철한 판단력에 불같은 행동력이라면 어딜 가도 뒤처지지 않을 것이고, 하나의 목표가 있다면 끝까지 해나갈 수 있는 의지는 충분할 것이니 걱정하지는 않는답니다.”

“흠… 고맙군.”

“하지만 무림에 나가서도 사람의 생명에 대해서만큼은 항상 소중하게 여기세요. 무림인이 사람을 죽이는 것은 일상이라지만, 그 마음마저 익숙해진다면 결국 마인과 다름없으니까요.”

“…….”

그녀의 진지한 말에 전유림뿐만 아니라 두 사내도 고개를 끄덕였다. 특히 현어운은 그녀의 말에 가슴이 아파왔다. 여러 의미가 있었지만, 무엇보다 지금은 그녀가 예전에 자신에게 말하면서 짓던 표정이 떠오른 것이다.

“수많은 사람을 죽여왔죠.”

얼마 있지 않아 호보에 의해 분위기는 다시 왁자지껄하게 되었고, 마지막임을 의식해서인지 다섯은 저녁이 될 때까지 웃고 티격태격하며 시간을 보냈다. 그들의 연회가 거의 끝나갈 때 밖은 어슴푸레해져 있었다.

그 시간, 객잔에서 멀리 떨어진 곳에서 한 사내가 객잔의 창을 통해 그들을 노려보며 음흉한 미소를 짓고 있었다. 그는 무공을 잃고 몸을 가누기도 힘들어하던 초마내로, 지금은 어느 정도 회복되어 이렇게 원래의 신색으로 돌아와 있었던 것이다.

“흐흐! 내일이면 그 웃음도 이제 끝이다, 단리채빈. 전유림 네년은 운이 좋았지만, 단지 그 죽는 시간이 연장되었을 뿐이다. 언젠가는……. 그리고 현어운, 호보, 군동 네놈들 역시…….”

초마내의 입매가 잔인해 보였다.

섬수원으로 돌아온 두 사람은 단리채빈의 제안으로 술이나 깰 겸 밖으로 나와 언덕을 내려가 관도를 걸었다. 그리고 이각은 걸어야 나오는 선연강가의 정자에 도착해 올라갔다. 간간이 연인들이 야밤에 오곤 하는 운치있는 장소였다.

강가를 바라보며 도란도란 이야기하던 두 사람은 어느 순간 말을 잊은 채 흐르는 강을 바라보고 있었다.

수많은 사람들 중에서 두 사람이 만날 확률이 얼마나 되겠는가? 그 작은 확률 속에서 두 사람은 결국 만나게 되었고, 며칠 뒤면 결혼을 하게 된다. 목숨을 구해준 것도 이유가 되겠지만, 분명 인연이 아니었다면 결코 결혼까지는 하지 못했을 것이다. 인연이 있었기에 두 사람은 서로를 소중히 여기며 사랑했고, 영원히 사랑하고 싶은 마음이리라.

"현 가가, 전쟁이란 것을 아나요?"

현어운은 그녀가 돌연 자신에 대한 이야기를 하려는 기미가 보이자 잠시 놀랐지만, 곧 마음을 편히 하며 고개를 저었다.

"전쟁은 참 나빠요. 그 이상도 그 이하도… 설명이 필요없을 정도로."

그녀의 말에는 진득한 아픔이 담겨 있었다.

"그런데 우스운 건… 전쟁이 없으면 인간의 역사는 결코 이루어지지 않는다는 거예요. 그건 무림도 마찬가지예요."

"……."

"난 그 필요악이 싫었지요. 인류의 역사는 전쟁이다… 너무 싫었어요. 그래서 최소한 내가 몸담고 있는 무림만큼은 전쟁을 없애고 싶었어요. 당신도 알고 있겠지만… 무림은 약 팔십 년간 무림제왕성에 의해 통일된 채 이어져 오고 있어요. 그러나 그 이후부터 무림은 오히려 예전보다 더욱 많은 전쟁이 일어났고, 더욱 많은 사람들이 죽어갔죠. 아까 들었던 이야기처럼 희대의 마인이 나타나 무림이 파멸 직전으로 가는 것만큼이나 전쟁으로 많은 사람들이 죽어갔어요. 전 그것이 싫어서 직접 전쟁에 뛰어들었고, 싫지만 어쩔 수 없이 사람을 죽였죠. 더 많은 사람들을 살리기 위해서라는 위선 아래에서요."

“련 매……”

자괴감이 느껴지는 그녀의 말에 현어운은 위로하려 했지만 그녀가 고개를 저으며 거부한다. 그간의 고민이 폭발하려는 것인지 그녀의 목소리는 조금씩 격앙되어져 가고 있었다.

“하지만, 하지만 그건 정녕 속 빈 명분이었을지도 몰라요. 전 그런 추악한 껍질을 뒤집어쓴 채… 전쟁을 즐기고, 살인을 즐기고 있었던 거예요!”

“……”

“나 역시 무(武)와 잔인함의 대명사인 그들의 더러운 핏줄임을 부정할 수가 없어요……”

그녀의 두 눈에서는 소리없이 눈물이 흐른다. 두 눈을 감싼 두 손이 눈물에 적셔지며 더 큰 슬픔을 흘려보내고 있었다.

“난… 몇 달 전 전쟁에서 죽음 직전까지 간 뒤 두려웠어요. 나 역시 그저 큰 역사 속에 흔히 존재하는 일개 아녀자일 뿐, 아무것도 이룰 수 없는 범인이나 마찬가지라는 걸 깨달은 거예요. 단지 타고난 직위에 맞춰 움직이고, 스스로 허영심에 진실을 보지 못했던 거예요!”

“련 매!”

현어운의 두 눈에도 이미 눈물이 맺혀 있었다. 그녀의 슬픔이 자신의 온몸으로 다가왔기 때문이다.

“하지만… 진실을 알았는데도 왜 나 스스로가 비겁하다고 느껴지죠? 나 자신이 도망간 것 같아 너무 싫어요.”

그녀는 잠시 아무 말도 없이 눈물만을 흘렸다. 현어운 역시 눈물을 흘리며 그녀의 슬픔에 동조했지만 그녀를 보듬어줄 용기가 나지 않았다.

“하지만… 당신의 청혼을 받아들인 것이 회피의 수단은 결코 아님을 알아줘요. 전… 당신을 사랑해요, 정말로.”

그녀의 말을 들은 현어운은 그제야 그녀를 보듬어주지 못한 자신도 미처 모르고 있던 것을 깨달을 수 있었다. 바로 그녀가 자신과 결혼한 것이 어쩌면 도피의 일종이었을지도 모른다는 두려움. 하지만 그 이유를 알게 되자 오히려 보듬어주고픈 용기가 났다.

"사랑하오, 련 매… 난 당신이 어떤 선택을 하던 믿소. 당신은… 결코 비겁하지 않다는 것을 적어도 나만은 알고 있다오."

그녀를 가슴에 강하게 안자 그녀 역시 그의 가슴에 강하게 안기었다. 서로의 마음을 확인하는 데서 오는 희열과 서로의 믿음이 한층 강해진 데서 오는 신뢰감이 몸을 떨게 했다.

'당신만은 날 믿어줄 것이라 생각했어요…….'

어쩌면 그의 믿음을 통해 위안을 삼으려는 것일지도 몰랐다. 누군가 그렇게 매도하여도 그를 향한 자신의 마음은 진심이라 외칠 수 있었다.

어느덧 두 사람은 자연스럽게 입술을 포개었다. 그들의 떨림은 추위였던 양 두 사람은 따뜻함을 찾아 서로의 혀를 강하게 애무했다. 서로에게 느껴지는 눈물의 함미(鹹味)도 달콤하기 그지없었다.

격정을 이기지 못한 현어운은 아직은 어설프게, 그러나 거칠게 그녀를 바닥 위로 눕혔다. 그리고 하나하나 껍질을 벗기듯 그녀의 옷자락을 벗겨 나갔다. 아직 식도 올리지 않았지만 서로에 대한 두 사람의 열망은 그것을 잊게 해주었다.

그녀를 탐하던 현어운은 자신이 그녀에게 어설프게나마 청혼하던 며칠 전의 일, 그리고 초마내에게 맞아 죽을 뻔했을 때 자신을 구해주던 일 등이 떠오르자 빙그레 미소 지었다. 모두가 그녀와 자신을 잇게 한 하늘의 운명이었을지도 모른다는 생각이 들었다.

"왜 갑자기 웃어요……?"

그녀가 부끄러운 기색을 지우지 못한 채 물었다.

"당신처럼 아름다운 부인을 둬서 행복해서 그렇다오."

그는 그렇게 말하며 그녀의 가슴을 부드럽게 어루만졌다.

"으음……."

"사랑하오, 련 매."

"이제 련 매라 부르지 마요. 저의 원래 이름으로 불러줘요……."

그녀의 말에 현어운은 기다렸다는 듯이 고개를 끄덕이며 그녀의 머리칼을 쓰다듬었다. 밤에 젖은 그녀의 눈빛이 그렇게 아름다울 수가 없었다.

"빈 매, 사랑하오."

그는 그렇게 중얼거리며 그녀의 가슴을 입에 배어 문다. 전신을 울리는 희열 속에서 그녀는 희미하게 미소 지으며 나지막하게 중얼거렸다.

"그때 그 어둠 속에서… 당신은 나의 빛이었어요."

두 사람은 곧 뜨겁게 하나가 되었다. 도도한 강은 그칠 줄 모르고 흘러갔다.

第七章
잔인한 밤

　여섯 명 모두 은잠사를 푸는 시간이 다르고, 검을 휘두르는 횟수도 다르다. 물론 모두가 진이 빠져 쓰러지는 것은 똑같지만. 그들 중 유독 나만이 바보같이 정확히 오천 번을 똑같은 힘으로 휘둘렀다. 왠지 그래야 할 것 같았고, 또한 정확함 속에서 오는 결과가 매우 흥미로웠기 때문이다. 인생 또한 그럴 수 있을까 하는 생각과 오천 번을 휘두름으로써 나타나는 은잠사의 절단을 비교하는 것이다. 물론 인생은 그렇게 정확하지가 않다는 것은 오래 살지 않은 그 나이에도 알고 있었다.

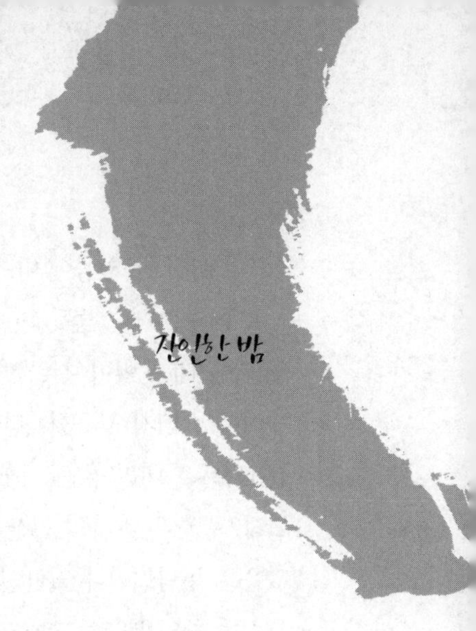

다음날, 전유림은 자신이 한 말이 결코 헛소리가 아님을 보여주듯 마지막으로 그들의 얼굴을 보지도 않고 말없이 떠나 버렸다. 하지만 이미 떠나기 전에 화끈하게 송별식을 했기 때문에 세 남자는 그렇게 섭섭해하지 않았다.

"오늘은 한가하네."

현어운은 고개를 창밖으로 빼 하늘을 바라보았다. 오늘은 일거리도 없고 섬수원에 필요한 나무를 할 필요도 없는 날이라 한가로웠다. 게다가 며칠 뒤에는 결혼식까지 있으니 기분이 좋아야 했지만 이상하게도 오늘따라 마음이 편하지 않았다.

"검을 부수어 내 마음 날린다. 하나 부서진 검은 내 마음이기도 하니, 돌아갈 길 없는 낙엽 같은 내 운명이여……!"

아침부터 술을 들이키는 호보의 입에서는 역시나 빠지지 않고 파검가가 흘러나왔다.

‘피 끊길 날 없음에 마음이 애닯도다…….’

무림은 으레 그렇듯 피 마를 날이 없다. 하지만 왜 ‘돌아갈 길 없는 낙엽 같은 내 운명이여’란 말을 지었을까 궁금한 그였다. 마음먹고 무림을 벗어나면 되지 않을까? 간단히 생각하지만 은원에 죽고 사는 무림의 혈륜(血輪)은 내리막길을 구르는 수레처럼 멈출 날이 없음을 그가 알기나 할까? 무림은 하나의 인간 세상이며, 누구나 그가 속한 세상을 벗어날 수 없음은 무림인이나 일반인이나 마찬가지였다. 그래서 호보는 이 노래를 그렇듯 즐겨 부르는 것이리라.

“나의 검은 누구를 위해 울었던가! 크아아! 술맛 좋다!”

“질리지도 않냐?”

“안 질리니까 이렇게 부르지.”

“너 장사 안 해, 시캬? 넌 목수 일 안 해, 시캬? 난 네놈들 놀 때 일하는 게 제일 싫단 말이다.”

군동은 탁자 위에 안주를 거칠게 놓으며 자리에 앉았지만 손님이 들어와 할 수 없이 자리에서 다시 일어났다.

“서러우면 너도 나처럼 놀아. 아이아―!”

그는 괴성을 지르며 또 다른 노래를 불렀다. 누가 본다면 인생의 패배자가 아침부터 헛짓한다고 볼 수 있는 광경이었지만 객잔의 어느 누구 하나 얼굴을 찡그리지 않았다. 이제는 익숙한 풍경이었기 때문이다. 그의 모습에 피식 웃는 현어운은 이제야 어느 정도 불안한 마음이 가심을 느꼈다.

‘일상이 이렇듯 평화로움에 감사한다.’

다시 고개를 빼 하늘을 바라봄은 습관이지만 거기엔 아무도 모를 이유가 있었다. 단리채빈에게조차 말하지 못하는, 어쩌면 죽을 때까지 가슴에 품고 가야 할 비밀.

"인생은 뭐 같지만 그 속에 여유가 있으니 안빈낙도라! 뭐 없는 인생은 인생이 아니요, 여유를 찾지 못하는 인생은 인생이 아니니!"

"너 잘났다. 도사 짓도 해먹겠네."

현어운은 피식 웃으며 자리에서 일어났다.

"어? 어디 가?"

"집에."

"예비 마누라 보러 가는구만? 좋겠다! 누구는 어여쁜 마누라도 곧 생기고! 진짜 인생 뭐 같네!"

술병째로 술을 들이키는 호보를 보며 현어운은 한마디 한다.

"서러우면 너도 결혼해, 시캬."

청검장의 뒤뜰에 있는 건물은 항상 정갈하게 닦고 청소해 두지만 사람이 살지 않는 곳이었다. 그런 그곳에 어제부터 세 사람이 지내고 있었으니, 이는 청검장이 생긴 이래 처음 있는 일이었다. 청검장의 하인들조차 이 사실은 몰랐는데, 그들이 온 후 식사는 초마내가 직접 가져다주었기 때문이다.

그만큼 비밀을 유지한 것은 그만한 이유가 있었다. 녹당(綠堂)이라 불리는 이곳에서 기거하는 세 사람은 바로 신록희에서 온 신록본당(神綠本黨)의 백팔채주(百八寨主) 중 셋이었던 것이다. 그것도 서열 이십 위 이내의 백팔채주들로, 단리채빈을 상대하기 위해 온 강자 중의 강자들이었다. 그만큼 신록희에서도 단리채빈을 신중하게 상대하겠다는 의미였다.

이들은 어제 연곤현에 도착하여 단리채빈이 맞는지 확인하는 일을 하였으며, 주변의 인물에 대한 정보를 초명후 부자에게서 들은 뒤 이곳 녹당에서 여정으로 인한 피로를 풀었다.

그리고 아침 일찍 그녀가 있는 곳으로 향했다. 그러나 그곳에는 그녀의 짙은 흔적만이 남아 있었다. 섬수원에 있던 노인네야 처리하는 데 급할 게 없었기에 이들은 일단 이곳으로 돌아와 어떻게 해야 할지에 대한 의견을 나누기로 했다.

"명탕산(明湯山) 쪽으로 이어진 흔적이 확실하겠지?"

"물론. 게다가 일부러 남긴 흔적이 확실하다."

녹면쌍마(綠面雙魔)는 별호 그대로 녹색빛을 띠는 얼굴을 하고 있는 쌍둥이였다. 무공의 특징 때문에 변한 얼굴빛이었으나 이들은 결코 이것을 수치스러워하지 않았다. 그 무공이 자신들의 위치를 결정해 주었기 때문이다.

"우리를 알아차렸다는 증거다. 그녀 정도라면 신록희의 암어가 어떻게 생겼는지 정도는 알 수 있을 것이다."

겸성무(鎌星武)의 냉막한 얼굴에는 표정의 변화가 없어 무슨 생각을 하고 있는지 알 수 없었다.

"그런 의미로 볼 수 있겠군. 우리를 한적한 곳으로 유인하는 것이라 보면 되겠지? 안 보는 사이에 색녀가 되었나 보군. 우리의 맛을 그렇게 보고 싶은 걸 보면 말이야. 흐흐흐!"

"흐흐흐흐!"

쌍둥이라 그런지 웃음소리도 비슷했다.

"일각에서는 신녀(神女)라 불리는 년의 맛은 어떨지 궁금하군. 신녀 주제에 그동안 수많은 사람들을 선동하여 그렇게 많은 전쟁을 일으켜 죽게 하더니, 결국 혼자가 되었고… 무림제왕성에서마저 버림받은 지금 제아무리 신녀 행세를 하려 해도 결코 할 수가 없을 것이다. 크큭."

"신녀라니! 마녀라고 훨씬 더 많이 불리지 않았소? 마녀의 맛은 그야말로 일품이겠지, 흐흐흐."

그때 밖에서 한 사람이 기척을 내며 다가왔다.

"어르신들, 말씀하신 시간이 다 되었습니다."

초마내의 말에 세 사람은 자리에서 일어나 밖으로 나왔다. 그들에게서 뿜어지는 기세는 결코 평범하지 않기에 초마내는 절로 두려운 표정을 지을 수밖에 없었다.

청검당(靑劍堂)으로 들어가니 초명후가 그들에게 다가와 깍듯이 허리를 숙이며 그들을 자리로 안내했다. 외부 밀정의 신분에게 있어 신록본당의 백팔채주 중 상위 서열의 이들은 천자와 천민의 관계나 마찬가지였다.

이들이 상석에 앉은 뒤 두 사람은 아랫자리에 앉았고, 녹면쌍마 중 일마(一魔)가 곧바로 말을 이었다.

"조용히 처리하라는 상부의 지시가 있었다. 어차피 단리채빈은 우리가 알아서 처리하면 될 것이니 상관없지만, 그년의 기둥서방인 놈은 평범한 사람이라 했으니 어떻게 하면 조용히 처리할 수 있을지 한번 말해보거라."

'젠장……. 늙은 것들이 계집을 밝히다니!'

속으로 욕을 하면서도 초마내의 머리가 영활이 회전한다. 자신이 가장 원하는 단리채빈이 그들의 손에 맡겨졌기에 불만이 없잖아 있었지만, 복수를 위해 힘을 보태어주는 것만으로도 무공을 잃은 자신에게는 감지덕지였다.

단리채빈을 어떻게 해보겠다는 생각은 포기해야 했지만 현어운과 호보, 군동, 거기다 오늘 막 떠나 버린 전유림을 대신하여 당호관 자체를 어떻게 할 수 있다는 생각이 불현듯 떠올랐다. 현어운과 호보, 군동을 야밤에 당호관으로 불러낼 방법이 생각났던 것이다.

어차피 파견된 세 사람 중 하나는 그들을 죽이기 위해 움직일 것이고, 그를 이용해 가장 조용하게 처리할 방법이란 바로 무술도장에서의 살인이 제격이다. 무림인이 어떤 원한으로 무림인을 죽이는 것은 무림제왕성이 무림을 통치하는 시대임에도 빈번히 일어나는 일이었다. 즉, 현어운을 비롯한 두 친구는 그 와중에 재수없게 휩쓸려 죽은 게 되리라.

초마내가 자신의 생각을 말하자 세 사람은 고개를 끄덕이며 그의 생각이 알맞음을 칭찬했다.

"이번 일이 성공적으로 끝나면, 바라던 대로 자네 아들의 무공을 회복시켜 줄 것이다. 잘된다면 전화위복으로 자네 아들은 일류고수가 될 수도 있을 거야. 신록투의 수련을 받을 수 있는 자격이 주어지는 셈이지."

"가, 감사합니다."

"크크크, 아니다. 단리채빈을 죽인다는 건 무제를 죽이는 것만큼이나 아주 대단한 일이다. 그렇기에 신중을 기하기 위해 우리가 직접 온 것이고. 그만큼 너의 공적이 크다 할 수 있으니, 이 정도는 상부에서 해주는 게 당연한 것이야."

초마내는 그의 말을 듣고 내심 만족스러운 미소를 지었다. 마음에 들지 않는 놈들을 통쾌하게 제거할 수 있을 뿐만 아니라 무공도 회복될뿐더러, 지금보다 더욱 강한 무공을 지니게 될 수 있었기 때문이다.

밀당의 신록투는 내외부로 구분하지만 정보 담당을 맡고 있는 밀정만큼은 구분을 하지는 않으며, 무림제왕성 및 금탁과의 전쟁에서 일선에설 무사들이 모여 있는 곳이었다. 신록본당 내 백팔채주들의 지휘 아래에 있는 그들은 실력이 있으면 언제든지 위로 상승할 수 있는 기회가 있었다.

'더 강한 무공을 익혀 더 높은 직위로… 내가 원하는 것은 무엇이든 얻을 수 있다!'

벌써 모든 것을 이룬 듯 마음은 쾌락으로 가득 찼다.

"행동 시간은 해시(亥時)로 하겠다. 우리는 그 시간에 떠나고, 너는 겸성무님을 따라 당호관으로 가되 반드시 실수없이 그들을 그곳으로 불러내야 한다. 만약 허투루로 했다가 실패하면……."

일마의 얼굴이 스산해지는가 싶더니, 곧 그의 손이 옆에 있는 탁자로 가볍게 나간다. 초명후 부자는 무슨 일인가 싶어 탁자를 보는 순간 탁자가 순식간에 수십 조각으로 부서져 버리는 것이었다. 그것뿐만이 아니라 부서진 조각이 썩어 문드러지기 시작했다.

"……!"

그 괴이한 현상에 부자의 안색은 공포로 물들어 있었다. 만약 그 수법에 몸이 적중당한다면 한두 군데 부서지는 것뿐만 아니라 몸이 썩어 들어갈 것임은 충분히 상상이 갔다.

"화, 확실하게 처리할 테니 걱정 마십시오!"

아침에 단리채빈이 보고 싶어 한가함을 물리치고 섬수원으로 왔지만 그녀는 보이지 않았다. 섬수신의도 마침 오전에 환자가 있어 환자를 보느라 그녀가 언제 어디로 사라졌는지 모르는 모양이었다.

대수롭지 않게 섬수신의를 도와 일을 하다 점심 시간이 되었고, 점심 때가 지나서도 단리채빈이 돌아오지 않자 두 사람은 오랜만에 짜증나는 둘만의 식사를 가졌다. 오후 시간이 지나 저녁때가 되어도 그녀는 돌아오지 않아 두 사람은 괜한 불안감에 짜증이 날 대로 나게 되었지만, 일단은 서로 건드리지 않은 채 휴전 상태를 유지하고 있었다.

하지만 누가 한마디라도 잘못 말한다면 바로 뭔가 터질 것은 자명한 일. 아슬아슬한 긴장감으로 두 사람은 그저 아무 말 없이 어두컴컴해진 하늘을 바라보며 달을 찾고 있었다.

"왜 안 오는 거야?"

하지만 결국 현어운이 참지 못하고 투덜거리자 기다렸다는 듯이 섬수신의의 호통이 터져 나온다.

"네 이노옴! 채련도 혼자만의 시간을 가지고 싶을 때가 있는 거야앗!!"

"아아악! 시끄러워 죽겠네! 그런 건 나도 아는데, 너무 안 와서 걱정되는 것뿐이니까 소리 좀 지르지 마요오오오!!"

"이 썩을 놈이 어디다 대고 괴성을 지르는 것이냐아아아!! 으아아!"

따닥! 딱! 딱! 딱!

"아아악!"

분노가 서려 있었는지 이번 것은 매워도 엄청 매웠다. 미친 듯이 몸을 이리저리 틀며 피하려 했지만 섬수신의의 손은 귀신처럼 현어운의 머리에 주먹을 내리꽂았다.

"죽어! 죽어! 죽어, 이 썩을 놈아!!"

"아악! 대, 대체 왜 제가 맞아야 하는데요! 답답한 건 저란 말입니다! 아악!"

한참을 맞다가 도저히 힘에 겨워 자리에서 일어나 도망가려 할 때 섬수원 입구에서 누군가가 모습을 드러냈다.

"계십니까?"

나타난 사람은 평범한 얼굴의 사내였다. 사내는 이곳에 나이 많은 섬수신의가 있음을 알고 있는지 조심스러워하는 모습이었다.

"무슨 일이냐?"

대뜸 신경질적인 섬수신의의 말이 튀어나왔다. 하지만 사내는 아무렇지도 않은 듯 허리를 숙여 인사한 뒤 현어운에게 말했다.

"두목님께서 떠나시기 전, 오늘밤에 남길 말과 건네줄 물건이 있다 하시며 당호관으로 세 친구 분을 불러 그것을 전해라 하셨습니다. 그러니 당호관으로 지금 오셨으면 합니다."

뒷골목의 사내치고는 꽤나 예의 바르고 말을 잘하는 자였다. 하지만 저것이 하루종일 연습하여 얻은 실력임을 두 사람은 꿈에도 모르리라.

"뭘 건네주라 하였습니까?"

"그것은 저도 잘 모릅니다. 다만 그렇게 명을 내렸고, 모든 건 당호관으로 가면 알게 된다 하셨습니다."

"호보와 군동도 부르는 건가? 대체 뭘 건네준다는 것이지? 아! 혹시 빈 매도 거기 있을지 모르겠군."

하도 기다림에 지치다 보니 그런 생각마저 드는 그였다.

"나 당호관에 다녀올게요."

"갔다가 다시는 오지 마라, 이놈아!"

"영감탱이가 말을 해도 재수없게 해요!"

그렇게 말하고는 후다닥 뛰어 순식간에 정문으로 빠져나갔다.

"이, 이놈! 오기만 해봐라!"

하지만 사내와 현어운은 이미 섬수원에서 멀어지고 있어 그 말을 듣지 못했다. 현어운이 섬수원에서 멀어지자 섬수신의의 표정은 딱딱하게 굳어버렸다.

"설마 했거늘……."

그는 아침 일찍 나가면서 자신에게 어렵게 말을 꺼내던 그녀를 떠올렸다.

"아침 일찍 어딜 가는 것이냐?"

"확인해 볼 것이 있어서요. 저… 어르신."

"말하려무나."

"현 가가를… 부탁드립니다. 혹시나 무슨 일이 있으면… 어르신밖에 믿을 사람이 없네요."

"…무슨 일이 있는 것이냐?"

"아니에요. 그냥 혹시나 해서 확인할 일이 있어서……."

그녀의 표정이 애써 태연한 척하는 것을 그는 충분히 느낄 수 있었지만, 그는 그녀의 무공과 지혜를 믿었기에 고개를 끄덕였다.

"어운도 제 앞가림을 할 줄 아니 걱정 말거라. 혹여나 어떤 일이 있다면 내가 지켜주겠다."

"고마워요."

"이제 우리 사이에 인사 같은 건 필요없지 않느냐? 허허……."

"잘은 모르나 어떤 위협적인 자들이 나타났을 가능성이 높겠지."

고개를 저으며 하늘을 바라본 그는 불안한 기운이 어디론가 뭉쳐져 있는 것 같은 느낌을 받았다. 확연하지는 않지만 어떤 흔적을 따라가 볼까 하는 생각이 들었지만 이상하게도 꺼려지는 점이 있었다.

"아직도 내게 그녀는 무황의 핏줄이란 말인가? 허허, 내가 그녀에게 했던 말은 대체 무엇이었던가?"

인사 같은 건 필요없는 사이라 했을 때 감격하던 그녀의 눈빛이 떠오르자 가슴이 아파왔다. 고개를 저으며 그 모습을 지워 버린 섬수신의는 걸음을 옮겨 섬수원 밖으로 나섰다. 그녀가 의도적으로 남긴 것 같은 흔적을 따라가려면 생각보다 많은 시간이 필요할 것이다. 어떤 일이 생기기 전에 빨리 도착하기를 빌 뿐이었다.

사내의 뒤를 따라 당호관에 다다를 때쯤 현어운은 무언가 이상한 기분에 점점 안색이 굳어져 갔다.

'이상하군…….'

그는 고개를 갸웃거리다 코로 스며드는 묘한 냄새에 한 번 더 고개를 젓는다.

'축축하게 젖은 피 냄새 같은데… 어디서 닭 잡나? 이 밤에 닭 잡을 일이 있나?'

당호관의 입구에 이르자 사내가 현어운에게 인사를 하며 흑정으로 돌아간다고 말하고는 휭 하니 가버렸다. 급한 일이 있는 듯 속보로 걷는 모습이 위태로워 보일 지경이었다.

현어운은 고개를 갸우뚱거리며 문을 열었다.

"읍!"

강렬한 피 냄새가 그의 얼굴을 뒤덮었다. 축축한 듯하면서도 끈적끈적한 혈향이 당호관 내에 가득한 것 같은 기분 나쁜 느낌이었다.

"으… 뭐야? 준다는 게 닭 잡아 잔치하는 것이었나? 근데 너무 많이 잡은 거 아냐? 젠장……."

그가 안으로 들어섰지만 사방은 조용했다. 모두가 하루의 일과에 지쳐 일찍 잠이 든 듯 고요하다.

"잠깐, 어디로 가야 하지? 당호정으로 가야 하나? 당호관 어디로 가라는 말도 안 해주고 가버렸네."

그는 당호정 쪽으로 걸음을 옮겼다. 당호정으로 가는 동안 피 냄새는 그의 머리를 울릴 정도로 강했지만, 도무지 어디서 나는 건지는 감을 잡을 수가 없었다.

인상을 찌푸리며 당호정에 도착했지만 그곳에도 역시 사람은 없었다. 대체 무슨 냄새지? 그리고 다들 어디에 있는 것이지? 이런 생각을 하며 잠시 자리에 서 있던 그는 두 눈을 감고 냄새가 풍겨오는 근원지를 찾기 위해 가만히 냄새를 맡아보았다.

하지만 혈향은 어떤 특정한 방향에서 나오는 것이 아니라 당호관 전체를 뒤덮고 있는 것 같았다. 기분 나쁜 예감이 들었지만 애써 무시하고 현어운은 천천히 걸음을 옮겨 어딘가로 향했다.

“헤헤, 대체 그 녀석이 뭘 준비한 것이지? 이왕이면 비싼 걸로 준비하지 말야. 혹시 자릿세 내라고 전하고 가버린 건 아니겠지? 썩을…….”

문 안으로 들어선 호보는 주변을 두리번거리며 사람을 찾아보았지만 이상하게 조용하기만 했다.

“오늘따라 왜 이렇게 사람이 없지? 이 시간에도 돌아다니는 사람은 있었잖아.”

안으로 들어가 이리저리 걸으며 일단 사람이 항상 있는 집무당으로 향했다. 그곳으로 향하는 와중에도 한 사람도 보이질 않자 스산한 느낌이 가슴에 스며드는 것 같았다. 그 기묘한 분위기를 흩뜨리기 위해 호보는 어깨를 으쓱이며 한마디 할 수밖에 없었다.

“뭐야, 잔치 준비 하나? 준다는 게 잔치였어? 그래서 다들 다른 곳에 있는 거야? 어디로 오라는지 말은 해줘야 할 것 아냐?!”

애써 소리 지르며 도착한 집무당에는 역시나 불이 환하게 켜져 있어 왠지 모르게 안도감이 일었다.

“……?”

하지만 문을 두드려도 반응이 없자 조심스럽게 문을 열고 안으로 들어가려는데 갑자기 피 냄새가 강하게 풍겨왔다.

“읍! 뭐, 뭐야?!”

자신도 모르게 코를 움켜쥔 그는 대경하며 안으로 들어섰다.

“마, 마, 맙소사……!”

안에는 한 구의 시체가 칠공에서 피를 흘리며 끔찍한 눈으로 그를 쳐다보고 있었다. 사지는 잔인하게 떨어져 나가 바닥을 뒹굴고 있었으니, 그야말로 참혹함 그 자체였다.

“우욱!”

혹시나 하여 저녁을 굶었기에 토사물을 쏟지는 않았지만 신물이 올라올 정도로 지독한 구역질이 났다. 그로서는 처음 보는 끔찍하고 공포스러운 장면이었다.

"우우욱!"

"큭큭큭! 이거이거, 그 용감하던 호보새끼가 시체 한 구에 이렇게 맥없이 쓰러질 줄은 몰랐는걸."

"너, 넌?!"

"그래, 나다. 그년이 흑정을 쥐어 잡은 후부터는 맘 편히 지냈나 보지? 하지만 이젠 끝이다. 오늘부로 네놈들의 목숨은 끝이거든."

퍼억!

그의 고개가 거칠게 뒤로 돌아갔다. 호보의 얼굴을 쳐 피가 묻은 자신의 주먹을 힐끗 쳐다본 초마내는 정신을 잃은 호보를 향해 잔인한 미소를 지었다. 무공을 잃었기에 손이 아팠지만 마음속에서 치솟는 이들에 대한 분노와 복수를 이룬다는 쾌감으로 고통은 멀리 사라지고 없었다.

"이제 군동 녀석만 오면 모두가 모이는 것이군. 너희 세 놈이 모인 곳에서 하나씩 저 시체처럼 만들어주지. 흐흐!"

그는 전에 없던 잔혹함을 드러내며 호보를 데리고 어딘가로 사라졌다.

"으음……."

호보는 머리에서 느껴지는 고통에 얼굴을 찌푸리며 두 눈을 떴다. 피를 제법 쏟아서인지 어지럽기도 했다.

"으윽… 뭐가 어떻게 된 거지. 초마내, 이 개자식……."

자신의 목숨이 살아 있다는 것에 감사하기도 전에 초마내에 대한 원한의 욕부터 터져 나왔다.

"여긴 당호정이잖아?"

주변의 둘러보니 몇 번 와본 적이 있는 당호정의 광경이었다. 무슨 일인지 살펴보기도 전에 그는 일단 이곳을 벗어나 친구들을 찾아보기로 했다. 초마내는 어디로 갔는지 지금 자리에 없었는데, 그렇다고 이곳에 가만히 있다가 초마내가 다시 돌아오면 무슨 일을 당할지 알 수 없었다. 무공을 잃었다는 걸 알고 있었음에도 그동안 당한 게 있었기에 본능적으로 두려움이 먼저 앞선 것이었다. 이곳에 초대하지도 않은 초마내가 있다는 것에 대한 불안감도 이에 한몫했다. 그가 걸음을 옮기려는 찰나, 뒤에서 한 사내의 목소리가 들려왔다.

"입구 쪽으로 가지 말게, 위험할지도 모르니."

"허억! 누, 누구냐!"

그가 소리 지르며 뒤로 몸을 돌리자 그의 눈앞에 바위 위에 앉아 있는 당호관주 전웅이 보였다.

"날세."

"어, 어르신……."

"얼굴은 괜찮나? 피가 좀 많이 나서 꽤 보기 추하군."

"초마내 이 자식……."

"초마내? 초마내가 자네를 그렇게 만들었단 말인가?"

"대체 무슨 일인지……?"

"음… 그렇다면 초마내가 그자와 연관되어 있겠군. 대체 어디서 온 고수인고……."

전에 없이 어두운 표정의 전웅이었다. 처음 보는 그의 표정에 호보가 사색이 된다.

"고, 고수라뇨? 아, 관주님! 아까 집무당에 사람이……."

"알고 있네."

"네?"

너무나 태연한 모습이다. 아무리 괴팍하고 예측할 수 없는 성격이라지만 이건 너무하지 않은가?

"우리를 제외한 나의 모든 식솔들이 죽었네."

"……!!"

"오늘 우리는 여기서 살아 내일을 볼 수 없을 것 같구만."

"아……."

호보가 창백해진 얼굴로 뭐라고 말하기도 전에 입구 쪽에서 누군가의 목소리가 들려왔다. 음산하고 기분 나쁜 목소리다.

"잘 알고 있군. 이런 시골의 무술도장의 관주치고는 꽤나 냉정함을 보이는 것에는 칭찬을 해주지."

안으로 걸어 들어온 자는 겸성무였다. 그는 낫 한 자루로 천하를 질타하고 있는 고수 중의 고수로, 낫을 너무나 잘 사용하여 이름 대신 겸을 사용하는 무공에 있어서 별 같은 존재라는 '겸성무(鎌星武)'로 불렸다. 냉혹한 성격과 낫을 사용한 잔인한 손속으로 사람들은 그를 잔인함의 대명사라 손꼽길 주저하지 않았다.

"나에게 원한이 있는 것인가, 아니면 이 젊은 친구에게 원한이 있는 것인가?"

"과, 관주님! 그러고 보니 저뿐만이 아니라 어운과 군동 모두가 이곳으로 오기로 했습니다!"

"그렇군."

태연한 대답에 황당한 호보였다. 어떤 계책이라도 세워야 하거늘, 전웅은 시종일관 자신의 일이 아닌 양 태평했다. 하지만 전웅의 입장에서는 당연한 반응이었다. 상대의 무위가 추측할 수 없을 정도로 높았으니, 다른 두 사람을 죽일 마음이었으면 자신이 무슨 수를 써도 막을 수 없을 것이기 때문이다.

"초마내가 다른 두 사람을 데려오기 전에 일단 너희 두 놈을 먼저 죽이겠다."

허리춤에서 한 자루의 겸을 꺼내었다. 섬뜩하게 흰 날이 목에 걸리는 걸 생각하면 오금이 다 저려왔다.

"서, 설마 그런 걸로 내, 내 목에 걸치는 건 아니겠지?"

호보는 뒷걸음질치며 두려움을 숨기지 않았다.

"네가 현어운인가?"

현어운의 얼굴을 모르는 그가 그렇게 묻자 호보는 자신도 모르게 고개를 끄덕였다. 왠지 그렇게 해야 할 것 같은 기분이 들었기 때문이다.

"잘됐군."

겸성무가 성큼성큼 앞으로 걸어 두 사람에게로 다가갔다. 호보는 그에 따라 뒤로 물러섰지만, 전웅은 시종일관 냉정한 모습으로 가만히 앉아 있었다. 그러나 그가 삼 장 앞까지 다가오자 그제야 자리에서 일어나 그의 앞에 섰다.

그 모습에 당사자인 겸성무는 물론이거니와 뒷걸음질치던 호보도 깜짝 놀라고 말았다.

"관주님!"

"한 수가 있는가?"

겸성무가 서늘한 눈빛으로 그를 바라보자 전웅은 고개를 끄덕인다.

"몇 수 있지."

전웅의 태연한 반응에 겸성무의 안색이 찌푸려졌다. 아무것도 아니라 여기던 자가 너무나 태연하니 기분이 상할 수밖에 없었다. 하지만 더 이상 말을 걸 가치도 없다고 여긴 그는 전웅을 향해 몸을 날려 겸을 휘둘렀다. 어떤 변화도 없는 단순한 공격이었으나 한 치의 흔들림도 없이 정확하고 빠른 공격이었다.

그 빠른 공격을 가볍게 무릎을 굽힘으로써 피한 전웅은 곧바로 겸성무와의 거리를 좁혀 명치에 일권을 날렸다.

퍽!

"으윽!"

전웅을 가볍게 보고 있었기 때문에 겸성무는 그가 이렇게 대담하게 다가와 공격을 할 줄은 전혀 예상치 못했다. 입에서 흐르는 실핏줄은 단 한 번의 일격에 작지 않은 내상을 입었음을 보여주었다.

"크크크크큭!"

겸성무는 이를 갈면서도 웃었다. 크게 분노한 그의 몸에서 상대를 찢어발길 듯한 살기가 폭풍처럼 휘몰아쳤다.

"핫!"

겸선폭석(鎌線爆石). 바위를 부수는 위력이 담긴 단순한 초식이지만, 결코 쉬이 볼 수 없는 고절한 수법에 전웅은 재빨리 우측으로 피했다. 그러나 기다렸다는 듯 겸선폭석의 수법은 겸산추망(鎌散追蟒)으로 바뀌었다. 겸에 분신이 생긴 것마냥 사방으로 흩어지며 전웅을 가두었다. 겸에 맺힌 푸른빛의 기가 무엇이든 자를 수 있는 절삭력을 보여주었다. 스치기만 하여도 피가 튈 듯 날카로웠다.

뒤로 재주를 몇 번 넘던 전웅은 겸이 끝까지 자신의 전신을 물고 늘어질 것임을 느꼈다. 이미 낫의 예기에 살짝 스쳐 피가 흘러나오고 있었다.

"끼욧!"

성격답게 기합도 남다르다. 자신을 향해 다가오는 낫을 무시하고 번개같이 직선으로 장을 지르자 가벼운 산들바람이 그의 손 주위로 퍼져 나갔다. 그리고 종내는 놀라운 광경이 벌어졌다.

"으으윽!"

전웅의 손에서 번져 나간 산들바람은 이내 거대한 태풍이 되어 사방을 뒤덮던 낫들을 모두 무위로 돌리더니, 이내 겸성무의 몸을 휘감아 뒤로 날려 버린 것이다. 바닥에 거세게 떨어진 겸성무는 충격으로 얼굴에 피를 흘리고 있었지만, 그런 것을 생각할 겨를도 없이 벌떡 자리에서 일어났다.

"……."

반격으로 상처 입은 겸성무의 얼굴은 오히려 무표정했다. 더 이상의 방심은 없을 것임을 보여주는 얼굴이었다. 그런데 반대로 공격에 성공한 전웅의 얼굴은 이상하게도 고통을 참는 기색이 역력했다.

"연곤현에 숨은 기인이 있었군. 아주 강력한 일장이었다. 하지만 그게 끝이다."

"아마도 당신의 말이 맞을지도 모르겠군."

이유는 알 수 없지만 전웅의 입가에도 피가 한줄기 흐르고 있었다. 바로 잘못된 장풍 수련으로 인해 장풍 시전 시 오는 부작용이었다. 예전에는 고통에 몸부림치며 기절했지만 그나마 나아진 모습이 이것이었다. 하지만 한 번만 더 장풍을 시전하면 어떻게 될지는 스스로도 장담할 수 없는 상태였다.

전웅의 모습에 겸성무는 스산한 미소를 지으며 그에게 다가갔다. 상대방은 무리한 무공의 시전으로 몸에 큰 부담을 준 것이 틀림없으리라 생각했다. 그의 낫에 내기가 서리고, 이어서 낫 모양을 한 푸른 형상의 기운이 짙게 서렸다.

"겸강(鎌罡)이라니, 좋은 구경을 하는군."

겸성무의 무공이 겸강이라는 경지에까지 이르렀음을 안다면 무림은 경악할 것이다. 검기보다 힘든 것이 겸기요, 검강보다 더 더욱 힘든 것이 겸강임은 당연하다. 검강에 이른 고수도 무림에 얼마 되지 않건만, 더욱 어렵다는 겸강에 이르렀으니 가히 무적이라 할 수 있는 경지였다. 검을 잡았으면 검강에 이르렀을 만한 뛰어난 고수임이 분명했다.

겸성무의 낫이 전웅의 여덟 위치를 점하였다. 낫의 뾰족한 끝으로 찍는 형태를 취하기 위해서는 팔을 정확한 모양새로 들어야 하는데, 그렇게 되면 움직이기가 힘들고 정확도가 크게 떨어질 수밖에 없건만 겸성무의 팔은 지금 찍는 공격을 위한 형태를 취하며 번개처럼 전웅의 몸을 찔러갔다.

전웅은 급히 뒤로 움직여 피했으나 고통으로 인해 원활한 움직임을 보이지 못하고 그만 몇 군데를 허용하고 말았다.

"으읍!"

겸강에 찍힌 전웅의 팔과 옆구리에서는 피가 물처럼 쏟아지기 시작했다.

"관주님!"

겸성무의 겸이 섬뜩한 절삭력을 품은 채 가벼운 바람을 일으키며 그의 전신을 베어갔다.

"하앗!"

퍼어어엉!

"우우욱!"

전웅의 사지를 가르려는 찰나, 겸성무의 배에서 폭음이 터지더니 피를 분수처럼 쏟으며 뒤로 날아갔다. 그가 바닥에 부딪침과 동시에 전웅의 양팔과 다리에서 역시 피가 분수처럼 쏟아져 나왔다. 분명 닿지 않았음에도 겸강의 엄청난 예기에 큰 상처를 입은 것이다. 만약 조금만 늦었더라면 그의 사지는 그대로 잘렸으리라.

"……!"

호보는 의외의 상황에 정신을 차리지 못했다. 그가 무공을 아는 것은 아니었지만 전웅이 상대를 이기지 못한다는 것도, 이번의 무승부가 의외의 결과라는 것쯤은 그도 알 수 있었다.

"……."

사지에 힘이 빠져 버린 전웅은 무리한 장풍의 시전으로 칠공에서 피를
쏟으며 그대로 자리에 주저앉고 말았다.

"으아아아!"

돌연 괴성과 함께 자리에서 벌떡 일어난 겸성무는 칠공에서 흘러나온
피로 인해 야차와 같은 모습이었다. 그 모습 그대로 그는 절뚝거리면서
도 전웅을 향해 달려갔다. 어떻게든 그를 죽이려는 살기와 독기가 뿜어
져 나왔다.

"안 돼! 이 개새끼야!"

호보는 비명을 지르며 자신도 모르게 그를 향해 달려갔고, 그런 그를
겸성무는 놓치지 않았다. 그의 두 눈에서 잔인한 빛이 흐른다.

"안 돼!"

현어운은 멍한 표정으로 아무 말도 못하고 서 있었다. 그의 눈앞에는
사지가 잘린 채 고통스런 빛으로 죽어 있는 아이가 있었다. 항상 자신에
게 일거리를 가져다주고 언제나 바쁜 듯 종종걸음을 하던 건방진 아이가
지금은 이렇듯 고통스러워하는 표정을 잔뜩 지은 채 눈도 감지 못하고
누워 있는 것이다.

그에게는 어느 순간부터 죽음이란 두려움이 아니라 슬픔이었다. 비린
냄새가 역겨워 구역질이 나지는 않았다. 단지 그 아이가 죽었다는 사실
이 너무나 안타깝고 슬펐기에 그의 두 눈에는 눈물이 맺혀 있었다.

"대, 대체 왜……?"

그가 맡았던 기분 나쁜 피 냄새는 잔치를 위해 닭과 소를 잡아서 나는
피 냄새가 아니었다. 바로 사람의 몸에서 흘러내린 피 냄새였다.

현어운은 당호관 내에서 무언가 이상하게 일이 돌아가는 것을 느낄 수 있었다. 하지만 이 상황에서 대체 무엇을 어떻게 해야 할지에 대해서는 아무런 생각이 나질 않았다. 떠오르는 생각이라고는 오로지 친구들과 단리채빈이 무사하기만을 바라는 것뿐이었다.

숨어야 하나? 아니면 범인을 잡아야 하나? 이런 저런 생각을 하는 와중에 뒤에서 어떤 기척이 느껴졌다.

"……?!"

자신도 모르게 고개를 돌리자마자 멀지 않은 건물 모퉁이 쪽으로 누군가가 들어가는 것이 보였다.

'웃었어……?

현어운은 모퉁이 쪽으로 사라진 자가 어둠 속에서 자신을 향해 흰 이를 드러내 보이며 웃은 것 같다는 생각이 들었다. 어두워 잘 보지는 못했지만 분명 그랬던 것 같은 느낌이었다.

"……."

순간 어떻게 해야 하나 고민했다. 이대로 도망쳐야 하는지 아니면 위험할지도 모르는 저자를 따라가 친구들을 찾아봐야 하는 것인지.

하지만 그런 고민은 아주 순간이었다. 곧바로 건물 밖으로 나가 그자가 사라진 쪽으로 뛰어갔다. 밖에는 여전히 어지러울 정도로 지독한 냄새가 풍겨왔지만, 그는 더 이상 얼굴을 찌푸리지 않았다. 그의 얼굴은 이전에는 볼 수 없던 진지함이 서려 있었으며, 이전과는 확연히 다른 분위기를 풍기고 있었다. 그건 바로 어떤 일에도 흔들리지 않으려는 침착함이었다.

"……."

밤하늘에 떠 있는 달이 오늘따라 유난히 아름답다. 아름다운만큼 자신의 마음은 슬펐다.

아름다운 것만큼 슬픈 것이 어디 있으랴. 미인은 박명이며, 한 나라의 국운을 기울게 했다. 하희, 왕소군, 서시, 양귀비 같은 역사상 존재했던 아름다운 여인들의 운명이 그러했듯 요물이라 불리며 언제나 망국과 함께했다. 그래서 아름다운 것은 슬프다.

단리채빈은 자신의 처지를 생각하며 한숨을 푹 쉬었다. 달이 훤히 밝아 보일 정도로 늦은 밤이었지만, 자신이 의도한 대로 누군가가 쫓아오는 일이 없자 일단 안도하면서도 앞으로 이렇게 도망자인 양 살아가야 하는 자신을 생각하니 슬펐다.

"현 가가… 당신은 이래도 저와 결혼하려고 하겠죠? 힘든 길인 걸 알면서도……."

하루종일 자신을 찾고 있을 현어운을 생각하면 가슴이 찢어진다. 처음으로 마음을 주었고, 자신의 모든 것을 준 사내. 마음이 여리고 사랑할 수밖에 없는 착한 사내였다. 그의 미소를 보고 있자면 마음이 편해져 옆에서 잠이 들고 싶었다.

오늘 아침에 섬수신의에게 들은 말을 생각하면 미소가 번져 나왔다. 일정선 이상은 마음을 열지 않던 그가 오늘 그 선을 지우는 말을 했던 것이다. 엄숙하면서도 때로는 어린아이 같은, 알 수 없는 기인인 섬수신의는 누구보다도 의지가 되는 사람이었다. 이렇듯 현어운과 섬수신의는 자신이 새로이 찾은 마음의 고향이었다.

그러다 문득 그녀는 오지 않는 추적자를 아직도 기다리는 자신을 발견했다. 이제는 이곳을 나가도 충분하건만 그녀는 웬일인지 이곳에서 벗어나질 않고 있는 것이다. 그것을 깨닫자 단리채빈은 두 손으로 고통에 겨워하는 얼굴을 가렸다.

'단리채빈아, 단리채빈아! 너는 지금 무슨 생각을 하는 것이냐! 정신

을 차려라!'

—위선자……!

자신을 원망하는 그들을 떠올리자 눈물이 흘렀다.

'난… 죽어서는 안 돼! 지금의 날 사랑해 주고 믿어주는 그 사람들을 저버리면 난 두 번이나 위선자가 되는 거야!'

그러면서도 무거운 발걸음을 옮기지 못하고 있었다. 추적자들이 나타나 자신을 죽여주길 바라는 마음이 한 번 일어나자 쉽게 가라앉질 않았다. 죽음을 택하려는 극단적인 그녀의 마음은 그녀가 얼마나 괴로워하고 있는지를 보여주었다.

'죽기 싫어, 싫어!'

갈등이 심해지자 고통스러웠다.

"천생연분을 만난다는 괘입니다, 아가씨."

지금 자신이 이런 마음을 먹고 현어운을 생각하니 단장(斷腸)의 아픔이 지독하다.

'사랑해요…….'

그녀는 자신을 찾고 있을 현어운과 섬수신의를 생각해 마음을 다잡았다.

"일어나, 단리채빈…….."

"호호호!"

그때 숲 속 멀리서 누군가의 음침한 웃음소리가 들려왔다. 밤중인지라 상대의 웃음소리는 내공의 힘을 빌어서 더욱 멀리 퍼져 갔다.

"……!"

그녀가 놀라움을 가라앉히기도 전에 풀숲을 스치는 소리가 들리더니,

장내로 두 검은 인영이 비조처럼 나무 위에서 뛰어내렸다.

나무 기둥 아래 서 있던 단리채빈은 그들의 신법에 심상치 않음을 느끼고 급히 자리에서 일어났다.

"여기 있었구나, 단리채빈! 흐흐흐!"

"우리를 맞이하기 위해 이렇듯 아름다운 자태로 기다리고 있었구나! 흐흐흐!"

"녹면쌍마……?!"

그녀는 예상보다 훨씬 강한 자들이 나타나자 놀라면서도 한편으로는 인상을 찌푸렸다. 이들과 이미 일견식이 있는 그녀로서는 이들의 행실이 매우 악독하고, 치마 두른 여인만 보면 아랫도리를 함부로 휘두르는 이 자들이 마음에 들지 않을 수밖에 없었다.

'신록희는 과연 나를 죽이기 위해 고수를 파견한 것이었구나! 현 가가……!'

섬수신의가 있다고는 하지만 위험에 처했을지 모르는 현어운을 생각하니 불안한 마음을 금할 수가 없었다.

"어제도 언뜻 모습을 보았지만 이렇게 가까이서 확인을 하니 정말 살아 있다는 것을 실감하겠구나!"

"한때는 예전의 무림으로 돌아가도록 만들 유일한 인물이라며 금탁에서도 암중으로 네년을 밀어줬었지. 물론 그런 머리통이 빈 온건파는 금탁에서 모조리 제거되었지만 말이야."

"더구나 결혼할 기둥서방까지 마련해 놓고 말이야!"

"날 죽이러 왔으면 바로 공격할 것이지 무슨 말이 그렇게 많지? 여전히 그 재수없는 얼굴과 웃음은 변하지 않았군. 서로 재수없는 얼굴을 보면 죽이고 싶은 마음은 들지 않던가? 호호!"

그녀의 신랄한 독설에 녹면쌍마의 녹색빛 얼굴이 붉은빛을 띠는 기현상을 발했다.

"네년이 철저하게 짓밟히고 싶은가 보구나!"

"네년이 우리 하나하나와 대등하다는 것은 알지만, 우리 둘과의 싸움은 절대 승산이 없음을 알 텐데?"

"무슨 수를 써도 소용없음을 알아라!"

"흐흐, 만약 순순히 잡힌다면 극락을 체험하게 하여 고통없이 죽여주겠다."

마치 서로 짜고 말하는 듯 일마와 이마가 차례대로 이야기하는 모습이 이상하게 웃기다 생각되었다. 단리채빈이 피식 하고 웃어버리자 결국 녹면쌍마는 더 이상 분노를 참지 못하고 그녀를 향해 달려갔다.

그들의 양손은 녹빛으로 물들어 있었고, 단리채빈의 양손은 태극소염장 팔성에 이르렀을 때 나타나는 백광이 은은히 서려 있었다. 백광에 스치면 그 누구도 시신을 온전히 보전하지 못하리라.

"캬핫!"

녹면쌍마의 가공할 장력이 그녀의 전신을 짓쳐 들어가자 단리채빈은 무모하게도 쌍장을 내밀어 대항했다.

콰아앙!

"우욱!"

"으음!"

뒤로 일 장이나 밀린 그녀였지만 자세만은 꼿꼿하다. 입가에 흐르는 피는 이번의 일격으로 내상을 입었음을 보여주었지만, 그녀의 얼굴에는 결코 절망이나 패배 따위는 보이지 않았다. 한 걸음씩 물러난 녹면쌍마는 그녀의 무공이 예전에 봤을 때보다 일취월장했음을 느끼고 대경했다.

"역시 무황의 핏줄이구나! 우리 둘의 장력을 받고도 그렇게 서 있을 수 있다니. 하지만 어디까지 갈 수 있을지 궁금하구나!"

두 사람의 녹천독마장(綠天毒魔掌)이 회오리치며 날아간다. 백광을 발
하던 그녀의 손이 어느덧 아무런 특징 없는 손으로 변했다. 바로 구성에
이르렀을 때 나타나는 무특징의 태극소염장이었다.

짜르르릉!!

낙뢰가 터지고 폭풍이 휘몰아친다. 양측의 장력이 부딪치자 그야말로
산이 울리는 가공할 소리가 터져 나왔다.

"크윽!"

단리채빈은 또다시 일 장이나 물러났지만 이번에는 녹면쌍마들도 창
백해진 안색으로 몇 걸음 물러난 상태였다. 일 대 이의 장력 대결에서 놀
랍게도 그녀가 이들에게 적지 않은 충격을 준 것이다.

"무특징이라면 구성의 태극소염장이? 흐흐흐, 여인의 몸으로 팔성에
이른 것도 대단한 일이었거늘 구성까지 이르다니, 정말 살아 있으면 신
록희에 큰 장애물이 될 년이었구나!"

"이렇듯 뛰어나니 무제가 자신의 앞길에 방해가 되는 너를 죽이려 했
던 것은 어쩌면 당연한 것일지도 모르겠구나. 무황의 핏줄은 이렇듯 냉
혹하다!"

"……!"

지금껏 혹시나 했던 사실을 이들의 입에서 듣고 보니 가슴이 저려왔지
만, 이미 예상했던 것이기에 바로 마음을 추스를 수 있었다.

"그런 네년이 겨우 시골의 사내랑 결혼을 하려 하다니 우습구나! 네년
의 기둥서방은 겸성무님이 친히 사지를 갈라주실 게다!"

"겸성무?"

단리채빈은 내상으로 인한 고통이 단번에 사라질 정도로 놀라워했다.
겸성무라면 신록본당 백팔채주 중에서도 서열 십위 내에 드는 고수 중의
고수로, 그가 출전한다는 정보가 있으면 필히 그에 상응하는 무위를 가

진 백명부주나 흑맥부주급의 무인이 출전해야 할 정도로 강한 무공을 지닌 자였다.

"그자까지……."

"신록희가 네년을 얼마나 높게 보는지 알았으면 고마워해야 할 것이다. 흐흐흐, 네년의 무공이 굳이 겸성무님까지 나올 필요는 없었겠지만 신록희는 무슨 일에서든 신중을 기하지."

'현 가가가 위험해!'

단리채빈은 겸성무가 현어운과 관련된 사람을 모조리 죽일 것이라 생각되자 마음이 급해졌다. 비록 기인인 섬수신의가 있다지만 그녀는 그의 무위를 정확히 알지 못했다. 이런 상황이니 자신이 직접 겸성무를 상대해야 한다는 생각이 들자, 일단은 이들에게서 피하기로 마음먹었다.

그러나 늙은 생강이 맵듯, 강호의 물을 오래 먹은 녹면쌍마는 단리채빈의 의도를 눈치채고 곧바로 그녀를 포위하려 했다. 그들이 움직이는 순간 단리채빈은 기다렸다는 듯이 자신의 옆으로 이동하던 녹면쌍마의 이마에게 태극소염장을 날렸다.

자리에 서 있던 일마가 거의 동시에 그녀를 향해 녹천독마장(綠天毒魔掌)을 시전했다. 양측 모두 서로의 반응을 미리 예측한 한 수였지만, 결과적으로는 녹면쌍마가 훨씬 유리한 공세였다.

"아니……?!"

그때 놀랍게도 단리채빈의 양손이 어지럽게 움직이는가 싶더니 원래 날아가던 장력의 기운이 소진했고, 이내 일마를 향해 강맹한 태극소염장이 날아갔다.

콰콰쾅!

"우우욱!"

"으윽!"

구성에 달하는 강력한 태극소염장을 단신으로 받았으니 당연히 내상을 입을 수밖에 없었지만, 단리채빈 또한 무리하게 태극소염장을 시전해 적지 않은 내상을 입고 말았다.

"건방진 계집년!"

피를 쏟으며 비틀거리는 그녀를 향해 이마가 기회를 놓치지 않고 녹천독마장을 날렸다.

"하앗!"

단리채빈은 빠르게 날아오는 녹천독마장을 보고는 억지로 내공을 끌어올려 급히 몸을 나무 위로 솟구쳤다.

퍼퍼펑!

바닥의 흙들이 비산하며 밤공기를 더럽힐 때, 나뭇가지 위로 올라갔던 단리채빈은 신형을 돌려 어딘가로 날아갔다.

"흥! 내상을 입은 채 그렇게 도망가 봤자 얼마나 갈 수 있겠나!"

이마는 악독한 눈빛으로 멀어지는 그녀의 뒷모습을 쳐다보더니 곧장 몸을 날렸다.

"뒤따라 오시오!"

피를 게워낸 후 자리에 주저앉아 있던 일마는 품에서 내상약을 꺼내 입에 털어 넣었다. 운기요상으로 약효를 빨리 돌게 해야 했지만, 그녀가 도망가지 못하도록 하는 것이 먼저였기에 그 역시 억지로 경공을 펼쳐 몸을 날렸다.

"하아! 하아!"

산속을 미친 듯이 달리는 단리채빈의 몰골은 표현하기 힘들 정도로 엉망이었다. 머리는 산발되어 있고, 옷은 나뭇가지에 걸려 군데군데 찢겨져 있어 한마디로 광인 같아 보였다. 그녀의 안색은 창백한 가운데 입술이 검게 부르터 있어 일견 독에 중독되었음을 알 수 있었다.

구성의 태극소염장을 무리하게 시전한 이후 급격히 내공이 고갈된 상태에서 또 무리하게 경공을 시전하다 보니 당연히 내상을 입을 수밖에 없었다. 게다가 얼마 전 이마의 기습적인 공격에 당해 내상이 심각해졌을 뿐만 아니라 녹천독마장에 중독까지 되어버렸다.

육체적인 고통에 현어운이 위험하다는 심적인 고통이 더해지니, 그녀는 가슴이 터질 것만 같은 불안감을 느꼈다. 어떻게든 이들을 따돌려 현어운이 무사한지를 확인하고 싶었지만, 너무나 지쳐 버려 자신의 발은 의지와는 상관없이 아무렇게나 달려가고 있었다.

'여기서 멈추면… 저들과 다시 싸워야 해. 그럼 현 가가를 구할 수가 없어! 현 가가……'

그녀는 오로지 자신 때문에 위험해진 현어운 생각뿐이었다. 그들마저 죽는다면 상황은 달라도 자신이 위선자라는 사실이 확실해질 것만 같은 기분이었다.

'명탕산을 벗어나야 해!'

그렇게 하자면 일단 방향을 바꾸어야 했다. 이미 길을 잃어버린 상태였기 때문에 자신이 이곳까지 왔던 길을 되밟아 돌아가야 하는 것이다. 그러자면 녹면쌍마와 부딪칠 수밖에 없었다.

수풀을 헤치며 달리던 그녀는 순간 보이는 광경에 깜짝 놀라며 신형을 멈추고 말았다. 명탕산의 꽤 높은 곳까지 올라왔던 모양인지 그녀의 앞에 절벽이 나타난 것이다. 다급한 마음에 절벽의 끝으로 가 아래를 보았지만 끝이 보이질 않았다.

그녀가 다급한 마음에 다른 방향으로 가려고 몸을 날리는 순간, 그녀의 삼 장 앞에 녹면쌍마 중 하나가 나무 위에서 뛰어내려 왔다.

"……!"

“흐흐흐, 이제 다 도망간 것이냐? 독에 중독되고도 잘도 움직이는구
나.”

“하앗!”

그녀는 심맥이 끊어질 것만 같은 고통을 느꼈지만 내공을 운용하는 걸
멈추지 않고 태극소염장을 시전했다.

“헛?!”

이마는 그녀의 갑작스런 공격에 대경하며 자신도 모르게 뒤로 급히 물
러났다. 그 기회를 빌어 그녀는 다른 쪽으로 신형을 날렸다. 이들을 상대
하는 것보다 현어운의 안위가 더욱 중요했기 때문이다.

우웅—!

그때 그녀가 향하던 나무 뒤쪽의 어둠 속에서 주변을 울리는 진동음이
나더니, 흑색에 가까운 녹빛의 장력이 쏟아져 나왔다.

“……!”

단리채빈은 크게 놀라며 피하려 했지만 이미 몸을 띄운 상태라 피할
수가 없었기에, 어쩔 수 없이 자신도 장력을 시전해 상대할 수밖에 없었
다.

콰콰쾅!

“아악!”

단리채빈은 입에서 물줄기처럼 피를 쏟으며 뒤로 날아가 버렸다. 절벽
가까이에 떨어진 그녀는 억지로 일어나려고 했지만 내상이 너무나 심해
좀처럼 일어나지 못했다.

“늦게 도착했지만 그만큼의 보람은 있군. 흐흐흐!”

일마는 내상약의 효과를 보기 위해 그녀를 쫓지 않고 천천히 이마의
뒤를 따라왔던 것이다. 덕분에 내상을 얼마간 치료할 수 있었고, 이번의
격돌에서 그녀를 크게 이길 수 있었다.

“흐흐흐, 이제 맛을 볼 차례가 되었소.”

“좋지! 얼마나 기다리던 순간이더냐.”

녹면쌍마는 서로 의미심장한 눈빛을 교환하더니 두 팔에 의지해 가까스로 일어서려는 단리채빈을 향해 다가갔다.

“무제의 딸년은 맛이 어떤지 아주 궁금하구나.”

“흐흐흐흐!”

일마가 그녀의 머리카락을 쥐어 채려 했다. 억지로 몸을 일으켜 세우는 순간, 고통으로 얼굴을 찌푸리고 있던 단리채빈이 두 눈을 번쩍 뜨더니 일마를 향해 양손을 내질렀다.

“조심하시오!”

“으아악!”

“이런, 개 같은 년이!”

“아악—!”

그녀의 진력을 다 짜낸 마지막 일격에 일마가 피를 쏟으며 나뒹굴자 이마는 분노의 외침을 터뜨리며 자리에 쓰러지려는 단리채빈을 향해 강력한 일장을 시전했다. 강맹한 위력의 장력에 적중되어 하늘 높이 솟아오른 그녀는 끊어진 연실처럼 멀리 날아가더니 절벽 아래로 떨어지고 말았다.

절벽 아래로 떨어지는 것을 안 단리채빈은 전신에 이유를 알 수 없는 소름이 돋는 것을 느꼈다. 거센 바람이 뼛속까지 파고들어 오는 것인지 차갑기 그지없었다.

‘미안해요……’

눈물인지 핏물인지 모를 것이 휘날리며 그녀는 서늘한 달빛에 휘감긴 채 절벽 아래로 떨어져 내려갔다.

지독한 고통이 전신에서 울부짖고, 속에서는 단장으로 인한 고통이 전신을 저민다. 정신마저 희미해진다.

"젠장! 괜찮소?"

이마는 자신이 가지고 있던 내상약을 꺼내 그의 입속에 집어넣었다.

"제기랄··· 그년이 끝까지··· 속을 썩일 줄이야······."

단리채빈이 어지간히 지쳐 있었던지 죽을 정도의 내상을 입지는 않은 모양이었다. 곧바로 운기요상에 들어가는 것을 확인한 이마는 절벽가로 가 아래를 내려다보았다.

"죽었는지 확실히 확인해야 하거늘, 절벽으로 떨어지다니!"

그 정도의 심한 내상에 중독까지 된 데다, 마지막으로 녹천독마장을 정통으로 맞았으니 죽었을 것이라 애써 생각하며 운기요상하는 일마를 쳐다보았다. 그의 얼굴에는 그녀의 육체를 탐하지 못했다는 아쉬움이 진득하게 묻어나 있었다. 슬프고도 잔인한 밤이었다.

"뭐라고?"

군동의 입에서 대뜸 반말이 나오자 사내의 얼굴이 자신도 모르게 찌푸려졌다. 이미 문 닫을 시간인지라 사람도 없었기에 사내는 교육을 시킬까 생각해 보았지만, 신임 두목의 친구이라 일단 봐주기로 했다. 전임 두목이 다시 자리를 찬탈하는 순간 너는 죽었다. 그런 생각으로 사내는 다시 한 번 공손하게 말했다.

"두목님께서 떠나시기 전에 명하시길, 세 친구 분께 마지막으로 전할 말과 건네줄 것이 있다 하여 당호관으로 데려오라 하셨습니다. 당호관으로 가면 알게 될 겁니다."

"뭐라고?"

탁자 위를 깨끗이 닦은 뒤 어느새 입구를 닫은 군동은 의자를 탁자 위에 올리는 소음 때문에 정말 소리를 못 들은 것인지 재차 물었다. 하지만 그의 표정이 기이하게 변한 것을 보지 못한 사내는 인내심을 발휘하여 다시 한 번 똑같은 말을 그대로 내뱉었다.

그런데 군동은 일부러 그러는 것인지 또다시 되물었다.

"뭐라고? 다시 한 번 더 말해 봐."

결국 사내의 인내심이 끊어져 버렸다. 초마내에게 생명의 위협까지 들먹이며 조심하라고 당부받았지만, 뒷골목에서 거칠게 살던 놈이 한 번 인내심이 끊기면 그런 것이 생각날 리가 없었다.

"이 새끼가 대우를 해주니까 꼬박꼬박 반말이네? 야, 군동, 이 시캬. 귀는 멋으로 달아났냐? 확 똥통에 처박아 돼지 우리에 던져 넣을 새끼야. 오늘 이 형님이 교육 좀 시켜줘야겠구나!"

그의 걸쭉한 욕과 무시무시한 인상에도 군동은 태연하게 의자를 올릴 뿐이었다. 조용한 객잔 안에 의자와 탁자가 부딪치는 소리가 기분을 묘하게 만들었다.

기묘한 분위기에 사내가 잠시 흠칫하였지만 애써 무시하고 그에게 성큼성큼 다가갔다.

"거기 서."

아주 단순한 의미의 한마디였지만 사내는 자신도 모르게 그 자리에 서 버렸다. 왠지 그래야 할 것 같은 느낌이 들었던 것인데, 이내 자신의 실수를 깨닫고 더욱 분노했다. 때마침 군동의 말이 그의 분노를 끊어버렸다.

"네가 한 말이 이상한 걸 모르나?"

"……?"

그가 의문을 표하자 군동은 피식 웃는다.

"유림은 성격상 절대 건네줄 것을 남에게 미루지 않는다. 그것을 잊어버리는 한이 있더라도, 건네줄 것은 반드시 자신이 건네주지. 그것이 내

가 그녀와 지내면서 알게 된 성격이다. 다른 내 두 친구는 넘어갔겠지
만… 날 너무 쉽게 봤군."

"흐흐, 머리가 제법 좋다만 이미 늦었다! 이렇게 된 이상 네놈은 내가
직접 당호관에 데려다 주지!"

그가 다시 성큼성큼 다가가 군동의 멱살을 잡으려는 찰나, 사내의 뒤
에서 누군가의 목소리가 들려왔다.

"이 시간에 웬 손님이지?"

여인의 목소리에는 나른함이 담겨 있었다. 하지만 그 속에 담긴 묘한
광기를 느낀다면 결코 황홀해할 수 없으리라.

여인의 목소리에 사내는 자신도 모르게 움직임을 멈추고 고개를 뒤로
돌렸다.

"헉!"

회색 빛 머리가 유난히 특징적인 그녀는 기묘한 미소를 지으며 사내를
바라보고 있었다. 마치 먹이를 눈앞에 둔 것마냥 기쁨과 포악함이 동시
에 서려 있는 눈빛이었지만, 사내는 그녀의 매력에 눈이 멀어 알아차리
지 못했다. 그녀의 가슴이 반쯤 드러나 보이는 선정적인 옷차림에 정신
을 놓은 모습이었다.

"호호호, 이년은 또 누구지?"

그가 기척도 느끼지 못한 사이 나타났다는 생각은 전혀 하지 못하는
그였다. 이미 그녀의 미색과 옷차림에 넋을 빼앗겨 그녀에게로 다가가는
중이었지만 그것도 얼마 가지 못했다.

"커헉!"

갑자기 군동이 사내의 뒷목을 강하게 움켜잡았기 때문이다. 그와 동시
에 객잔 안은 구역질이 날 정도로 지독한 냄새가 퍼져 나가기 시작했고,
그의 손은 짙은 회색 빛을 띠기 시작했다.

“끅… 꺼윽!”

“누가 시킨 일이고, 무엇 때문인 것이지? 난 내 친구들과는 다른 성격을 가지고 있음을 알아야 할 것이다.”

사내는 단지 목이 잡혔을 뿐인데, 전신이 마비되는 느낌에 정신을 차리지 못하다 그의 말에 다시 정신이 바짝 들었다. 제대로 대답하지 못하면 죽을지도 모른다는 생각이 본능처럼 떠오른 것이다.

사내는 그 즉시 자신이 아는 대로 모든 것을 말했고, 그는 안색을 굳힐 수밖에 없었다. 자신에게는 조금 늦게 왔다고 했으니 이미 사태는 모두 벌어졌을지도 모른다. 당호관과 현어운, 호보 모두 끝이 났을 가능성이 높다. 군동은 발로 거칠게 사내의 발을 걸어찼다.

“크악!”

다리가 엿가락처럼 휘며 바닥에 쓰러졌다.

군동은 아무 말 없이 여인을 바라보았다. 짙은 회색 빛의 색기 짙은 옷이 머리와 조화를 이루어 언뜻 보면 이루 말할 수 없이 화려했다. 하지만 군동에게는 간혹 그 모습이 섬뜩하게 보일 때가 있었다.

그녀는 자신을 바라보는 군동에게 어깨를 으쓱이며 말했다.

“흔적만 남기지 않으면 된다. 흔적을 남기지 않을 자신이 없으면 아예 나서지 마라. 우리는 아무것도 남기지 않는 잿빛의 존재들이니까. 만약 남겼다가는…….”

“쓸데없는 소리 할 필요 없어. 내가 알아서 할 테니 넌 허락만 하면 되는 거야.”

“우리는 오래된 시체만 사용함을 기억해라. 쓸데없는 짓으로 흔적을 남기지 말고.”

“…….”

객점을 나선 군동은 어둠 속에서 무서운 빛을 발했다. 이미 평소와는 너무나 다른 모습을 보이고 있는 그였다.

'무슨 일이 생긴다면 결코 가만두지 않겠다. 기다려라, 모두!'

그의 신형은 순식간에 자리에서 사라졌다.

"너는 흑정의 끄나풀이니 없어져도 사람들은 모르겠지? 이곳에서 직접 시체를 만드는 것도 한번 해볼 만한 일이지. 일반 시체보다는 효과가 떨어지겠지만."

비릿한 미소와 함께 사내를 바라보는 그녀의 눈은 광기로 번들거리고 있었다. 곧 단말마의 비명이 객잔 안을 울렸다.

당호관에 도착한 군동은 기운을 느끼기 위해 최대한 감각을 열어놓았다. 일단 아무런 기척도 느껴지지 않자 가슴이 무거웠다.

'당호정 쪽으로 가보자. 그곳으로 사람이 모일 가능성이 가장 높으니까.'

비조처럼 담을 뛰어넘은 군동은 건물 위로 순식간에 솟아올랐고, 건물과 건물 사이를 뛰어넘어 얼마 걸리지 않아 당호정이 보이는 건물 위까지 도착했다. 그때 장내에는 그가 상상하지도 못한 일이 벌어지고 있었다.

전웅이 전신에 피를 쏟으며 주저앉아 있었고, 그런 그를 향해 한 무림인이 낫을 들고 뛰어가는 중이었다. 그런데 옆에서 구경하던 호보가 뭐라 욕을 하더니 젖 먹던 힘을 다하여 무림인을 향해 달려가는 것이었다.

"안 돼!"

그가 몸을 채 날리기도 전에 호보의 사지가 상대의 낫에 잘려 허공으로 치솟았다. 세상이 느려진 것마냥 군동의 눈에 호보의 모습이 천천히 바닥으로 허물어지고 있었다. 푸줏간의 고깃덩이 마냥 처참하게 변해버린 호보의 몸뚱이에서 흘러나오는 피가 참상의 결과를 보여주었다.

"아아아악—!"

바닥을 허우적거리는 호보의 눈빛은 이미 죽은 자의 눈이 되어가고 있었다. 피가 급속도로 소실되면서 오는 충격으로 정신이 흐릿해지는 현상이었다. 그가 사지를 자른 것도 모자라 호보의 목까지 취하려 하자 군동은 더 이상 가만히 지켜보고 있지만은 않았다.

"멈춰! 멈춰—!"

군동의 신형이 섬전같이 겸성무를 향해 다가갔다. 그의 양손은 회색빛 운무가 넘실거리며 완전한 파괴를 원하고 있었다.

겸성무는 의외의 인물이 등장하자 인상을 찌푸리며 낫의 방향을 바꿔 군동을 향해 겸막천지(鎌膜天地)의 수법으로 공격을 막으려 했다. 아직도 큰 움직임을 낼 기력이 있는 것을 보면 겸성무의 무공이 대단한 경지임은 분명하다.

겸막천지로 인해 겸강이 막을 이루었지만 군동은 두 눈을 회색 빛으로 불태우며 손을 뾰족하게 하여 앞으로 내지른다.

"회시폭암수를 쓰면 반드시 상대를 죽여. 재로 만들어서 흔적을 남기지 마라."

"아앗!"

겸막천지의 막이 허무하게 바스러진 것도 모자라 낫마저 무시무시한 경기에 박살이 났다.

"이럴 수가!"

겸성무는 기운이 채 닿기 전임에도 전신이 부서질 것만 같은 고통에 전력을 다해 뒤로 물러났다.

"끄윽!"

겨우 피했지만 자신의 왼팔에 기이한 기운이 서리기 시작하더니 한 손이 이내 재가 되어 날아갔다.

　"…이건?!"

　겸성무는 자신의 팔이 날아가는 순간 신속히 상황 판단을 마친 상태였다. 당호관의 식솔도 모두 죽었고, 관주와 단리채빈의 남편도 저 지경이니 얼마 가지 못해 죽을 것이 확실하다. 그런데 방금 나타난 사내의 무공이 결코 심상치 않은 데다, 자신의 상태가 좋지 못하니 일단 피하는 것이 상책이라 생각했다. 그리고 그의 행동은 곧바로 실행되었다. 그의 몸이 순식간에 솟아올라 건물 위로 넘어가 버린 것이다.

　군동은 이렇게 빨리 그가 물러날 줄 예상치 못했기에 당황스러움을 금치 못했다. 아직 경험이 부족하여 이렇게 쉽게 그를 놓친 것이었다. 거기다가 겸성무의 무공이 만만치 않아 순식간에 거리가 벌어졌으니 뒤쫓기가 용이하지 않았다.

　"헉!"

　그때 공교롭게도 당호정 입구에서 누군가의 단말마가 들려왔다. 급히 고개를 돌린 군동은 그가 자신이 찾고 있던 초마내임을 알고는 살기를 드러내며 분노의 외침을 울렸다.

　"초―마―내―!!"

　"으으!"

　초마내는 군동이 겸성무의 팔을 가루로 내어버리는 끔찍한 장면을 본 상태라 얼굴이 두려움으로 가득 차 있었다. 하지만 살기 위한 본능은 누구 못지않게 강한지라 몸을 돌려 곧바로 달아나기 시작했다.

　"으으… 구, 구, 군동……."

　호보의 얼굴은 몸에서 튄 피로 인해 피 범벅이었다. 얼굴에 묻은 피를 씻어 내리고 있는 호보의 고통 서린 눈물을 보자 군동은 가슴이 찢어질 듯 아파왔다.

"…죽지 마라, 호보!"

이를 꽉 물며 군동은 몸을 날렸다. 이미 도망가 버린 고수는 어쩔 수 없지만 자신의 무공을 본 초마내라도 반드시 죽여야 한다. 초마내뿐만 아니라 무림인들을 부른 당사자인 청검장도 이 세상에서 흔적도 없이 지울 것이다, 반드시!

한참을 쫓고 나서야 섬수신의는 그녀가 남긴 흔적들이 명탕산 쪽으로 향하고 있음을 알 수 있었다.

'대체 어떤 자들이 나타났단 말인가?'

그녀가 낯빛을 굳히고 자신에게 부탁을 할 정도였다는 것을 그는 다시 떠올렸다.

'늙으면 죽어야 한다더니… 그녀가 그런 말을 했을 정도였다면 위험한 자들임이 틀림없지 않은가?'

그는 안색을 굳히며 신형을 날렸다. 땅에 발 한 번 굴리는 것 없이, 말 그대로 날아가는 모습은 전설에서나 내려오던 부신약영(浮身若影)의 경공법이 아닌가 생각될 정도로 괴이하고 빨랐다. 유령처럼 몸을 공중에 띄운 채 번개처럼 날아가는 모습은 영락없는 부신약영이다.

엄청난 속도의 경공술로 명탕산 지척에 이른 그는 두 사람의 기척이 느껴져 공중에 뜬 몸을 땅에 착지하여 잰걸음을 놀렸다. 산자락에 이르자 마침 막 산에서 내려오는 듯한 두 사람을 볼 수 있었다.

두 사내, 녹면쌍마는 이 야밤에 한 노인이 인적 드문 산에 온 것을 이상하게 여기고 눈살을 찌푸렸다.

"이봐, 늙은이!"

"……."

그렇지 않아도 그냥 지나칠 생각이 없었던 섬수신의였기에 아무 말 없이 무슨 일이냐는 눈빛을 그들에게 보냈다. 그때 이마가 어제 섬수원에서 보았던 노인네임을 떠올리고는 일마에게 말했다.

"저 늙은이는 섬수원의 의원이오. 이곳에 나타난 것이 아무래도 심상치 않소."

"그러고 보니……?"

"이봐, 노친네! 이곳에 웬일이지? 감히 우리에게 그런 표정을 짓고도 살겠다는 생각을 한 건 아니겠지?"

이마의 위협에 섬수신의는 피식 웃으며 말했다.

"얼굴이 녹색을 띠는 것을 보면 아직 녹천독마장이 극에 이르지는 못한 것 같군."

"……!"

단번에 자신들의 무공을 알아차린 섬수신의에게 대경하며 그들은 경계의 빛을 띠었고, 곧 이마가 순식간에 노인의 뒤를 점하여 혹여나 있을 싸움에 유리한 형세를 만들었다. 무림에서 경험이 많은 노마두다운 행동이었다.

"너는 대체 누구지? 우리가 누구인지 아는가 본데?"

"모르지만… 너희들이 조금 전에 누구와 싸웠기에 그런 꼴을 하고 있는지 말해 주면 목숨만은 살려주마."

허허로우면서도 오만하며, 자연스러우면서도 강압적이다.

하지만 죽을 때가 된 것인지 녹면쌍마는 섬수신의의 말에 오히려 어이없어하며 비웃었다.

"노친네가 노망이 들었군. 크크크크!"

"크크크!"

"……"

섬수신의는 오연한 표정으로 정면에 서 있는 녹면쌍마를 쳐다보았다.

쫙!

"커헉!"

경쾌한 소리와 함께 녹면쌍마는 입과 코에서 피를 쏟으며 옆으로 쓰러지고 말았다. 두 사람 중 어느 누구도 섬수신의가 언제 어떻게 손을 썼는지 알 수 없을 정도로 순식간의 일이었다.

쫙!

"크악!"

뒤에 있던 녹면쌍마의 운명도 똑같았다. 너무나 어이없이 당했기에 두 사람은 아직도 자신들의 상황을 이해하지 못한 표정이었다.

"으으……!"

두 사람은 자리에서 일어나려 했지만 힘이 모이질 않았다. 두 다리의 근육이 풀린 듯 흐느적거리고, 피는 멈출 생각을 않고 계속 쏟아졌다. 더구나 내공도 모이질 않았다.

"이, 이, 이게 대체……."

"오랜만에 손을 썼는데 너무 허약하군. 뺨 한 대에 행동 불능이 되는 걸 보니 말이야."

"이, 이놈이!"

하지만 일어나지 못하는 그들에게는 그저 힘없는 발악일 뿐이었다.

"마지막 물음이다. 너희들은 누구이며, 누구와 싸운 것인지 말하거라."

"흥! 그것을 말해 줄 것 같느냐! 꺼헉!!"

쫙!

비명과 타격음이 동시에 울렸다. 대체 어떻게 손을 썼는지도 모른 채 일마가 목이 돌아가 죽어버렸다.

"혀, 형님!"

“마지막 물음이다. 질문은 방금 전과 똑같다.”

“우, 우, 우리는…… 신록희의 신록본당 채주이며, 방금 전 화천신마녀 단리… 끄윽!”

쫙!

다시 손찌검과 함께 말을 채 다하지도 못하고 목이 돌아가 죽어버렸다. 잔인한 손속이지만 섬수신의의 표정은 티끌 하나 변하지 않았다. 그러나 마음은 그리 편하지 못했다.

‘허허… 무림인은 결국 살인에서 벗어날 수 없음인가……. 파검가의 가사와 똑같지 않은가.’

하나 이내 고개를 저으며 그는 급히 산으로 올라갔다. 단리채빈과 싸워서 이들이 내려왔다는 것은 그녀의 죽음이 확실함을 말해 주었다.

‘그 여린 놈이 이 사실을 알면 얼마나 슬퍼할꼬…….’

현어운의 서러운 울음을 생각하니 자신의 가슴이 아파왔다. 그들의 발자국을 추적하는 것은 그리 어렵지 않았다. 이각 정도가 지나 그는 산 정상 가까이에 있는 명탕산의 한 절벽에 도착할 수 있었다.

무림에서 알아주는 실력자들이니만큼 강렬하고 치열한 전투였으리라. 절벽가 쪽으로 핏자국이 낭자한 것이 이를 반증했다.

‘그녀는?

그는 단리채빈의 발자국이라 여겨지는 곳으로 가 확인해 보았다. 깊은 발자국과 손자국을 보니 큰 부상으로 쓰러졌던 것이 분명했다. 그녀의 흔적 앞에 두 사람의 발자국이 찍혀 있었는데, 한 사람은 어떤 힘에 의해 뒤로 밀려난 흔적이었고, 한 사람의 발자국은 강한 내공을 운용했는지 바닥이 깊게 파여 있었다.

핏줄기가 점점이 절벽가 쪽으로 묻어 있는 것이 보이자 그는 탄식하며 결론을 내릴 수 있었다.

"기어코 절벽으로 떨어져 버렸구나!"

그는 어떻게 해야 할지 잠시 혼란스러워하였다. 절벽 아래로 떨어진 이상 금강신이 아닌 이상 살아남기란 거의 불가능에 가깝다.

"시체라도 건져야 하겠지만… 이곳은 나라도 내려가기가 힘든 곳이다……."

아니, 정확히는 망설여지는 것이리라. 자신도 이곳을 내려가려면 목숨을 걸어야 했다. 기실 단리가 여식의 시신을 건지기 위해 내려가는 것이 탐탁지 않았던 것이다.

"허허……! 마음을 열었다 생각했거늘, 이 상황에 이르러서 나 자신의 목숨을 먼저 생각하다니……. 나도 아직 덜된 것이구나!"

그는 스스로를 자책하며 하늘을 바라보았다. 두 눈에 맺힌 눈물이 그의 괴로운 심정을 대변했다.

"애초에 힘든 사랑이었음에랴… 어운아……."

현어운은 상대가 당호관 쪽으로 갔을 것이라 생각했다. 그가 상대의 흔적을 발견할 리는 없었지만, 당호관 쪽에서 전에 없던 강한 혈향이 코를 찌를 듯 풍겨왔기 때문에 본능적으로 그렇게 느낀 것이다.

불안감으로 그의 걸음이 더욱 빨라졌다. 불길한 일이 분명 벌어졌으리라 생각했지만 애써 생각을 지우고 있었다.

'제발 아무 일이 없기를……!'

입술을 잘근잘근 깨물며 잰걸음으로 당호정을 향해 가던 그는 순간 건물 모퉁이에서 누군가가 바람처럼 튀어나와 허겁지겁 어디론가 뛰어가는 것을 볼 수 있었다. 하지만 너무 순식간이라 누구인지 확인할 수 없었다.

"누구……!"

그때 또 한 사람의 인영이 마치 유령처럼 스쳐 지나갔다. 대충 앞서간

자를 뒤쫓는 식인 듯했는데, 도무지 무슨 일인지 알 수가 없었다. 다만 불안감은 예전보다 더욱 가중되었다.

'군동……?!'

언뜻 확인한 옷차림이 군동의 그것과 비슷했다. 하지만 그럴 리 없다 생각한 그는 급히 당호정으로 뛰어갔다. 혈향은 이제 극에 달해 현기증이 일어날 정도였다.

"젠장……."

눈살을 찌푸리며 안으로 들어간 현어운은 안의 장면을 본 순간 그 자리에 털썩 주저앉아 버리고 말았다.

"……."

아이가 죽었을 때보다 더욱 큰 충격을 받은 듯 그의 얼굴은 아예 사색이 되어 있었다.

"아… 아……!"

그의 두 눈에서 눈물이 흐른다. 처참한 친구의 모습, 그리고 피 범벅으로 숨을 헐떡이고 있는 전웅의 모습. 단 한 번도 생각해 본 적이 없는 광경이었다. 절대로 있어서는 안 되는 장면이었다.

"아아아아—!!"

힘이 빠져 주저앉았는데 대체 어디서 그런 힘이 나온 것일까? 쌓인 한을 풀려는 듯 현어운은 미친 듯이 비명을 지르며 울었다. 울면서도 비틀비틀 일어나 간신히 두 사람을 향해 걸어갔다.

"흑… 흑흑……!"

현어운은 아직 숨이 붙어 있는 호보의 처량한 몸뚱이를 온몸으로 껴안았다.

"호보! 호보!"

"죽… 여줘…… 제발……."

“호, 호보······.”

“고··· 통······.”

피를 너무 많이 흘려 이대로 놔두어도 살리기는 늦은 몸이었다. 아무리 섬수신의가 명의라 해도 사지를 붙이고 쏟아버린 피를 되담을 수는 없을 것이다.

“으윽! 으윽! 호보······!”

현어운은 그의 얼굴을 마구 부비며 천천히 손가락을 목 뒤의 어딘가로 가져갔다. 무림인들이 간혹 상대를 죽이기 위해 쓰는 사혈(死穴)이 있는 자리였다.

현어운은 지금 지독한 슬픔으로 자신이 무엇을 하고 있는지도 몰랐다. 그렇게 자신도 모르게 호보의 사혈을 누르자 호보는 그제야 두 눈을 스르르 감았다. 정신없이 우느라 호보의 입가에 흐리게 맺혔다 사라진 미소를 그는 보지 못했다.

그가 죽고서야 자신이 호보의 혈을 눌러 죽였다는 사실을 깨달았다. 현어운은 자신이 어떻게 사혈이란 것을 알고 있는지 놀라워하면서도, 한편으로 친구를 죽였다는 것에 충격을 받은 모습이었다.

“내, 내가··· 호, 호, 호보!!”

자신의 손으로 친구를 죽였다는 생각이 현어운의 마음을 괴롭히기 시작했다. 대체 자신이 어떻게 사혈이란 것을 기억해 내고 죽였는지 도무지 이해가 되질 않았다. 그가 자신도 모르게 한 짓이라고는 하지만 결국 상황은 변하지 않는다. 그의 성격상 평생 동안 자신이 호보를 죽였다는 생각을 안고 살아갈 것이다.

“나에게··· 와보게······.”

“···과, 관주님!”

자리에 누운 채 하늘을 보고 있는 전웅의 눈빛은 조금씩 어둠을 담아

안식을 찾아가고 있었다.

"하아… 하아… 몸이 차갑군. 하아… 모든 위험은 이제 끝이 난 것 같네. 하아… 하아……!"

"관주님! 말을 아끼세요! 섬수신의께 모시고 가면…….''

그는 전웅의 눈에서 빛나는 회광반조의 빛을 보고 입을 다물고 말았다. 그의 옛 기억에 회광반조가 무엇인지 또렷이 각인되어 있었기 때문이다.

"방금 호보의 사혈을 누르는 걸 보고 알았네. 무공은 없지만 자네는 역시 무공에 대한 지식도 있으며, 극기 훈련을 했었어. 그것이 자네가 의도한 것이든 무의식적인 것이든 말이야."

"관주님……."

"슬퍼 말게. 너무 슬퍼하는 건 죽은 자에 대한 예의가 아니야. 자네의 성격이 그렇게 하기란 힘들겠지. 하지만 인생에서 목숨이란 한 번 왔다가 가는 것. 죽음조차 인생의 하나이니 너무 슬퍼 말게."

"……."

"그리고… 헉, 헉……! 내 딸을 부탁해도… 되겠나? 강하지만 여린 데가 있는 애야……."

"알겠습니다……!"

"장풍을 익혀주겠나?"

그 말에 현어운은 눈물이 왈칵 쏟아져 내렸다.

"네… 네… 이, 익힐게요! 반드시!"

"거창한 것은 바라지 않아."

"꼭… 꼭 익히겠습니다."

"고맙네……."

그것이 끝이었다. 새로운 시대를 열어갈 고차원 무공이라고 말하며 현어운이 장풍을 익히기를 그렇게도 원하던 전웅은 그렇게 자신이 원하던 바를 이루고 죽은 것이다. 무림고수인 겸성무조차 크게 당할 정도로 뛰어난 무공을 숨기고 있었지만 부작용으로 인해 스스로 자멸한 것이었으니, 어찌 보면 참으로 안타까운 죽음이라 할 수 있었다.

"……"

현어운은 더 이상 흐느끼지 않고 가슴으로 비장한 눈물을 흘리고 있었다. 자리에서 일어나 호보의 시신을 수습하여 전웅의 옆에 놓아둔 그는 그렇게 아무 말 없이 옆에서 무릎 꿇고 앉아 그들을 기리고 있었다. 밤이 끝나려면 아직도 많이 남은 듯했다.

"아아악!! 크아아악!!"

야산으로 도망친 초마내는 결국 군동에게 잡히고 말았다. 일부러 그가 야산으로 도망치는 것을 보고만 있다가 인적이 드물어지자 곧바로 제압하여 그에게 크나큰 고통을 주고 있는 중이었다.

회시폭암수를 익히기 위해서는 오래된, 그러나 아직은 완전히 훼손되지 않은 시체들의 시기(屍氣)와 시독(屍毒)을 흡수해야 한다. 자신의 손이 초마내의 속을 마구 헤엄치고 있었지만, 시체들에게 그런 짓을 하며 들던 자책감이 지금은 전혀 느껴지지 않았다. 초마내는 죽는 것보다 더한 생생한 고통이 전신을 울리고 있었다.

"죽여줘어어어—! 아아악!!"

군동은 슬픔에 뜨거운 눈물을 흘리고 있었다. 자신의 친구인 호보가 이제는 죽었을 것이라 생각했기 때문이다. 친구의 죽음을 옆에서 지켜봐주지도 못한 채 단지 비밀을 지키기 위해 이렇게 초마내를 따라와야 했던 자신이 싫었다. 그에 대한 분노와 자책감이 이렇듯 초마내에 대한 잔인한 행위로 이어졌다.

산 사람의 속을 헤집으며 회시회혼흡정향(灰屍回魂吸精香)을 시전해도 아무런 도움이 되지 못한다. 그래도 그는 미친 듯이 헤집으며 모든 것을 잊고 싶은 듯 회시회혼흡정향의 구결을 읊었다. 하나 그의 손으로 들어오는 것은 텅 빈 허무감뿐, 진득한 악취가 풍기는 시기가 아니었다.

'미안하다, 친구! 친구야, 미안하다!'

그녀에게 선택된 이후 외롭기 그지없던 인생이었다. 아니, 그전부터도 홀로 외로웠던 인생이었다. 그런 그에게 두 사람이 나타났을 때는 인생의 즐거움을, 우정의 소중함을 알게 되었다. 기쁨과 슬픔, 분노와 질책 등 친구에게서 느낄 수 있는 모든 감정을 그들에게서 느꼈다. 그것이 행복이라 여겼는데, 그 행복의 일부가 죽었다. 그는 행복의 일부를 잃은 것이다. 다시 그만큼 외로워지리라.

"아아아악—!"

끝내 처참한 비명과 함께 초마내는 고개를 떨구고 말았다. 바닥엔 피로 범벅이 되어 있었고, 군동의 전신은 바닥 못지않게 피에 흠뻑 젖어 있었다. 마치 전신의 피를 모조리 뽑아내 버린 양 끔찍한 모습이었다. 그래도 분이 덜 풀린 듯 회시폭암수로 초마내의 시신을 재로 만들어 버렸다.

남을 해한 자의 말로는 언제나 그렇듯 처참하다. 천리를 거스르며 무공을 익히고 있는 자신도 분명 이렇게 되리라는 생각이 들었다.

"으흐흐흐흐……!"

그는 자신의 손에서 풍겨 나오는 악취를 맡지 못했다. 더러운 사람은 자신에게서 나는 악취를 맡지 못하듯 그의 손도 그런 셈인 것이다. 그렇듯 자신이 얼마나 더러워지고 있는지 알지도 못한 채 타락은 진행되고 있으리라. 그리고 그것이 극에 이르면 자신은 그 더러움을 숨긴 채 그녀와 함께 이 세상을 잿빛으로 물들이기 위해 나아가야 한다. 그것이 그녀에게 선택된 이후 걷게 될 운명이었다.

이런 더러운 운명 때문에 친구의 죽음도 지켜주지 못했으며, 이 더러움 때문에 애초부터 무공을 드러내지도 못하여 친구를 위험에 빠지는 걸 지켜볼 수밖에 없었다. 그의 울음은 그칠 줄을 몰랐다.

연곤현은 다음날 두 가지 사건으로 크게 뒤집혀 버렸다. 하나는 당호관의 모든 사람들이 사지가 잘려 처참한 죽임을 당한 사건이었다. 당일 떠난 전유림을 제외한 모두가, 심지어는 관주인 전웅도 그 참사를 피하지 못하고 죽임을 당했다.

사람들은 청검장과의 보이지 않던 알력 다툼이 결국 폭발한 것이라 생각했지만, 이내 두 번째 사건으로 충격에 빠져들었다. 바로 청검장 사람들이 하룻밤 사이에 모두가 사라진 것이다. 가구나 돈, 집 안의 물건들은 그대로 둔 채 사람들 모두가 흔적도 없이 사라져 버렸다. 어떻게 하룻밤 사이에 모두가 사라졌는지 알 수 없었지만, 사람들은 곧 청검장이 당호관에 혈사를 일으키고 모조리 야음을 틈타 도망간 것이라 여겼다.

연곤현은 무림제왕성이 관여하지 않는 곳이었기, 때문에 일단 관에서 살인 사건에 대한 해결을 해야 했다. 하지만 으레 그렇듯 대충 끝내야 자신들도, 사건을 넘겨받을 무림제왕성도 편함을 알고 있었다. 그리하여 관에서는 다섯 시진 만에 이 사건을 종결 내고 말았다.

현어운은 마을의 혼란을 예상하고 이미 호보와 전웅의 시신을 야밤에 섬수원으로 가져온 상태였다. 섬수신의조차 집에 없었지만, 그의 정신은 그것에 신경 쓸 틈이 없을 정도로 피폐해져 있었기에 그저 아무 생각 없이 무덤을 파기 시작했다.

한 시진이란 긴 시간이 지나서야 두 개의 무덤을 완성시킨 그는 무덤 앞에서 그대로 지쳐 누워 버렸다.

—그들의 죽음이 너에게는 그리 슬픔이더냐!

"……."

정신이 몽롱하다. 친구의 죽음과 지인의 죽음이 이렇게 자신에게 큰 충격일 줄은 몰랐다. 몇 년 전에도 이런 일이 있었던 것 같다, 기억하기 싫은 악몽처럼.

하나 그것은 의도적인 회피일 뿐임을 그는 스스로도 잘 알고 있었다. 그는 사실 몇 가지를 제외한 모든 것을 기억한 채 지내왔었던 것이다.

─알겠다… 너는 그들을 평생 가슴에 안고 살 놈인 것을 안다. 내가 잘못 키웠구나, 너를…….

"그만……."

현어운은 누구에게 말하는지 모를 말을 중얼거렸지만 자신이 그런 말을 했다는 걸 스스로도 모르고 있는 상태였다. 그 정도로 그의 의식은 몽롱했다.

─너는 가고 나는 죽는다. 나도 너라는 재수없는 괴질에 옮은 것 같구나.

"듣기 싫어요……."

잠이 온다. 이대로 일어나지 않았으면 좋겠다. 없어진 섬수신의도, 들어오지 않는 단리채빈도, 죽은 호보도, 보이지 않는 군동도 모두 잊을 수 있도록.

─최후의 명령이다. 너의 능력과 기억 모두를 묻고 원래의 너로 살아가라! 이 술법이라면 잊을 수 있을 게다. 하나… 모두 잊을 수 있을지는 자신할 수 없구나. 이매망량과 귀영무혼의 모든 기억은 짙은 안개 저편으로…….

"재수없어……."

눈앞에 어둠이 몰려온다.

第八章
잊혀진 기억, 이매망량

아마 난 그 수련을 통해서 희망을 발견한 것일지도 모른다. 폭풍 속으로 들어와 버린 인생을 다시 벗어나고 싶어 하는 마음이 분명 있었으리라. 그 수련을 지켜보던 초선득은 우리의 특성에 맞게 검법을 각각 다르게 가르쳐 주었다. 가장 작은 횟수로 은잠사를 끊어버린 이호에게는 중천(重天)이란 검법을, 비슷한 횟수로 은잠사를 끊은 삼호와 사호는 섬영광천(閃影狂天)이란 검법을, 거의 사천 번의 횟수로 은잠사를 끊은 오호와 육호는 환막(幻幕)이란 검법을, 가장 정확하게 오천 번에 은잠사를 끊은 나에게는 절연세운기(切鍊細運技)라는 검법을 가르쳐 준 것이다.

“…….”

차가운 빛이 얼굴을 덮치자 정신이 맑아지는 것 같다. 몸속을 돌던 기운은 따뜻하였으나 이상하게도 시원한 느낌이다. 눈을 뜨자 밝은 빛이 들어와 찌르듯 아팠다.

“이제 정신이 좀 드느냐?”

“…….”

현어운은 말없이 고개를 끄덕였다. 말을 할 힘이 없는 것은 아니지만 입을 열기가 싫었다.

“마시거라. 체력을 보해주고 허한 기를 채워줄 것이다.”

섬수신의가 건네준 탕약을 받아 마신 그는 얼마 있지 않아 머리가 더욱 맑아짐을 느꼈다.

“당호관에서 그런 일이 일어날 줄은 꿈에도 몰랐다. 어젯밤의 일은 모두에게 잊을 수 없는 악몽이더구나.”

섬수신의는 담담하게 말을 이었지만 그 속에 담긴 아픔을 지우지 못했다. 아마 단리채빈의 죽음을 아직 건네주지 못한 두려움도 담겨 있으리라.

"지독한 악몽이었어요… 정말 꿈이었나요?"

"아니, 사실이다. 호보는 죽었고, 당호관도 멸문했다. 청검문은 증발된 것처럼 모든 식솔들이 사라져 버렸다."

"……."

청검장의 사람들이 사라졌다는 말에도 그는 놀라지 않았다. 아직은 친구의 죽음에서 받은 충격이 더 컸기 때문이다.

"군동은 어떻게 됐죠……?"

"모르겠구나. 보이질 않는다. 객잔도 문을 닫은 채 열지 않아."

"빈 매… 는요?"

"……."

섬수신의의 말이 거기서 끊겼다. 현어운 그때서야 무력감을 뒤덮는 두려움을 느꼈다.

"빈 매는요?"

"……."

여전히 말이 없자 현어운은 결국 참지 못하고 자리에서 일어났다.

"빈 매는 어디 있죠? 혹시… 떠났나요? 왜 말이 없어요?!"

"죽었다."

"네? 그, 그, 그게 무슨 말이죠?"

현어운의 안색이 파리할 정도로 창백해졌다.

"어제 그녀를 죽이기 위해 신록희에서 고수가 왔다. 아마도 청검장이 신록희의 외부 조직이었나 보다. 그들은 그녀와 너를 죽이기 위해 왔고, 너는 살았지만 그녀는……."

“거짓말!”

현어운은 탕기를 거칠게 집어 던졌다.

“진실이다. 피하지 말거라.”

“거짓말 마요! 으아아아—!”

현어운은 속에서 터져 나오는 불길을 이기지 못해 자신을 덮은 담요를 미친 듯이 구기며 괴성을 질렀다.

“왜 그것이 진실이어야 되는데요! 왜! 왜!”

“……..”

현어운은 무릎을 꿇고 허리를 숙여 오열했다. 어제 너무 울어서 그런지 눈물도 제대로 나오지 않았지만 흐느낌은 주체할 수가 없다.

“왜 내게… 흑, 소중한 사람들은 다 흑, 죽는 거야……..”

“그건 너만의 생각일 뿐이다. 사람은 누구나 죽는데 단지 일찍 찾아온 것뿐이다. 넌 지금 너무 지쳤어. 계속 슬퍼하다가는 기가 빠져 건강을 크게 해칠 게다.”

“빈 매, 빈 매… 왜 날 두고 떠난 거요……..”

어제 그렇게 울었음에도 울음을 그칠 기색이 보이지 않자 섬수신의는 한숨을 쉬며 그의 수혈을 짚었다. 그를 똑바로 누인 후 밖으로 나온 그는 어두운 하늘을 바라보았다. 현어운이 정신을 잃은 지 벌써 하루하고 반나절이나 지난 상태였다.

“하늘은 무심하구나. 그렇기에 하늘이지만.”

“일어났느냐? 마시거라.”

현어운이 두 번째 정신을 차리자 섬수신의는 다시 탕약을 건네주었고, 이를 다 마신 현어운은 처연한 표정으로 자리에서 일어나 벽에 등을 기대었다.

"그날 이후로 며칠이 지났죠?"

"삼 일이 지났다."

"시간이 더디네요. 전 한 달은 지난 줄 알았거든요."

"눈 뜨고 있던 나는 일 년은 지난 것 같았다."

"……."

"오늘 아침에 군동객잔이 불타 전소되었다. 이유는 아무도 모르고, 군동은 실종된 것 같다. 생사를 알 수 없는데… 내가 가보니까 묘한 흔적이 있더구나."

"뭐죠?"

"관이 많이 있었다."

"관……."

"이유는 알 수 없지만… 아무래도 직접 불을 지른 것 같더구나. 하룻밤 사이에 순식간에 그 정도로 전소하려면 의도적이지 않고서는 불가능하다."

"……."

그의 말을 듣자 현어운은 불현듯 그날 밤 누군가를 그림자처럼 쫓던 인영이 떠올랐다. 군동의 옷과 비슷하다 생각했던 것을 상기했으나 이내 고개를 저었다. 지금은 아무 생각도 하기 싫었다.

"나의 친구는 이제 다 떠났군."

사랑하던 사람도 떠났다. 슬퍼해야 할 때를 놓치게 되니 그때만큼 슬픔이 표현되지 않았으나, 예전처럼 다시 웃으며 지낼 수 있을지는 자신할 수 없었다.

'아마 불가능하겠지.'

그가 다시 자리에 눕자 섬수신의는 걱정스러운 표정으로 말했다.

"영양도 부족한데, 누워 있다 다시 누우면 몸에 좋지 않다. 이런 때일

수록 너는 더욱 강해져야 한다."

"맞는 말입니다."

하지만 그는 그대로 잠들어 버렸다. 정신적인 충격이 컸던지 아직도 몸이 허한 모양이었다.

세 번째로 정신을 차렸을 때 현어운은 이제 정말 한 달은 족히 지났을 것이라 생각했다. 그간의 수면은 정말 죽음처럼 길고 지루했던 것이다. 온몸이 땀으로 축축했지만 몸은 무척이나 가볍고 머리는 맑았다. 이제 누가 뭐라 해도 아픈 척은 할 수 없을 정도로 몸이 건강했다.

"며칠이 지났어요?"

"하루."

"…빈 매의 시신은 어디 있나요? 제가 직접 묻어주고 염을 할 겁니다."

의외로 담담한 현어운의 모습에 섬수신의는 제법 놀란 표정을 지었다. 이렇게 쉽게 자신의 슬픈 감정을 제어할 수 있을 것이라 생각지 못했기 때문이다.

"그 아이는 명탕산의 절벽 아래로 떨어졌다."

"……."

현어운의 표정이 다시 어두워졌다. 마지막조차 지켜보지 못하고 그녀를 보내 버린 것이다. 그날 밤 선연강에서 보낸 밤이 그녀를 본 마지막이었다. 그때 그녀의 눈물과 웃음을 잊을 수가 없다.

"눈물이 나지 않네요. 언제 다시 눈물을 흘릴 수 있을까요?"

"곧 흘릴 수 있을 게다. 눈물샘은 웬만해서는 마르지 않으니까."

"그렇군요."

"다시 일상으로 돌아갈 수 있겠느냐?"

"모르겠어요. 생각해 봐야죠. 그때도 그랬듯이 또 도망칠지도 몰라요.

모든 걸 넘겨 버린 채……."

"……."

무슨 소리인지는 잘 몰랐지만 굳이 묻지는 않았다. 그의 말에서 충분히 무슨 의도로 말한 것인지 알아들었기 때문이다.

"네가 일어났으니 난 내가 할 일을 잠시 해야겠구나."

"고마워요."

"행동으로 보답하거라."

군동의 안색은 매우 창백해져 있었다. 산속을 걷는 평범한 얼굴의 군동과 회색 빛 머리가 눈에 확 띄는 미녀는 어울리지 않는 일행이었다. 누가 본다면 아씨와 하인의 행차로 생각할 정도였다.

군동은 무언가 아쉬운 듯 연곤현이 있는 북동쪽으로 시선을 자꾸 돌린다.

"그렇게 당하고도 아직 정신을 차리지 못했군."

"……."

군동은 자신의 무공을 본 신록희의 고수가 도망침으로써 정체를 드러내 버리게 되는 치명적인 실수를 저질렀다. 게다가 초마내를 고문하면서 흘린 피가 너무나 많아 흔적을 완벽히 지울 수도 없었다. 더하여 청검장의 식솔을 모조리 죽임으로써 자칫 정체가 탄로날 위험도 있었다. 완벽히 재로 만들어 버렸다고는 하지만, 그렇게 많은 사람이 하루아침에 죽었으니 신록희에서는 결코 가볍게 보지 않을 것이다.

완벽을 기하기 위해 그녀는 떠나기로 했고, 망설임없이 오 년 넘게 지내던 객잔을 불태워 버렸다. 약간의 흔적이 남겠지만 웬만한 고수가 아닌 이상 그 흔적은 발견하지 못할 것이며, 설령 알아차리더라도 그땐 이미 자신들은 음지로 완벽히 숨어들어 간 상태일 것이다.

그리고 나서는 군동을 잔인하게 짓밟았다. 군동의 안색이 창백한 것은 바로 그녀로 인한 내상 때문이었다.

"시체는 세상에 널렸고 중원은 넓다. 우리 이인 문파 시귀류(屍鬼流)는 언제 다른 두 개의 류파를 압도하고, 세상을 잿빛의 재로 만들 수 있을지 까마득하군."

군동을 탓하는 눈빛이었지만 군동은 침중한 빛으로 그저 앞만 보며 걷고 있었다. 이제 또 어디서 정착을 할 것이며, 언제 회시회혼흡정향을 대성하여 극성의 회시폭암수를 얻을 수 있을까? 또다시 고난은 시작되고 자신의 고독은 지속되리라.

'내 행복의 일부가 사라진 것으로 생각했는데 아니었다. 난 모든 행복을 잃었다. 남은 건 결국 시귀류뿐이구나.'

착잡한 마음으로 자신보다 약간 앞서 있는 그녀의 뒷모습을 바라보았다. 몇 년 전 보았던 그녀였다면 분명 자신을 죽이고도 남았으리라. 하지만 이번의 실수에도 그녀는 자신을 상(傷)하게 하는 것으로 채벌을 끝냈다.

어느 정도 자신을 인정하는 것이기도 했지만, 그것 외에도 다른 의미가 있다는 것을 그는 알 수 있었다. 자신도 그녀와 비슷한 감정이었으므로. 하지만 그것은 결코 행복함이 아닌 저주였다.

'우리는 어느 순간 파멸로 향할 것이다.'

"나와 비슷한 생각을 하고 있구나?"

"……!"

언제 고개를 돌렸는지 자신을 바라보는 그녀를 보고 흠칫 놀라는 그였다.

"난 나 스스로도 나이를 모르는 노마녀, 넌 이제 갓 스물세 살 먹은 젊은이다. 그런 우리가 지금 서로에게 호감을 느끼고 있다. 오랜 세월 함께

함으로써 말이야. 난 아름답고, 넌 젊고 재능있으며 혈기가 넘치지. 너무 오래 같이 지내왔다는 것에서, 그리고 내가 선천적으로 아름다움을 타고 났다는 것에서, 그리고 내가 매우 특이한 년이라는 것에서 우린 이미 파멸로 향하고 있는 것이다."

"맞소."

변명거리가 없었다. 그녀는 늘 그렇듯 이렇게 냉혹하고 잔인하며 솔직하다. 아무것도 모르는 척하지만 실제로는 다 알고 있으며, 그러면서도 퇴폐적이고 나른한 얼굴과 눈빛으로 자신을 포함한 모두를 속인다.

"하지만 걱정 마라. 그로 인해 우리가 파멸하려면 아직 시간이 많이 남았으니까. 그때까지 넌 회시회혼흡정향을 대성하면 되는 것이고, 그렇게 되면 파멸은 또다시 연장될 것이야."

"그렇게 되길 빌어야겠군."

"운남으로 간다. 제법 긴 여행이 될 거다."

"……."

"아, 현어운이란 놈은 너무 걱정하지 마라. 결코 쉽게 죽을 녀석이 아니니까. 그놈은 귀신과 같거든."

"……?"

군동이 영문을 모르겠다는 표정을 짓자 여인은 나른한 미소와 함께 정면으로 고개를 돌렸다.

"동류는 쉽게 알아보는 법이지. 언젠가는 알게 될 것이다."

제왕패천각 안에는 항상 그렇듯 무제 단리백오와 제왕부주 막심이 자리하고 있었다. 막심은 오늘 신록희에서 공표한 단리채빈의 죽음을 그에게 알리러 온 것이다. 살아 있을 것이란 추측은 하고 있었지만 정말 신록희의 세력이 뻗치는 곳에서 지내고 있을 줄은 몰랐으며, 그들에게 쉽게 죽임을 당할 줄도 몰랐다.

그녀는 누가 뭐라 해도 무제의 딸이자 최고의 기재였고, 무황의 핏줄이었다. 무공에 대한 놀라운 자질을 지녀 젊은 나이에, 그것도 여인의 몸임에도 놀라운 경지를 이루었기에 일신의 안위는 보존할 것이라 생각했다.

'하긴 그렇게 해도 금탁이나 신록희에게 노출되어 그 정도로 오래 견뎠으면 잘한 것이다.'

막심은 무제에게 몇 가지 보고 사항을 말한 뒤 조심스럽게 그녀에 대한 이야기를 꺼내었다. 하나 무제의 반응은 냉담했다. 그녀를 죽이기 위해 신록희에 정보를 흘리고 황막현을 협박했으며, 그녀가 살아 있을 것이라 생각되었음에도 죽었다고 공표하라 했을지라도 그가 딸의 진정한 죽음에도 이렇게 태연할 줄은 몰랐다.

"신록희의 고수 둘이 죽었고, 하나는 도망갔다. 그 와중에 그녀가 절벽에서 떨어져 죽었고, 당호관과 신록희의 외부 밀정인 청검장의 식솔 모두가 죽었다. 어떤 연관이 있는가?"

"그에 대한 파악이 힘든 실정입니다. 신록희에서도 이 사건 때문에 큰 관심을 두고 있어 서로 간의 견제 때문에 쉽게 알아내기 힘듭니다. 한 가지 알아낸 사실로는 신녀께서 연곤현의 한 사내와 결혼을 했다는 이야기가 있는데, 남편 되는 자 역시 당호관에서 죽었다고 합니다. 이 정보는 일을 시행한 신록희에서 빼내온 사실이기 때문에 아마 확실할 것이라 생각됩니다."

"결혼?"

그는 다른 이야기보다 그녀가 결혼했다는 사실에 조금 놀란 표정을 지었지만, 이내 원래의 신색으로 돌아왔다. 결혼을 했든 아이를 낳았든 이제는 상관없는 일이다. 당사자도 죽었고, 남편 되는 자도 죽었으니 이미 그의 관심 밖이었던 것이다.

"이번 사건에 대해 종결을 내어라. 다만 연곤현이 본성의 영향에 들어올 수 있도록 조치를 취하라."

"존명."

"그녀의 죽음은 후에 신록희를 공격할 명분을 만들어줄 것이다. 그녀에 대한 평판은 일반 무사들 사이에서는 좋은 편이니, 그들의 사기를 고취시킬 수만 있다면 신록희와의 전쟁에서 승리의 밑거름이 될 수 있을 것이다."

"존명."

그는 딸의 죽음마저 그런 식으로 이용하였다. 어떤 면으로는 전대의 무황보다 더욱 냉혹한 점이 있을 정도로 냉혈한이 아닐 수 없었다.

"전에 이야기했던 여의대(如意隊)에 대한 건?"

"네, 지금 동주와 함께 구상을 짜고 있는 중입니다. 명천성주도 참가했으니 장기 계획은 차질없이 실행될 것입니다."

"충분한 시간을 들여도 좋으니 완벽을 기하라. 그리고 구조대의 여의대로의 재편을 허락한다고 알려라."

"존명!"

이제 장기적인 계획이 시작된다. 여의대의 탄생으로 무제가 그간 바라던 것들은 하나씩 이루어지기 시작할 것이다. 그것이 언제가 되든 상관은 없다. 결국 승리는 무림제왕성이 될 것이고, 무림은 다시 무황 때처럼 절대 권력의 시대로 돌아갈 것이다.

"요즘 바쁘시더군요. 뭘 하세요?"

"알 필요 없다. 너는 요즘 방 안에서 대체 뭘 하고 있느냐?"

"초섬유성수를 수련하고 있는데 생각만큼 잘 안 되더군요."

악몽의 밤 이후 육 일이 지났다. 시간은 약이라지만, 겨우 오 일이 지났을 뿐인데 마치 모든 일이 옛일인 양 지워지려 한다. 그것이 너무나 싫은 현어운은 친구의 죽음을, 아내의 죽음을 가슴 깊이 묻고 또 묻었다. 그렇게 하여 자신에게 상처가 되어도 상관없다는 듯.

"머리와 마음이 어지러울 때는 수련이 될 리가 없으니 그만 하거라. 차라리 나무를 베든지, 목수 일을 다시 하든지 해라."

최대의 고객이었던 당호관이 망한 이상 목수 일이 잘될지는 의문이지만.

"나무꾼 일이 좋겠네요. 잊고 있었어요."

현어운은 어설프게 미소 지으며 자신의 기억력을 자책했다. 나무를 베는 일만큼 그에게 있어서 만사를 잊을 수 있는 일도 없지 않았던가?

오랜만에 보는 미소에 섬수신의도 같이 웃었다. 조금은 나아진 기분으로 섬수신의는 섬수원 밖을 나갔고, 현어운은 그간 사용하지 않았던 지게와 도끼를 들었다.

항상 나무를 베던 산으로 가 도끼를 들어 나무 밑둥을 찍었다. 손에 착 감기는 맛을 느끼며 자신에게 가장 잘 맞는 일은 이것일지도 모른다는 생각이 들었다.

수십 번을 찍자 나무는 오랜 세월의 인고를 바닥내고 결국 비명을 지르며 기운다.

"넘―어―간―다―!!"

의도적으로 크게 소리를 지르자 답답하게 막힌 마음이 조금은 풀리는 것 같았다. 머리 속의 번뇌도 아주 잠깐이지만 빠져나갔다. 슬픔, 죽음, 허무, 망각… 모두가 잊고 싶은 존재다. 지금의 그에게는 과거에 기뻤던 추억조차 번뇌일 뿐이다. 그 모든 번뇌를 잊고 오직 나무만 베고 싶었다.

다른 나무를 고른 그는 이번에는 초섬유성수를 이용해 베어보겠다는 생각을 했다. 초섬유성수를 사용할 수 있게 된 이후부터 꾸준히 이용해 왔기에, 지금은 어느 정도 손에 익숙해져 있었다. 초섬유성수를 이용한 도끼질을 예전보다 오래 할 수 있다는 것도 장족의 발전이었으나 몇 번 찍다 보니 숨이 헐떡였다.

"아무래도 한동안 아팠던 것이 문제인 듯하구나. 후……."

가쁜 숨을 쉬며 간신히 자리에서 일어난 그는 다시 정신을 집중하여 초섬유성수의 구결을 떠올렸다. 아직 사일체를 할 수가 없었기에 분명 도끼질에는 한계가 있었다. 기껏 해봐야 체력으로 밀어붙이는 것뿐이다. 그래도 그는 지금 정신을 집중할 무엇이 필요했다. 그래서 나무를 베러 온 것이고, 초섬유성수에 정신을 집중하는 것이다.

예전에는 윤택한 인생을 위해 배웠지만, 지금은 잊기 위해 정신을 한 곳에 집중시키기 위한 방편으로 초섬유성수를 익히려 하고 있었다. 한동 안은 아픔을 잊을 수 있을지도 모른다는 생각에 미안하면서도 한편으로 는 다행이었다.

그의 도끼질이 다시 시작된다.

섬수신의의 흰 보자기 안에는 길이를 헤아릴 수 없는 밧줄과 각종 외 상약, 그리고 내상약이 가루와 환단으로 만들어져 들어 있었다. 상처를 봉합하기 위한 집도 기구도 있었으며, 백면과 배합산도 충분히 준비해 놓은 상태였다. 안에는 이렇듯 심상치 않은 물건들이 들어 있었지만 현 어운이 그것을 알 리가 없었다.

현어운이 음식상을 가지고 안으로 들어오자 보자기를 뒤로 밀어놓고 아무 일 없다는 듯 밥을 먹기 시작했다.

"저건 뭐예요?"

"잠시 할 일이 있는데, 그때 필요한 물건들이다."

“봐도 돼요?”

“안 돼.”

“……”

약간 어색한 분위기에서 두 사람은 밥을 계속 먹었다. 그날 이후 두 사람은 싸우지도, 그렇다고 서로 잘 웃지도 않았다. 언제 원래대로 돌아올 수 있을지는 둘 모두 자신하지 못했다.

“저기, 천기입용 지기입백… 가능한 일인가요?”

“된다. 되니까 내가 사용하지. 다만 어려운 일인 건 분명하다. 그것을 나의 사부는 자연과의 합일이라 불렀는데, 어느 정도는 맞는 말이다. 사실 네가 사일체를 이루기 위해 가장 어려운 첫 번째 난관이 바로 그 구결일 게다. 또 다른 난관이 있기는 하지만 그 구결만큼 중요한 것도 없다. 만약 자연과의 합일을 완벽히 이룰 수만 있다면, 너의 손을 볼 수 있는 사람은 아무도 없을 게다.”

“……!”

“하지만 자연과의 합일이 아무나 하는 줄 아느냐? 나도 완벽하지 못해. 초섬유성수는 자연과의 합일 중에서도 가장 기초적인 것을 이용하는 것뿐이다. 완벽히 합일을 이룬다는 것은 이미 초섬유성수의 개념을 벗어나 신선이라고 할 수 있지 않을까 하는 게 나의 견해다.”

“자연과의 합일이 뭐 어려운 일인가요? 그까짓 것……”

농담이 튀어나오려는 걸 그는 억지로 눌러 버렸다. 이야기가 길어지니 다시 헛소리가 나오려는 모양이다.

“일단 해보도록 하자.”

“네?”

“가장 중요한 구결이다. 이 구결을 어떻게 받아들이느냐에 따라 무공에 큰 차이가 나게 된다. 나의 사문은 이 구결로 인해 당대에 엄청난 분란이 일어나고 말았다. 강제로 자연과의 합일을 이끌어내느냐, 아니면 자연스러운 방법으로 합일을 이끌어내느냐 하는 말장난 때문에 그런 일이 벌어진 것은 정말 우스운 일이다. 하지만 그 당시에는 인생의 모든 것을 걸 만큼 중요한 일이었지. 그런 만큼 직접 체험해 보는 것이 중요하다. 일단 넌 나에게서 배우니 다른 생각은 말고 나의 방식대로 익히거라."

"네."

"가부좌하고 앉고… 운기토납법의 형태로 자세를 하되 마음가짐을 달리하여라. 이곳 백회혈과 이곳 용천혈을 열어 천지의 기운을 받아들인다 생각하고 의식을 집중해라. 이것은 사실 매우 힘든 수련법으로, 운기토납법보다 천 배는 어렵다. 오로지 의념만으로 실체를 이루어야 하는데, 천지의 기운을 몸속으로 받아들여 초섬유성수의 내공 운용에 사용한다는 것은 실로 어려운 일이다. 설마 느껴지는 건 아니겠지?"

"네. 열린다고 생각했는데 열리는 느낌도 안 들어요."

"그건 원래 느낌이 없다. 잘 기억하거라. 일기립 사기섬체여망 천기입백 지기입용. 전에 내가 너의 몸에 내기를 불어넣어 초섬유성수 내공 운용의 일부를 느끼게 해주었는데, 물론 기억하지 못하겠지. 일단 몸속의 내공을 사기로 나누는 것부터가 지극히 어려운 일이지만 불가능한 것은 아니다. 만약 네 개의 기로 나눈 다음 몸 전체로 내공이 퍼지도록 놔두는데, 여기서 필요한 것이 천지의 기운이다. 천지의 기운으로 이 희미한 기운들이 죽지 않도록 끝까지 잡아두어야 한다. 사기이기(四氣二氣) 십이지류(十二之流) 포체여섬(布體如閃). 네 개로 나눈 내공은 몸 전체로 퍼뜨리지만 본체가 있다. 그것과 천지의 실체화된 이기를 각각 두 개씩 나누어야 한다. 이 부분이 자연의 기를 느끼고 받아들이는 것만큼이나 어려운 일이다. 불가능은 아니지만 불가능에 가까운 것이지."

그는 잠시 호흡을 고른 뒤 다시 말을 이었다.

"오늘 설명해 주는 것은 사일체를 이루기 위해 실질적으로 내공을 운용하는 것에 대한 자세한 설명이니 결코 잊어서는 안 된다. 이해가 되지 않겠지만… 최대한 기억하도록 해라. 그리고 이 설명은 이번으로 끝이다. 결코 다시 해주는 일은 없을 게다."

"……."

"무슨 생각을 하길래 답이 없느냐?"

"어… 뭐라 형용하기 힘든 무언가가 머리랑 다리에 들어오는 것 같아요. 어… 풀렸다."

그는 두 눈을 뜨고 다시 말했다.

"방금 전에 마치 어디론가 빨려 들어갈 것만 같은 느낌을 받았어요. 머리랑 다리에 무언가가 들어오는가 싶더니……."

"됐다. 그게 바로 자연과의 합일을 위한 시발점이다."

섬수신의는 더 이상 놀라지 않았다. 놀랄 기분도 아니었거니와 현어운의 몸 상태라든지, 기척이 없는 것이라든지 등으로 인해 평범한 신체는 아닐 것이라 은연중에 생각했기 때문이다.

"그 느낌을 잊지 말고 평생 수련을 하면 좋은 결과를 얻을 수 있을 것이다. 그리고 지금은 내 설명을 듣거라. 포체여섬과 십이기(十二氣)은집단(隱集丹). 열두 개의 기운은 섬광처럼 몸 전체에 퍼졌다가 들어올 때는 부드럽고 은밀하게 단전으로 모아야 된다. 여기서 여타 내공 운용법과 크게 다른 점이 나타난다. 그것이 무엇인지는 굳이 알 필요가 없으니… 연입천백지용(聯入天百地湧). 일련의 모든 내공 운용법은 처음부터 끝까지 천지의 기운이 백회혈과 용천혈을 통해 들어와 실체화된 다음, 모든 내공의 운용에 지탱이 되어야 한다. 이 모든 게 네가 천지의 기운을 받아들여 실체화할 수 있다는 전제 하에 이룰 수 있는 것이지. 즉, 천기입용

지기입백이 조금이라도 되지 않으면 초섬유성수의 사일체는 결코 이룰
수 없는 것이다."

"잠깐만요. 너무 어려워서 기억은커녕 이해도 힘들어요."

"그때는 이해는커녕 기억도 어려워요라고 말하는 것이다. 이해도, 기
억도 어렵다면 그것은 아쉽지만 너와 나의 무공에 대한 연이 그것이 다
라는 게다. 받아들이는 것은 너이니 모든 건 너의 몫이다."

오늘따라 매우 냉정한 섬수신의였다. 그는 현어운이 듣든지 말든지 이
미 한 번 터진 가르침을 모조리 쏟아 부을 심산인 모양이었다.

"섬즉시(閃卽始) 섬즉종(閃卽終). 섬은 곧 시작이고 섬은 곧 끝이다.
이 모든 일련의 운용은 하나의 말 섬, 섬으로 이해해야 하고 섬광처럼 이
루어져야 할 것이다. 출발도 섬이고, 네 몸으로 통해 나타나는 결과도 섬
이다. 네가 이것을 어느 정도 이해하고 있었기에 삼일체를 이룰 수 있었
으리라 본다. 하지만 완전히 이해하기란 요원한 일이다. 마지막 구결과
함께 이 구결은 마치 중들의 화두처럼 어렵고 애매모호하다."

"……."

일단 먼저 질문했고, 오늘따라 섬수신의의 분위기도 이상했다. 자신의
기분도 불평하거나 심드렁할 그런 건 아니었기에 그는 기를 쓰고 듣고
기억하고 이해하려 했다.

물론 어려운 일일 수밖에 없었다. 지금 섬수신의가 말하는 것은 그가
평생을 통해 익히고 이룬 심득이었기 때문이다.

"시종여일(始終如一) 섬여일(閃如一) 일종무종(一終無終). 앞의 것과
이으면 섬의 시작과 끝은 결국 하나이니 진기 또한 섬이라. 여기까지는
네가 수련을 부단히 한다면 혹여나 이해할 수 있을 것이다. 하지만 마지
막 일종무종, 결국 하나의 끝이나 무종하다. 이 부분은 평생 가도 이해하
지 못할 수도 있다. 사문의 역사상 어느 누구도 초섬유성수를 대성한 자

는 없다. 일종무종 때문이다. 나 또한 일종무종에 막혀 있는 상태이지."

"하아······."

현어운은 자신도 모르게 한숨을 내쉬었다. 막상 열심히 배우려니 지극히 어려웠기 때문이다.

"···초섬유성수를 열심히 수련하거라. 모든 걸 잊을 수 있는 길이기도 하지만 열심히 하다 보면 너 자신에게도 아주 유용한 무공이 될 것이다."

"네."

"밥은 제때에 먹을 수 있겠느냐? 너에게 공짜로 밥을 주던 녀석이 없어져서 걱정되는구나."

"돈이 있잖아요. 전 없지만 노인네 돈 많잖아요."

"······."

섬수신의는 피식 웃으며 품에서 작은 주머니를 꺼내었다. 소리가 아무래도 은자 같다.

"은자 백 냥이다."

"헉!"

"두고두고 쓰거라. 선물이라 생각해."

그에게서 대뜸 주머니를 받고 나니 뭔가 이상한 생각이 들었다.

"그런데 이상하네요. 왜 이런 걸 저한테 주죠? 선물이라고 한다면 할 말은 없지만··· 이거 왠지 영영 떠나는 사람 같잖아요."

"헛소리."

아침 식사 후 섬수신의는 볼일 때문에 나간다 했고, 현어운은 은자 백 냥 때문에 조금은 상쾌한 마음으로 나무를 베러 산으로 갔다.

하루종일 나무를 베고 다듬고 하기 때문에 하루에 다섯 그루 정도는 장작용이나 목재용으로 만들 수 있었다. 그것을 아직 팔지는 않았지만 섬수원에 쌓여 있는 나무를 보건대 아무래도 팔아야 할 듯했다.

오늘도 네 그루를 베고 다듬으면서 초섬유성수를 연마한 그는 저녁이 되어 초췌한 모습으로 집에 돌아왔다.

"없네?"

항상 집에 붙어 있던 그가 보이지 않자 잠시 의아해했지만 한두 살 먹은 어린애가 아니니 신경 쓸 필요가 없었다. 저녁을 해먹고 빈둥거리며 시간을 보내니 어느덧 자시가 되었다.

"뭐야? 오늘 집에 들어오지 않을 거면 진작 말을 하던가 하지."

아무래도 내일 올 모양 같아 현어운은 먼저 잠자리에 들었다.

다음날 정오가 될 때까지 집에 있었지만 섬수신의는 집으로 돌아올 생각을 하지 않았다. 슬슬 걱정이 되었지만 설마 별일있겠나 싶어 이내 걱정을 지워 버리고 나무를 하러 갔다. 모든 걸 잊기 위해서는 나무 베는 일이 재격이었다.

초섬유성수를 이용해 삼일체로 한 그루의 나무를 베고 다듬고 자르는 일까지 하면 온몸이 물을 먹은 듯 힘이 빠져 잡념이 사라졌다. 쉬면서 체력을 회복했다가 다시 나무 베는 일을 반복하다 보면 어느새 해는 떨어져 집에 돌아갈 시간이 되었다.

돈은 백 냥이나 받았으니 일 년은 먹고살 수 있을 것이다. 그러므로 한동안은 아픔을 잊기 위해 나무꾼 일에 전념할 생각이었다.

앞으로의 일을 생각하며 집으로 돌아오니 역시 방 안의 불은 꺼져 있었다.

"……."

방 안으로 들어가 등잔에 불을 켜니 쓸쓸함이 몰려왔다. 불현듯 오 년 전 한없이 슬프고 외롭던 그때가 바로 지금인 것 같아서 두려움이 들이닥쳤다.

"내일은 오겠지."

밥 생각도 나지 않고 씻기도 귀찮아 그냥 자리에 누워버렸다. 어서 내일이 오길 바라는 마음이 내심 있는 모양이다.

—일기립(一氣立) 사기섬체여망(四氣閃體如網) 천기입백(天氣入百) 지기입용(地氣入湧) 사기이기(四氣二氣) 십이지류(十二之流) 포체여섬(布體如閃) 십이기(十二氣) 은집단 (隱集丹) 연입천백지용(聯入天百地湧) 섬즉시(閃卽始) 섬즉종(閃卽終) 시종여일 섬여일(始終如一) 일종무종(閃如一一終無終).

하나의 기가 일어나 네 개의 기가 되어 망처럼 몸에 빠르게 퍼진다. 하늘의 기는 백회혈로, 땅의 기는 용천혈로 들어와 네 개의 기와 두 개의 기는 종내 십이지류를 이루어 몸 전체로 퍼진다. 섬광처럼 퍼지는 기는 은밀하게 단전으로 모여들고, 계속하여 하늘의 기가 백회혈로, 땅의 기가 용천혈로 들어온다. 섬은 곧 시작이고, 섬은 곧 끝이다. 시작과 끝이 하나이니 진기 또한 그러하다. 종내는 하나의 끝이나 무종하다.

현어운은 자신이 벨 나무 앞에 가부좌하고 앉아 이제는 자다가 벌떡 일어나도 외울 수 있는 초섬유성수의 구결을 다시 한 번 음미했다. 섬수신의가 구결을 대부분 해석해 주었지만 아직도 이해되지 않는 부분이 있었고, 물론 내공을 이용해 구결대로 운용하는 것도 요원한 일이었다. 그마나 섬수신의가 경악했던 것처럼 삼일체가 되는 것만으로도 대단한 일이었다. 물론 자연과의 합일이 일부나마 된다는 사실도 섬수신의가 평소의 정신 상태에서 알았다면 기절초풍했을 일이다.

그가 이렇듯 진지하게 가부좌하여 구결을 떠올리는 이유는 다름 아닌 실제로 내공을 운용해 보기 위함이었다.

섬수신의가 집으로 돌아오지 않은 지 어언 한 달. 그간 현어운은 나무를 베고 베고 또 베었다. 하도 베어 이제는 벨 나무가 그다지 보이지 않자 그나마 가까운 명탕산으로 자리를 옮긴 상태였다.

명탕산은 가깝다고는 하나 걸어서 반 시진은 족히 걸어야 하기 때문에 간혹 집에 들어오지 않는 날도 있었다.

그럴 때는 밤늦도록 나무를 베고 다듬고 장작을 패는 일을 반복했다. 이제는 나무를 팔아 돈 벌겠다는 생각을 잊은 지 오래였다. 오직 나무를 베며 잡념을 잊고, 초섬유성수를 이용해 나무를 베는 그루 수를 늘리는 일만 생각했다. 그렇게 한 달이 지나자 이제는 두 그루 정도는 쉼없이 벨 수 있게 되었다, 그것도 아주 빠른 속도로.

그러다 오늘은 문득 사일체를 이루어 초섬유성수를 사용해 보고 싶은 마음이 들었다. 내공을 운용하여 구결대로 해야 하는데, 한 번도 해본 적이 없기 때문에 불안한 마음뿐이었다. 물론 섬수신의가 자신의 몸속으로 내공을 집어넣어 초섬유성수의 내공 운용대로 내공을 퍼뜨림으로써 느낌을 받으라고 가르침을 준 적이 있었다. 하지만 워낙 욕을 먹으면서 했었기에 느낌이 제대로 떠오르지 않아 만약 그 느낌을 믿고 했다가는 어떻게 될지 불안하기만 했다.

"내공을 일으킬 수는 있지만 구결대로 운용이 될지는 미지수구나."

일기립 사기섬체여망. 하나의 기가 일어나 네 개의 기가 되어 망처럼 몸에 빠르게 퍼진다.

이 말은 한줄기의 내공을 일으켜 네 줄기의 내공으로 분산시킨 다음, 몸 전체에 퍼지도록 하라는 이야기였다. 그는 이런 내공 운용법을 해본 적이 없다. 다만 초섬유성수에서 가장 중요한 구결이자 해석하는 것에 따라 달라질 수 있는 '천기입백 지기입용'에 대해서는 마지막으로 자신에게 가르침을 준 날 실제로 체험을 했기에, 앞부분만 어떻게 한다면 자연스럽게 진도가 나갈 수 있을 것 같았다.

하나 처음 부분부터 어려운 것은 분명했고, 난감하기 그지없었다. 더 구나 지금은 옛날과 같이 지켜보며 도와주는 사람도 없었기에, 혼자서 해야 한다는 사실에 주화입마의 두려움이 은근히 있었다.

"이 술법이라면 잊을 수 있을 게다. 하나… 모두 잊을 수 있을지는 자신할 수 없구나. 이매망량과 귀영무흔의 모든 기억은 안개 저편으로……."

불현듯 그때의 기억이 다시 떠오른다. 정말로 하기 싫은 기억인데 다 시 떠오르는 것을 보면 기억나지 않는 그것, 이매망량이 아쉽긴 아쉬운 모양이다.

그는 원래 초섬유성수로 윤택한 인생을 살기 위해 배우기 시작했었다. 결코 과시욕이나 명예, 또는 사람을 죽이기 위해 익힌 것이 아니었다. 그 에게 적어도 무공은 그러해야 했다. 그리고 깊이 익힐 생각도 없었다.

그런데 지금은 조금씩 그러한 본연의 생각과는 멀어지고 있었다. 전웅 에게 장풍을 익히기로 약속한 데다, 소중한 사람들이 모두 떠난 지금 그 는 철저히 혼자였다. 홀로 지내는 지금의 그는 무엇이라도 하고 싶은 심 정이었고, 관심을 가지고 할 수 있는 것이라고는 초섬유성수뿐이었기에 이렇듯 매진하고 있었다.

'일단 네 개로 나누어보자.'

마음을 가라앉히고 호흡했다. 단전이 뜨거워지면서 섬수신의가 말하 는 소위 '형용하기 힘든 따뜻한 무엇'인 내기가 솟아올랐고, 그는 예전 에 받았던 느낌대로 기운을 네 개로 나눈다고 생각해 보았다.

하지만 당연히 될 리가 없었다. 그래도 얼마나 열심인지 관자놀이와 목줄기에서 땀방울이 흘러내릴 정도였다. 결국 점점 얼굴이 빨개지자 그 는 본능적으로 위험함을 느끼고 기운을 가라앉혀 버렸다.

“푸하―!”

그는 그럼 그렇지라는 표정으로 자리에서 일어났다.

‘내 주제에 사일체는 무슨…….’

그렇게 스스로를 비하하며 다시 도끼를 들었다. 무언가 기억이 날 듯 말 듯한 것이 있는데, 그것만 있으면 모든 게 봇물 터지듯 잘될 것 같은데 아리송하다. 하지만 안 되니 일단 나무라도 벨 작정이었다.

이렇게 보면 근성없는 녀석임은 분명했다.

“서, 성공했다!”

일주일만의 일이었다. 그날 이후 하루에 두 시진 정도는 앉아 있는 놀라운 기염을 발휘하며 단전의 기운을 네 개로 나누기 위해 의식을 집중하는 수련을 했고, 마침내 네 개로 나누는 기현상을 이루는 데 성공했다. 자신의 진도가 빠른지 느린지에 대해서는 결코 생각지 않았다. 다만 이루었다는 사실만이 중요했다.

잠시 나무를 끌어안고 좋아하던 그는 그렇게 자신도 모르게 아픔을 잊어가고 있었다.

“그럼 섬체여망, 섬체여망, 섬체여망이라…….”

그가 알고 있을지는 모르지만 섬체여망이라 해도 혈도를 따라 흐르지 않으면 그것은 내공 운용이 아니다. 그런데 막연히 그물처럼 몸 전체에 퍼진다고 했으니, 그냥 내공을 몸 전체에 흩어지게 한다면 힘없이 사그라지는 건 분명했다.

“썩을……. 대체 뭘 기억하고 싶어 하는 것이지? 내가 모르는 건 이매망량이 아닌가?”

이상하게도 무언가가 떠오르기만 한다면 다 될 것 같은데 여전히 오리무중이다. 안개에 가려진 듯 떠오르질 않으니 답답할 따름이었다. 그래도 일단 네 개로 나누는 것까지 했으니 대충 몸 전체로 흩어보기로 했다.

가부좌하여 내공을 일으키고 힘들지만 네 개로 나누었다. 그리고 몸 전체로 흩어진다고 의념을 집중했다. 혈도를 따라 흐르는 것이 아니라 그저 온몸으로 흐트러뜨려 버리는 것이다. 이것은 일각 정도가 지나자 의외로 쉽게 실행되었는데, 역시나 내공은 몸 전체로 퍼지다 곧 바람에 불이 꺼지듯 사그라졌다.

"이상하네?"

그는 고개를 갸웃거리며 다시 한 번 더 내공을 일으켜 기운을 네 개로 나누었다. 이것만 하는 데 이각의 시간이 걸렸지만 그는 지루해하거나 짜증내지 않고 철저히 집중했다. 그리고 다시 한 번 몸 전체로 퍼뜨렸지만 안타깝게도 결과는 동일했다.

"왜지? 왜 흩어지지? 아아! 뭔가를, 안개 저편의 그 무언가를 끄집어낼 수만 있다면 다 이룰 것 같은데……."

강한 아쉬움으로 답답한 마음뿐이었다. 심사숙고하던 그는 일단 천지의 기운을 받아들인다는 천기입백 지기입용을 먼저 해보기로 했다. 한 달 전에 섬수신의가 말한 것이 모두 기억나는 것은 아니었지만, 가장 중요했던 구결인 천기입백 지기입용에 대해서는 잘 기억하고 있었다.

"먼저 천지의 기운을 받아들여 몸속에서 실체화한 다음, 몸 전체로 퍼지는 사기를 천지의 이기가 이끌어주는 형식으로 해야 한다고 했지……."

무공에 대해 아는 자가 이 말을 들었더라면 파안대소했으리라. 상리에 맞지 않을 허무맹랑한 이야기일뿐더러, 설령 실제로 가능하다고 해도 어찌 인간이 천지의 기운을 받아들일 수 있단 말인가? 만약 그럴 수 있다면 가히 신선이리라.

일반적인 인식이 어떤지 모르는 그로서는 그저 자신이 할 수 있는 것을 할 뿐이었다. 먼저 천지의 기운을 받아들이는 수련, 즉 백회혈과 용천혈을 열고 천지의 기운을 받아들인다는 의념의 집중을 시작했다. 한 달 전의 느낌이 잘 나지 않았지만 열심히 집중하고 나 자신이 자연의 일부라고 생각했다. 나무를 벨 때처럼 모든 것을 잊고 나 자신도 나 자신이 아니게 되는 그때를 떠올랐다. 아니, 떠올리는 것이 아니라 느꼈다.

'……!'

머리와 다리에서 따뜻하면서도 차갑고, 거칠면서도 부드러우며, 편안하면서도 섬뜩한 무언가가 들어오는 것을 느낀다. 생각보다 어렵지 않게 그때의 느낌을 되살리니 기분이 좋아지자 어딘가로 빨려 들어가는 느낌은 곧 사라지고, 머리와 발로 들어오던 무언가들이 썰물처럼 모두 사라졌다. 모든 것을 잊는 상태를 유지한다는 것이 이토록이나 힘들다는 걸 새삼 깨닫게 된 셈이었다.

"오래 지속하기 힘들구나……."

그는 다시 해볼까 생각해 봤지만 너무 무리하면 몸에 좋지 않다고 판단하여 일단 나무나 베기로 했다. 아직은 이런 좌상 수련보다는 나무를 베는 것이 그에게는 훨씬 좋았다.

팍! 팍! 팍! 팍!

이제는 손이 보이지 않는다. 순식간에 열 번의 도끼질이 끝나자 나무는 그의 강해진 힘을 견디지 못하고 쓰러졌다.

"넘—어—간—다—!"

외침과 함께 둔중한 소리를 울리며 나무는 차가운 대지에 자신의 몸을 의탁했다.

"……."

무언가 불만스럽다. 이렇게 빨리 나무를 벨 수 있고 다듬고 장작을 패는 데 불과 일각의 시간도 걸리지 않는다. 동종직의 전문 나무꾼이 본다면 놀라운 일이 아닐 수 없지만, 이상하게 오늘은 나무를 베고 나니 불만스럽다.

왜 그런지 그는 가만히 생각해 보기 시작했다. 새소리들이 그의 상념을 방해했지만 그의 집중력을 흩뜨리지는 못했다.

"아!"

이유가 생각났다. 자신이 나무꾼을 했던 이유였다. 물론 돈을 버는 목적도 있었지만 무엇보다 모든 시름을 잊을 수 있다는 게 좋아서였다. 그런데 이렇게 빨리 나무를 베니 번뇌를 잊고 자시고 할 시간도 없는 것이다.

"모든 걸 잊으려고 초섬유성수만 생각하다가 또 다른 좋은 것을 놓칠 뻔했네."

가볍게 한숨을 쉬며 현어운은 다시 나무를 베기 위해 다른 나무 앞에 섰다. 그리고 초섬유성수를 익히기 전의 자신으로 돌아가 나무를 베기 시작했다.

팍! 팍! 팍!

예전보다 힘도 좋아지고 도끼질도 훨씬 능숙하여 누가 본다면 부법(斧法)의 제왕이다. 제법 큰 나무를 선택했기 때문에 이대로 계속 친다 해도 제법 오래 걸릴 것 같았다.

팍! 팍! 팍!

나무를 한 번 한 번 내려칠 때마다 번뇌가 하나하나씩 날아간다. 번뇌가 하나씩 사라질 때마다—정확히 번뇌가 사라진다기보다는 마음의 모든 것을 벗어던지고 무언가로 화(化)하고 있음을 모르는 그였다—그가 그토록 원하는 생각이, 잡념이 없어지는 희열을 느꼈다. 종내는 땀을 흘리며 도끼질을 하고 있다는 사실조차도 머리 속에서 벗어났다.

그리고 놀라운 일이 일어났다. 도끼를 휘두르는 그의 몸이 천천히, 다리에서부터 시작하여 점점 몸 위로 퍼져 팔, 종내는 머리까지 마치 무언가에 의해 지워져 버리듯 모습이 사라진 것이다. 하지만 그는 스스로의 상태를 알아차리지 못한 듯 그저 열심히 도끼질을 할 뿐이었다. 아무도 없는 산속에 울리는 도끼가 나무에 박히는 소리가 기괴로울 정도였다.

한참을 그렇게 팼을까. 이윽고 도끼가 나무 기둥의 반 이상을 잠식하고 육중한 몸을 지탱하던 나무가 쓰러지기 위한 비명을 울린다.

"넘—어—간—다—!"

그가 비명을 지르며 주위를 인식하는 순간 그의 몸이 놀랍게도 귀신처럼 모습을 드러냈다. 누가 본다면 간담이 서늘해질 정도의 장면이었지만 현어운은 스스로 그런 현상을 모르는 듯했다.

"후! 아주 좋은데?"

오랜만에 밝은 미소를 짓는 현어운이었다. 그토록 원하던 무언가를 얻은 느낌이었기 때문이다.

"자, 이제는 빠르게 나무를 다듬자."

모든 것을 잊기 위한 수련은 이렇듯 계속되고 있었다.

보름이란 시간이 흘렀다. 그간 그는 나무를 베고 다듬고 장작과 목재로 만들고, 초섬유성수의 구결대로 내공을 운용하는 시간을 충실히 보냈다. 나무를 벨 때는 초섬유성수의 구결을 쓰지 않고 예전처럼 하고 있었다. 신기한 것은 근래들어 나무를 벨 때 마치 세상과 하나가 되는 듯한 놀라운 일체감을 가지기 시작했다는 것이다.

이것이 과연 무슨 현상인지는 모르지만 분명 천기입백 지기입용의 구결, 즉 천지의 기운을 받아들이는 수련에도 큰 도움이 되고 있다는 것이었다. 물론 그 스스로는 알아차리지 못한 현상이지만.

오늘도 자신이 벨 나무 앞에서 가부좌하고 앉아 의념을 백회혈과 용천혈에 집중했다. 익숙해지는 것이 무섭다고, 이제는 자리에 앉아 의념을 집중하는 순간 곧바로 천지의 기운이 몸속으로 들어왔다. 만약 섬수신의가 이 사실을 알았다면 땅을 치고 한탄했으리라. 그는 이 정도의 경지에 이르기 위해 십 년이란 세월을 허비해야 했었다.

하지만 조금이라도 집중이 흐트러지거나 잡념이 떠오르면 곧바로 빠져나가 버리니 신중에 신중을 가하는 그였다.

들어온 천지의 기운은 인간의 탁한 몸에서 어떻게 해야 할지 몰라 그저 머리와 다리에서 머물고 있을 뿐이었다. 무형도 아니요, 유형도 아닌 천지의 기운을 실체화해야 하는 것이 그의 수련이었다. 하지만 그는 그저 받아들이는 것만으로도 힘이 들었기에 일단 그 이후의 수련으로 들어가는 건 보류 상태였다.

하나 집중력이 아주 높아진 것은 분명했다. 이렇듯 진지한 표정으로 오랜 시간 앉아 있기란 보통 사람은 쉽지 않으니까 말이다. 현어운은 지금 반 시진가량 자리에 앉아 천지의 기운을 느끼고 있었다. 어디론가 빨려 들어가는 느낌이 요 근래 들어서는 유난히 심했는데, 이상한 것은 어느 정도까지 빨려 들어간다 싶으면 그 이상은 더 이상 진척되지 않았다.

현어운은 초섬유성수에서 필요한 천지 기운의 실체화보다 그 빨려 들어가는 느낌에 더욱 신경을 쏟고 있음을 스스로 모르고 있었다.

다시 이각가량이 흘렀다. 얼마나 집중했던지 그의 얼굴뿐만 아니라 전신이 땀으로 흠뻑 젖어 있었다.

"……!"

어디론가 빨려 들어가는 듯한 느낌이 갑자기 강해졌다. 그리고 놀랍게도 어디에선가 막혀 있던 벽 같은 것이 점점 허물어지기 시작했다고 그는 생각했다.

그것은 이 세계와 저 세계를 구분하고 있던 경계의 벽이며, 인간은 결코 들어와서는 안 될 미지의 장소. 마치 예전에 보았던 것 같은 느낌이며, 그것은 안개 저편으로 묻어두어 기억나지 않으면서도 기억나지 않아 답답한 그 무엇이었다.

그는 점점 그 벽을 허물기 위해 의념을 집중했다. 안색이 창백해지고 땀은 물 흐르듯 흘러내린다. 벽을 허물려 할수록 머리에 가해지는 압박이 더해졌지만, 모든 걸 잊으려 하는 현어운에게 지금의 고통은 충분히 감내해 낼 수 있을 정도였다.

그 어떤 경계에 대한 무한한 호기심, 불안감, 그리고 아련한 향수를 그는 느꼈다. 그래서 그것을 뚫기 위해 더욱 노력하는 것일지도 몰랐다.

진행은 더디지만 그는 꾸준하게 다가갔다. 경계의 벽이 놀라 도망가지 않도록 어우르듯이 그는 천천히, 면면히 다가갔다. 그럼에 따라 그의 몸에서 기이한 현상이 일어나고 있었다. 전신에서 괴이한 아지랑이가 피어올라 전신을 감싸기 시작한 것이다.

아지랑이는 점점 진해져 누가 본다면 어지러움을 느낄 정도였고, 그것은 현어운의 주변을 강하게 맴돌며 때를 기다리는 것 같았다. 마치 벽을 허무는 순간 무언가를 일으키기 위한 거대한 촉매제 같았다.

시간은 어느새 다시 두 시진이 흐른다. 그리고 또다시 두 시진이 흐른다. 거의 반나절을 그렇게 앉아서 집중하고 있으니, 평소의 그를 생각하면 놀라운 일이었다. 하지만 그 경계의 벽에 모든 집중을 하고 있었기에 정작 자신은 그렇게 오랜 시간이 흘렀는지도 모르고 있었다.

집중이 극에 이르자 머리에 가해지는 고통을 정신은 느끼지 못했지만 몸은 느끼고 있었다. 그래서 안색은 더 더욱 창백해졌고 입술은 터질 듯 파리해졌다. 어느 순간 땀은 더 이상 나지 않았다. 아지랑이는 더 더욱 강해져 주변의 공간을 일그러뜨릴 정도였다.

중요한 순간을 맞고 있는 현어운에게 놀라운 변화가 일어난 것은 한 시진이 더 지나서였다.

『파검가』 2권에 계속…

청 어 람 신 무 협 판 타 지 소 설

2005년 고무판(WWW.GOMUFAN.COM)
「장르문학 대상」최고의 영예, 대상(大賞) 수상작!

좌검우도전(左劍右刀傳) / 이령 지음

한칼에 세상이 갈라지고,
한걸음에 무림이 격동친다!

『좌검우도전』
(左劍右刀傳)

강한 자(强漢者)가 뿜어내는 거대한 힘과
강인한 매력에 빠져든다!

"너는 반드시 힘을 가져야 한다. 네 의지로… 세상을 뒤엎어 버려라."

"강자를 약자로 만들고, 명예를 뭉칠하고, 돈을 빼앗아라.
협의도(俠義道)가, 마도(魔道)가 얼마나 더러운 것인지 알려주어라."

"오냐, 아무것에도 얽매이지 말고 네 마음대로 세상을 휘저어라.
너의 이름은 수강호(讐江湖)가 아니더냐? 강호를 향해 마음껏 복수하거라!
유오독존(唯吾獨尊)! 그것이 나의 소원이다."